UMA MISSÃO DE ÓDIO E DESTRUIÇÃO
VINDA DO FUTURO SOMBRIO.

UMA MULHER INOCENTE EM MEIO
A FORÇAS ALÉM DE SEU CONTROLE.

UM HOMEM EM BUSCA DE JUSTIÇA
ATRAVESSANDO AS BARREIRAS DO TEMPO.

E UMA CRIATURA FRIA,
CRUEL E DESUMANA CHAMADA DE...

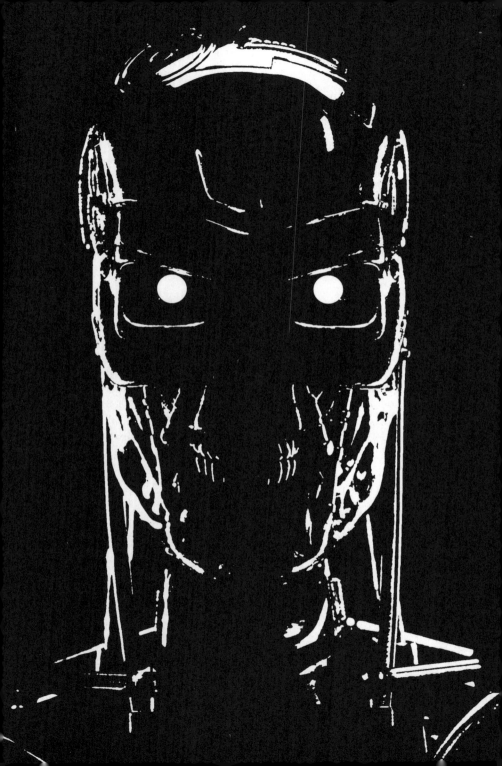

Copyright © 1984 by Cinema, A Greenberg Brothers Partnership. Todos os direitos reservados. Publicado mediante acordo com Spectra Books, uma editora da Random House, integrante da Random House LLC

Tradução para a língua portuguesa
© Dalton Caldas, 2015
Título original: The Terminator

Diretor Editorial
Christiano Menezes

Diretor Comercial
Chico de Assis

Editor Assistente
Bruno Dorigatti

Assistente de Marketing
Bruno Mendes

Capa e Projeto Gráfico
Retina 78

Ilustração
Tony Farias

Revisão
Marlon Magno
Retina Conteúdo

Revisão Técnica
André Gordirro

Impressão e acabamento
RR Donnelley

Créditos de Imagens
© Other Image | Alamy
© Photo 12 | Glow Images
© Everett Collection | Glow Images

DADOS INTERNACIONAIS DE CATALOGAÇÃO NA PUBLICAÇÃO (CIP)
Angélica Ilacqua CRB-8/7057

Cameron, James
  O exterminador do futuro / James Cameron, Randall Frakes, Bill Wisher, tradução de Dalton Caldas. -- Rio de Janeiro : DarkSide Books, 2015.
  320 p. : il.

  ISBN: 978-85-66636-41-3 - Capa Dura
  ISBN: 978-85-66636-42-0 - Brochura
  Título original: The Terminator

  1. Literatura norte-americana 2. Ficção I. Título II. Frakes, Randall III. Wisher, Bill IV. Caldas, Dalton

15-0408   CDD 813
          Índices para catálogo sistemático:

          1. Literatura norte-americana

DarkSide® *Entretenimento LTDA.*
Rua do Russel, 450/501 - 22210-010
Glória - Rio de Janeiro - RJ - Brasil
www.darksidebooks.com

BASEADO NO ROTEIRO DE
JAMES CAMERON E GALE ANN HURD

JAMES CAMERON

THE TERMINATOR
O EXTERMINADOR DO FUTURO

ESCRITO POR RANDALL FRAKES E W.H. WISHER

TRADUÇÃO
DALTON CALDAS

DARKSIDE

PARA JAMES CAMERON, QUE FOI O PRIMEIRO A VER
O EXTERMINADOR DO FUTURO SAINDO DO FOGO.

AGRADECEMOS A FRED KLEIN E DAVE STERN,
DA BANTAM, PELA PACIÊNCIA E PELO BOM GOSTO.

```
ANALYSIS:          MATCH:
. . . . . . . . . .
  389 VEHI        55578
  690 SIZE        23903
  600 TSPD        38709
  287 HPWR        12098
  105 CODE        78304
  798 RNGE        32143
```

```
133    680XE      AP    8A
123    23JKY9     OP    7K
103    92893      UO    F1
122    EF0890     JK    8U
902    829UO      WE    9I
089    1KL189     LK    EO
022    012HIUU    WS    EE
123
2390
105
```

DIA 1

■ LOS ANGELES, CALIFÓRNIA
OBSERVATÓRIO DO GRIFFITH PARK
9 DE MARÇO DE 1984
SEXTA-FEIRA – 3:48 A.M.

—

—

"A História está morta", dizia a pichação em uma das paredes de estuque que circundavam o laboratório iluminado pelo luar. Talvez o rabisco tenha sido feito por capricho de algum aluno ou pintado com spray pelo membro de alguma gangue local que interrompera com um conceito literário seu ritual comum de marcar território. Ou talvez tenha sido colocado ali por alguém que sabia a verdade.

O edifício de cúpula tripla estava em silêncio, iluminado apenas por uma fraca lâmpada amarela acima da entrada de cobre e vidro. Os jardins ao redor eram bem-cuidados, podados com uma precisão soberba pelos jardineiros do parque municipal, mas havia pequenos montinhos de lixo rodopiando pelo amplo estacionamento e sendo imprensados pelos ventos de março contra o muro pichado.

No passado, o observatório havia sido uma janela de trabalho com o cosmos. Desde que fora construído, astrônomos ponderavam sobre o tique-taque centenário do relógio cósmico no céu, lá do alto dos morros. Agora isso era quase impossível, devido à teia brilhante da cidade que iluminava a bacia de Los Angeles à noite e apagava as estrelas. A emissão de gases das indústrias e do tráfego das rodovias criava uma névoa quase opaca e constante que dificultava ainda mais o uso dos telescópios, que agora permaneciam quase sempre desativados.

Ao longo dos anos, o observatório se tornou um planetário, com o teto das cúpulas agora refletindo "estrelas" projetadas de uma máquina, como se conseguisse apenas se lembrar de suas formas. Do passado acadêmico, ele agora havia se tornado, assim como a Disneylândia, um lugar para turistas se perderem a caminho de outro, uma meca para excursões de ciências do ensino médio e, desde que acrescentaram o "Laserium" – raios laser criando formas complexas sobre o teto curvo ao som de um rock ensurdecedor –, um ponto de encontro para estudantes procurando por alternativas para cinemas drive-in e shows de rock. A outra atração era a vista de Los Angeles do estacionamento. Nos trinta ou quarenta dias do ano em que o ar estava limpo – e ele podia ficar limpo como o alto de uma montanha, com sombras tão nítidas que pareciam feitas por lâminas –, alguns casais ficavam após a última sessão do Laserium para admirar um show de luzes mais estáticas, mas não menos espetaculares, até que os vidros de seus carros ficassem embaçados e sentidos diferentes da visão se tornassem mais importantes.

Mesmo para quem não tinha companhia, a vista valia a longa subida. Isto é, quando a estrada estava seca e não chovia sobre a cidade, com as luzes dos postes e os néons multicoloridos ofuscados pelas nuvens negras que chegavam carregadas de Santa Mônica e da imensidão verde-escura do Pacífico do outro lado. Aí a viagem íngreme e esburacada não valia a pena. Portanto, antes da tempestade, que já se aproximava, o único veículo que se movimentava pela Vermont Canyon Road era um gigante laranja e amarelo, um caminhão de lixo da prefeitura.

Del Ray Goines apalpou o bolso direito de seu casaco azul-marinho procurando o botão de volume de seu walkman. Os dedos de B.B. King pressionavam as cordas de sua guitarra, formando um acorde virtuoso de blues. Del adorava essa parte, mas seu caminhão estava perdendo força. Ele teve que acelerar o ruidoso motor a diesel e, com o barulho, B.B. King simplesmente desapareceu. Os fones de ouvido que vieram com o toca-fitas eram leves demais e deixavam entrar os sons de fora. Ele pensou em comprar aqueles fones antigos que cobriam completamente as orelhas. Era ilegal usar fones para dirigir, ainda mais para um funcionário público, mas foda-se, um homem precisa manter suas prioridades. *Música é mais importante que lixo*, pensou Del. Se descobrissem que ele usava o walkman clandestinamente no trabalho, seria despedido. Não que ele amasse o emprego. Longe disso. Mas precisava comer e ainda havia a pensão de Leanna, seu cachorro, Boner e o senhorio melequento.

Lógico, agora ele tinha um salário decente e o dogue alemão se alimentava bem, não havia dúvidas. Mas também ninguém acusaria Del de ser um fracote. Nas épocas mais magras, a balança marcava mais de cento e dez. Mesmo assim, levar lixo de uma ponta do parque à outra não era exatamente seu emprego dos sonhos. Há vinte e dois anos ele estava fazendo o que queria: era *linebacker*, um jogador de defesa no futebol americano, dos Houston Oilers. Duas boas temporadas, provavelmente as únicas boas temporadas que os Oilers tiveram, e depois ele entrou numa maré de azar. Lesão no joelho. Divórcio. Saída do time. A maior parte de seu salário foi para o bolso de um jogador de pôquer melhor que ele. Desde então, Del entrou numa montanha-russa. Houve alguns altos, mas na maior parte do tempo a danada o colocava para baixo. E agora ele era lixeiro – desculpe, engenheiro de campo do departamento municipal de saneamento. A porra de um transportador de merda. Um antigo colega de time o recomendou e ele foi contratado.

Levantava às duas horas da porra da madrugada. Entrava no cavalo de metal e lutava para que ele subisse estradas estreitas de terra a fim de coletar os restos de comida do piquenique de alguém. Aquele fedor de podre, de casca gosmenta de laranja do lixo, ia com você. Sempre. Como um ser vivo nojento.

Ele pegou a alavanca de câmbio com sua mão grande e marrom e engatou duas marchas violentamente. Estava subindo a última elevação e precisou reduzir uma marcha para conseguir. O caminhão chacoalhou o motor e as vibrações trepidantes viajaram pela carroceria, passaram pela coluna de direção e subiram pelos braços musculosos de Del. Ele virou o caminhão para o estacionamento do observatório e piscou ao ver um Chevy Malibu 1968 cinza, parado feito um poste, bem no meio de seu caminho. Em dois segundos, seu cérebro precisou registrar totalmente espanto, medo e então ressentimento por alguém poder tornar seu trabalho ainda mais perigoso, ainda mais difícil, quando avistou um garoto branco urinando na grade frontal do veículo. Ele usava uma jaqueta preta de couro com correntes enroladas, o cabelo roxo arrepiado bem para cima formando pontas, fazendo Del se lembrar de Buckwheat de *Os*

Batutinhas, e uma calça cinza com a barra enfiada nos coturnos. Um punk, como se dizia. Del freou com força e fez o caminhão girar. O garoto – talvez dezessete ou dezoito anos – não moveu um músculo enquanto o caminhão de Del rugia. Del olhou pelo espelho lateral para ver se o garoto daria um pulo para trás. Em vez disso, ele se virou calmamente para o caminhão de lixo que passava e continuou a mijar, com o jato batendo no pneu de trás.

Pequenas explosões de raiva deram lugar ao medo que Del sentira e ele bateu a mão contra o centro do volante. O estrondo da buzina a ar acima da cabine podia levantar defunto. *Isso sim* faria os cabelos do garoto ficarem de pé. Del olhou para o espelho, mas só conseguiu ver a figura distante do punk lhe mostrando o dedo médio.

Punk uma ova. Babaca. Se fizesse isso quando Del voltasse, aí sim ele teria motivos para mijar.

Havia um adesivo no para-choque do caminhão que dizia "Esta propriedade é segurada pela Smith & Wesson". E ele estava realmente armado, mesmo que fosse apenas com uma pistola HR calibre 22 de setenta dólares que ele comprara de seu cunhado uns anos atrás. Talvez a única coisa a ser morta com ela tenha sido uma lata de Budweiser, mas ele sabia mirar e apertar o gatilho decentemente.

B.B. King voltou, flutuando em sua consciência conforme ele dirigia o grande caminhão de lixo pelo asfalto em direção às caçambas de lixo.

Del Ray tentou se acalmar. Mas aí ele se lembrou por que começou a carregar a arma. Não era por conta das dúzias de esfaqueamentos e brigas de gangues que manchavam a história recente do parque. Era mais pessoal do que isso. Aquela noite da terceira semana em que ele começou a dirigir para a prefeitura. Por volta dessa hora, em outra parte do parque.

Ele estava operando o elevador, movendo uma caçamba por cima da cabine para esvaziá-la atrás, quando alguma coisa bateu no teto do caminhão e rolou para cima do capô.

A polícia disse que foi assassinato ligado a drogas, mas tudo que Del sabia era que o garoto de dezoito anos havia sido estripado e grande parte do que ele havia comido se espalhou pelo para-brisa. Então Del começou a andar armado. Todo o mundo sabia que L.A. era cheia de malucos. E os garotos brancos estavam *mesmo* ficando estranhos. Del olhou no espelho lateral de novo, mas agora já estava longe demais para ver alguma coisa. Contornou uma curva do muro e parou em um beco sem saída onde as caçambas se amontoavam como metais abandonados. Ao inclinar o caminhão para poder se enganchar à primeira caçamba, ele começou a relaxar um pouco. *Tá ficando igual a uma velhinha, Del*, pensou. Mas ele demorou mais do que de costume para terminar o trabalho, porque ficava olhando distraidamente o retrovisor lateral – só por precaução.

Mark Warfield estava no meio da mijada quando o monstro rugiu estacionamento adentro. Como um canguru paralisado com o brilho da lanterna do caçador, Mark se manteve na posição. Aquilo era o destino chegando, desafiando seu brio. O destino com meio carregamento de lixo nas costas, roncando em sua direção como um rolo compressor. Foda-se o destino. E mije nele também.

Enquanto o destino passava, ele mijava.

Um instante depois, enquanto colocava o pinto de volta nas calças, a buzina o fez dar um salto, prendendo Mark dolorosamente nos dentes do zíper.

Foi então que uma revelação primordial passou por seus neurônios ligados e ele percebeu que o destino o estava sacaneando. Estourando seus ouvidos, machucando sua pele. Levantou o punho e apontou o dedo médio para o alto. Ele enfrentaria o destino. Já havia enfrentado coisa pior. Como o chão. O chão também o estava sacaneando. Ondulando sob seus pés como uma cobra ligada na tomada.

Apesar de passar surfando sobre ele, como um verdadeiro profissional, sentindo seus movimentos, lutando pela supremacia, o chão venceu, levantando-se e dando um tapa em seu rosto, com força. Ele viu uma luz branca, ouviu seu próprio grunhido ao longe e depois sentiu o galo em sua testa, no local onde o estacionamento o atingiu. Ele riu. Ele ouviu seus amigos rindo também, provavelmente dele. Johnny era baixo, ágil e malvado à beça. Geralmente chamavam-no de Kotex. E Rick era alto, ossudo, como um fantasma de casaco rasgado. Seus amigos. Ele os amava. Ele os odiava. Eles eram uns babacas. Talvez ele metesse o canivete em um deles a qualquer momento. Ele viu algumas garrafas fechadas de cerveja ao pé do telescópio que funcionava com moedas, ao redor do qual Kotex e Rick estavam dançando. Estavam em uma plataforma de observação na ponta do estacionamento, a um milhão de quilômetros de distância, mas ele podia ouvi-los como se estivessem a apenas dez metros dali. O aparelho de som deles estava tocando "Let's Have a War", do Fear.

Os três haviam começado no Cathay, dançando perto do palco, girando os braços, aumentando a energia. A adrenalina escorreu pela rua quando eles saíram e foram até o estacionamento, onde alguns rockabillies babacas os agarraram.

Kotex atravessou a cabeça de um cara pela janela de sua caminhonete e os outros sumiram. O dínamo girou mais rápido, com a mistura de adrenalina e pó em seu sangue, criando uma onda quente de euforia.

Amontoando-se no Malibu de Rick, eles saíram à caça, como tubarões, famintos, sem rumo, até se verem nas montanhas.

Mark tossiu seco – ou talvez aquilo tenha sido um riso. Às vezes, parecia a mesma coisa. Agora Kotex e Rick estavam brigando. Ou talvez estivessem demorando muito para cair, um por cima do outro. Eles iriam quebrar as garrafas. E ele estava com sede. Aquilo era uma ofensa enorme. Ele começou a engatinhar.

Um relâmpago piscou sob a imensidão de nuvens da chuva que se aproximava do observatório. Del não queria de jeito algum se molhar descendo a Vermont Canyon, então acelerou o ritmo, operando a alavanca hidráulica que controlava o elevador, batendo a última caçamba sobre o asfalto. Ele se afastou para liberar os braços do elevador quando outro raio piscou acima dele. Desta vez chegou perto, bem acima do caminhão. Ele imaginou a manchete: "Trabalhador sanitário morto por raio". Não era isso que ele queria. Então engatou a primeira marcha com força. Ao pressionar o pé no pedal do acelerador, o motor engasgou e morreu. Ao mesmo tempo, os faróis piscaram e B.B. King desapareceu.

Essa merda de novo não, pensou dele, enguiçado onde Judas perdeu as botas, a seis íngremes quilômetros de um orelhão.

Ele tentou virar a chave. Nada.

"Filho da puta."

De novo. Nem mesmo um clique do solenoide de partida.

Os pelos grossos de sua nuca se arrepiaram. Talvez fosse aquela vozinha lhe dizendo que seu walkman era a pilha e não havia nenhum motivo lógico para ele parar de funcionar só porque o caminhão estava aprontando. Talvez fosse a estranha atmosfera de *eletricidade* no ar. Ele deu um murro no painel.

"Porra de caminhão filho da puta que não vale um centavo em dinheiro chinês..."

Tudo isso foi um rosnado subvocal e Del estava apenas começando a se irritar quando aconteceu algo que estava além dos limites da manutenção desleixada dos mecânicos. Luzes piscavam dos lados e acima do caminhão, como mil máquinas fotográficas disparando na sua frente. Ele virou a chave na ignição. Não ia dar certo. Nada de bateria. E então um enorme raio atravessou a atmosfera e serpenteou pela borda de uma das caçambas. O que quer que fosse aquilo, estava ficando pior. Instintivamente, Del largou as chaves de metal, arrancou os fones e afastou o cotovelo do descanso de metal. Ele estava usando botas de borracha. Será que eram bons isolantes? Os isolantes impediam a eletricidade ou deixavam-na passar? *Ai, mamãe, não me deixa fritar agora!* O ar crepitava e gemia como um rádio emperrado entre duas estações, com a música toda distorcida em um guincho dissonante. E os estalos aumentaram, como um disco de 78 rotações que começa lento, formando um som pesado no ar eriçado próximo ao caminhão; aquele zumbido assustador, de não-me-toque de um transformador potente.

Del queria sair correndo, mas, caso se mexesse, estava certo de que iria morrer. Aquilo não era um relâmpago comum. Um cruzamento caótico de linhas arqueadas e arroxeadas de energia lambia o caminhão, com suas línguas ardentes se chicoteando como a de um lagarto, acariciando o metal da cabine.

Ele assistiu à dança frenética de energia que formava uma bola de luz ruidosa. A bola de luz estava ficando mais iluminada conforme os raios de força pareciam se amalgamar. O cabelo de Del começou a se agitar como se houvesse uma brisa, embora suas janelas estivessem bem fechadas.

Nesse momento, seu cabelo endureceu e ficou bem para cima. Como aquele punk que lhe mostrara o dedo. Mas não era porque ele estava com medo, apesar de ter gritado trinta segundos antes e então estar ultrapassando o limite do pavor; era porque tinha energia estática em toda parte, enchendo a cabine com o cheiro imaculado de ozônio.

Depois os ouvidos de Del se taparam, com o aumento de pressão. A bola de luz explodiu em lascas roxas e alguma coisa passou a existir, fazendo um som como se fosse um enorme Mean Joe Green[1] se chocando nas Montanhas Rochosas.

Ele se abaixou quando a pressão deu um salto, bateu no vidro da janela e o pulverizou em fragmentos que tilintaram sobre as suas costas. A rebarba da explosão sugou o ar da cabine, agora ventilada, com um estalo. E então as coisas começaram a se acalmar.

Del se levantou lentamente, apalpando-se com cautela para ver se não havia se cortado. Ele estava bem, a não ser pelo fato de ter alguma coisa em seus ouvidos. A concussão.

Tentar fazer pressão nos ouvidos com a palma das mãos sobre as orelhas também não ajudou muito. Sua garganta se apertou, mas ele não conseguia engolir, porque a surdez não importava, porque ele estava olhando para a nuvem de fumaça onde a explosão aconteceu, rapidamente se dissipando no vento gelado, como um vapor. E havia alguma coisa ali, onde não havia nada antes. Del não queria olhar.

Mas ele sabia que tinha de ver o que iria matá-lo. Não havia dúvida na mente de Del Ray Goines de que aquilo era algo sobrenatural e estava ali por sua causa, e, já que ele era

---

1   Charles Edward Greene, ou "Mean Joe" Greene, (1946), ex-jogador de futebol americano, atuou pelo Pittsburgh Steelers e foi um dos mais importantes defensores da National Football League (NFL) nos anos 1970. [Todas as notas são do Editor.]

basicamente um escroto fodido, a coisa estava ali para matá-lo. E sempre se deve olhar seu algoz nos olhos. Del então virou a cabeça e viu a forma branca na névoa que se dissipava.

Aquilo havia saído do nada e agora estava diante dele.

Ele podia ver aquilo respirando. E então, lenta e graciosamente, aquilo se desenrolou e revelou um homem nu. O cabelo curto tipo militar estava fumegante. A pele estava coberta de cinzas brancas que caíam como uma farinha fina, revelando a pele rosada como a de um bebê por baixo. Mas a coisa não era uma criança.

Del vira homens maiores no campo de jogo quando estava com os Oilers. Talvez alguns até mais fortes. Mas não tão perfeitos. Os músculos se contraíam e relaxavam em movimentos suaves e fluidos, marcando o torso muito bem esculpido. Os braços eram um estudo sobre o poder da simetria, a curva raivosa dos bíceps se estreitando com precisão no cotovelo e depois se expandindo com incrível equilíbrio matemático em grossos antebraços que fluíam em pulsos quase elegantemente finos. Os dedos das enormes mãos se desenrolaram e se flexionaram.

Se colocassem esse homem num campo de futebol americano, ele poderia chegar aonde quisesse. Nem mesmo três Del Rays lançando todo o seu peso corporal poderiam detê-lo. E Del percebeu por quê. Não era por causa do corpo. Era o rosto. Implacável. Vivo, porém morto. Absorvendo sem se mexer – e, mais do que o rosto, tinha aqueles olhos. Havia morte naqueles olhos azul-cobalto. Algo inimaginável. Cruel. Inexorável. O tipo de morte que as pessoas jamais imaginam por ser real demais. Direta, sem emoção e, portanto, sem misericórdia. Del conseguia ver claramente que o homem olhava para ele. Se estava perto o bastante para ver seus olhos, pensou Del, também estava perto o bastante para ser morto por ele.

Um dos piores problemas de Del no campo de jogo era então sua única esperança. Suas pernas. Seu coração estava disparado agora.

Del bateu o ombro contra a porta e caiu no chão frio. Seu pé não recebeu bem o choque, enviando a velha dor familiar para seu joelho ruim. *Mexa-se!*

Ele saiu em disparada, percorrendo a extensão do caminhão e se afastando do homem cujos olhos o perseguiam como a artilharia de um destróier, seguindo o homem gordo que partira em uma velocidade respeitável.

Del ignorou as pontadas de dor subindo por suas pernas, reverberando do joelho ruim e martelando suas coxas. Aquele cara assustador estava bem na sua cola, e ele sabia disso. Não era preciso olhar para saber, e ele não queria mesmo olhar. Sua barriga era um saco que balançava e batia por cima de seu cinto, depois ondulava para cima em seu peito, mas ele manteve o equilíbrio.

Não era sua barriga que iria derrubá-lo.

Ele já havia cruzado metade do estacionamento quando viu os punks na plataforma de observação. Precisava avisá-los. Então se lembrou do garoto mijando em seu caminhão e os limou de sua vida. Que se defendessem. Além do mais, eles podiam distrair aquele cara. O cara dos sacos de lixo da Glad, pronto para embrulhar sua alma em celofane e congelá-la para usar mais tarde.

Ele correu como um desgraçado.

A corrida de sua vida.

Passou pelo Chevy Malibu cinza.

Passou pelos punks.

Desceu a estradinha sinuosa.

E depois despencou pela descida muito íngreme da Vermont Canyon. Agora ele não conseguiria parar nem se quisesse. O impulso o levantou como se estivesse preso na mão de um gigante, até que seu joelho finalmente se dobrou, o chão o pegou pela bunda e o fez deslizar para fora da estrada ladeira abaixo. Ele rolou, passivo frente às forças da gravidade e da inércia, contente em seu sofrimento por deixá-las decidir quando ele pararia.

Ele então parou em um monte de mato molhado, a uns sessenta centímetros de uma cerca de arame, de costas, o corpo mole. Nesse momento, alguém aumentou o volume do mundo. Sua respiração ofegante se tornou audível e ele chorou. Bem-vindo de volta, B.B.

Del se sentou lentamente e o mundo oscilava junto com ele. A estrada acima estava vazia. Nenhum passo. Nenhum homem maligno da Glad. *Touchdown*. Sua mente balbuciou todas as orações de gratidão que fora obrigado a aprender na vida. Estava sentado sobre alguma coisa pressionada contra seu quadril. Ele apalpou a região e sentiu o metal aquecido pelo corpo da pistola calibre 22.

Sua oração mais profunda e sincera foi por ter se esquecido de usá-la. Ele não sabia por que tinha a sensação de que ela não teria impedido aquele homem. E Del não se importava. Ele ficou de pé sobre a terra molhada e prosseguiu mancando ao longo da cerca, afastando-se do observatório. O desemprego estava começando a ser algo muito bom na opinião dele.

Del Rey Goines foi um dos poucos a sobreviver ao Exterminador.

O Exterminador se distraiu por um microssegundo. Alguma coisa muito forte o fez apagar. Em seguida, a consciência rapidamente se projetou para fora novamente. A estática em sua mente diminuiu e as imagens entraram em foco. Havia uma névoa misteriosa à sua volta, mas ele conseguia ver através dela. O cronoporte fora realizado com sucesso. Ele inspirou e analisou o ar. Era a mesma coisa, tanto Aqui quanto Lá, com pequenas exceções a respeito de poluentes e quantidade de nitrogênio. Ele se curvou, como uma bola fetal, para aumentar a eficiência da cobertura de descontinuidade. Lentamente se levantou, mantendo o equilíbrio perfeito conforme as partes de seu corpo se ajustavam. A gelatina de condução carbonizada havia protegido sua epiderme de queimaduras com sucesso. A cobertura de cinzas brancas criava uma figura parecida com uma escultura clássica, de mármore branco ou alabastro, tão impressionantemente perfeita quanto qualquer Bernini ou Rodin.

O Exterminador analisou a área em volta em busca de sinais de atividade. Um grande objeto de metal estava parado no asfalto a quatro metros dali. Ele fixou-se no contorno e imediatamente o reconheceu como um caminhão de lixo a diesel da GMC, *circa* 1975. O Exterminador identificou o prédio atrás do veículo, meio segundo depois, como sendo o Observatório do Griffith Park. Dentro de mais um segundo – conforme todos os seus sentidos começaram a funcionar de maneira ideal –, ele tomou nota do terreno, do tempo e da localização geográfica em geral, comparando com um mapa de referência em sua memória. Ele estava no destino certo.

Voltou sua atenção para o homem no caminhão. Ele era negroide, aproximadamente 50 anos de idade, pesando quase 150 quilos. Sua expressão facial sugeria medo, confusão e choque temporário. Evidentemente, era o operador do veículo que ocupava. O deslocamento temporal havia quebrado o vidro e queimado o sistema de ignição. O Exterminador concentrou-se no homem. Ao observar os movimentos isolados e sutis do corpo, ele pôde estimar o comportamento do sujeito e logo determinou que o nível de ameaça potencial era extremamente baixo. Pouco antes de o homem saltar da cabine, o Exterminador já previra tal possibilidade calculando a direção das contrações musculares na parte superior do tronco.

Enquanto o restante de seu cérebro e corpo se acelerava, o Exterminador observou o homem correr pelo estacionamento. Ele poderia tê-lo ultrapassado facilmente se julgasse necessário, mas o sujeito não era um alvo, muito menos hostil. O homem nu tentou dar um passo e viu que estava no controle de todas as funções motoras.

Ele caminhou até a beira do estacionamento e olhou para a cidade lá embaixo. Um mapa de sua memória se sobrepôs à vista que observava. Los Angeles. Ele tomou ciência das ruas e de seus nomes e começou a acumular opções. O Exterminador revisou em detalhes minuciosos os acontecimentos desde sua chegada e percebeu um erro – estava nu. Ele precisava de roupas. O homem negro tinha roupas. Ele deveria ter pegado as roupas do homem negro. Várias opções se amontoavam em seu pensamento e ele percebeu que a cidade estava cheia de pessoas. Acabaria encontrando uma de tamanho e configuração apropriados e então o erro estaria corrigido. O homem de porte poderoso e físico quase perfeito, nu em meio à ventania de cinco graus Celsius, virou-se novamente para a paisagem da cidade lá embaixo e estudou o mapa do relevo de Los Angeles, planejando cem estratégias, mapeando mil caminhos e acumulando dados ambientais valiosos antes de sair em sua missão.

Mark estava de pé agora e as substâncias químicas em seu sangue o impulsionavam como um fantoche hidráulico a andar na direção de Kotex e Rick. Ele queria pegar o mundo pelas bolas e puxar com toda a força. Contentando-se com Kotex, ele pegou as dragonas de corrente de sua jaqueta e o girou em um arco desenfreado, batendo-o contra a grade de aço que passava pelo parapeito. Seus punhos e pés voaram com o golpe conforme Kotex se desvencilhava da grade e eles se chocaram com um furor fraternal.

Eles giraram juntos em um abraço suado e bateram contra o telescópio operado por moedas que havia atraído a atenção de Rick. Rick sentou sua garrafa de cerveja na parte de trás da cabeça de Mark, que desabou em meio à espuma da cerveja e dos cacos de vidro. Em seguida, um chute criteriosamente aplicado com coturno fez Kotex perder o equilíbrio em cima do toca-fitas, que foi esmagado e parou de tocar, deixando os ecos do Fear refletirem no prédio do observatório até o silêncio imperar.

Rick levantou a cabeça do telescópio que havia apontado para o estacionamento vazio. Sua expressão preguiçosa e atônita mudou para um olhar malicioso de cruel bom humor.

"Ei", disse ele, jovialmente chamando atenção deles como se não houvesse acabado de quebrar uma garrafa de cerveja na cabeça de alguém. "Ei, o que essa imagem tem de errado?"

Ele fez uma moldura unindo cada dedo indicador aos polegares, como os diretores de cinema que usavam echarpes e chapéus sempre faziam na tv, e Mark olhou para ver o que ele estava emoldurando.

E ele também ficou atônito.

Kotex olhou por um bom tempo como se seus olhos não estivessem focalizando. Em seguida, ele riu.

Era um daqueles caras com corpos inacreditáveis que usam um monte de filtro solar e uma sunguinha minúscula, que ficam lá na Praia dos Músculos em Venice. Só que o tal cara não tinha sunga; era madrugada, chovia e fazia cinco graus.

"Ele tá vindo na nossa direção, cara", disse Kotex, chegando perto dos outros dois.

Rick deu um passo à frente do telescópio, deixando as solas de seus coturnos se arrastarem fazendo um som lacônico e enfadonho, como sempre fazia quando se sentia cruel.

"Vamos quebrar a cara dele", disse por sobre o ombro para os outros caras atrás de si.

Mark viu o sorriso e sabia que eles estavam prestes a se meter em problemas.

O homem nu estava andando bem na direção deles, sem desviar o olhar. Mark sentiu um arrepio premonitório e Kotex também, aparentemente. "Ei, Rick, fica frio. Esse cara é grande pra caralho", disse Kotex.

Rick virou-se para ele, desdenhosamente. "Esses caras são viados. Eles malham olhando no espelho. Não sabem brigar. Vai por mim. Olha isso."

Kotex sorriu. Ele entrou na onda, mas Mark sentiu alguma coisa no andar deliberado e na expressão do estranho que o deixou na dúvida.

Rick pôs a mão no bolso de seu casaco cuidadosamente rasgado.

Aquele era o sinal e Mark e Kotex pegaram seus canivetes disfarçadamente. A mão de Mark estava suada e sua cabeça fervilhava de medo e de euforia elétrica. Se ele se afastasse, não haveria volta. Ele não faria mais parte do grupo.

Ele não queria ficar de fora.

Então deu um passo à frente.

Os pés descalços do estranho despido batiam no asfalto molhado.

Filetes de chuva haviam lavado as cinzas brancas, que agora formavam um padrão de riscas tão complexo quanto o da madeira, conferindo-lhe a aparência de uma estátua renascentista que ficou exposta às intempéries por séculos.

Ele parou na frente dos três punks, com os braços estendidos junto ao corpo. Posição de descanso.

Eles se separaram, ladeando-o, casualmente ameaçadores.

O sorriso de caveira de Rick apareceu.

"Bela noite para uma caminhada", comentou Rick.

O estranho olhou calmamente para cada um deles, absorvendo sem demonstrar nada. Ele olhou diretamente para Rick e disse: "Bela noite para uma caminhada".

Mas Mark ficou confuso, porque aquilo soou muito parecido com Rick. Só que não era Rick que estava falando – era o estranho.

O problema das drogas é que você nunca tem certeza se alguma coisa esquisita realmente está acontecendo. E, até então, essa merda estava bem alta na escala de esquisitices.

Rick se balançava alegremente.

"Já sei", disse ele, tendo uma ideia repentina. "Amanhã é dia de lavar roupa, não é? Não tem nada limpo hoje, certo?"

Mark não segurou o riso, apesar do arrepio gelado que passou por sua espinha como uma cobra. Rick era demais.

"Não tem nada limpo hoje, certo?", ecoou o grandão.

Mark pensou sombriamente: *Será que ele tá sacaneando a gente?*

E se ele for um desses caras de artes marciais e essa é a ideia dele de diversão? Do tipo "Tire toda a roupa e vá dar umas porradas"?

Mark apertou o cabo perolado com força. Estou com você, meu chapa.

Kotex, com um sorriso idiota, esticou o braço e estalou os dedos várias vezes na frente do rosto do estranho.

O olhar intenso permaneceu imóvel. Ele não piscava.

"Ei", arriscou Kotex, entrando no clima, "acho que esse cara bebeu todas."

"Suas roupas", o estranho disse com frieza, "dê suas roupas para mim."

"Agora", ordenou o estranho, com o olhar rígido.

O sorriso de Rick se fechou como uma porta se batendo com o vento frio.

"Vai se foder, seu otário!"

Merda, lá vamos nós, pensou Mark.

Rick ejetou sua lâmina com um estalo, reluzindo sob as luzes fluorescentes, sob o queixo do grandalhão antes que a mão de Mark pudesse se mexer.

Em seguida, Mark e Kotex retiraram seus canivetes, abrindo-os com precisão e exibindo-os.

Bem claro. Bem assustador. Com certeza.

Só que o marombeiro não estava aparentando o nível de medo de cair o queixo que eles estavam esperando.

Na verdade, ele mal desviou o olhar de um para outro, sem expressão.

Mark sentiu que algo estava muito errado.

Foi então que um taco de beisebol o esmurrou no rosto e, conforme o mundo rodava, ele soube que havia sido o punho do estranho mexendo-se com uma rapidez impossível.

Ele bateu na grade e se abaixou, mas olhou para cima a tempo de ver Kotex catapultado para trás por um segundo golpe de bate-estacas. E então ele caiu no chão, sem se mexer. Quebrado, Mark sabia. Morto.

Rick disfarçou e deu-lhe uma estocada, pondo seu peso atrás da ponta do canivete. Ela afundou até o cabo na barriga do homem e pareceu bater em algo duro, como uma costela, talvez. Mas como poderia ter uma costela logo abaixo do umbigo dele?

Rick saltou para trás, com a mão e o canivete ensanguentados, para fazer uma nova tentativa, quando o punho do Exterminador sumiu dentro dele.

Dentro dele. Mark viu o braço despido se enterrar até o cotovelo, um pouco abaixo do esterno de Rick.

Os olhos de Rick se esbugalharam quando o fôlego foi retirado dele, mais de espanto do que de dor.

O Exterminador levantou o braço como um macaco hidráulico.

As botas de Rick se levantaram do chão, balançando como as de um homem enforcado por um longo instante. Houve um som abafado de ossos se quebrando e o braço do Exterminador voltou para trás.

Rick caiu, morto antes que seu rosto batesse no concreto. *Meteu a mão e arrancou sua espinha*, uma voz gritou dentro do cérebro de Mark.

Em seguida, o estranho virou-se para ele, com o olhar eletrizante. Olhar para aqueles olhos era como olhar para o cano de um revólver.

Mark tropeçou, afastando-se conforme o estranho avançava.

Mark não conseguia tirar os olhos do braço do homem, coberto de sangue até o cotovelo – o sangue de Rick. *Enterrou o braço dentro dele e...*

Mark estava andando para trás, às cegas, e bateu na cerca de arame. Ele se virou para ir em outra direção e viu que estava em um canto do outro lado da plataforma de observação. O homem se aproximou dele.

Mark teve a presença de espírito de começar a arrancar suas roupas. Ele estendeu o casaco como uma oferenda, como um escudo, como um pedido desesperado para que talvez pudesse ter um pouco mais de tempo... tempo de escapar... descer a montanha... se enfiar na cama... puxar as cobertas por cima da cabeça – e acordar. Ele estava certo. A oferenda realmente o fez ganhar tempo. Cerca de catorze segundos.

■ CENTRO DE LOS ANGELES
4:12 A.M.

—

—

Vinte e quatro minutos depois, na progressão linear de tempo como conhecemos e a quase oito quilômetros de distância, o ar ficou com aquela carga de *eletricidade* outra vez.

Aconteceu em um beco fétido, atrás da Broadway com a Seventh Street, e os primeiros habitantes a perceberem foram os ratos. Eles pararam sua incessante patrulha das pilhas e latas de lixo para farejar o ar com incerteza. Podiam sentir alguma coisa no limiar da percepção, uma tensão, uma urgência no ar. Relutantemente, abandonaram suas incursões e correram para se esconder assim que uma luz fraca e sobrenatural iluminou o beco como o luar no fundo do mar.

Na disputa pela fuga, um dos roedores passou ruidosamente sobre o papelão molhado sob o qual Benjamin Schantz se encolhia em um torpor alcoólico. Ele xingou e bateu desastradamente nele, depois se abraçou e se acalmou novamente em seus resmungos inaudíveis.

Através de uma fresta entre os prédios, era possível ver um pedaço dos etéreos cilindros cromados do Hotel Bonaventure. Parecia uma visão de um mundo utópico e de um tempo inconcebivelmente distante do seu, embora a distância fosse menos de quatro quarteirões.

Nos raros momentos de lucidez, Ben refletia sobre o funcionamento do fliperama do destino, que o empurrava pela vida como mendigo através desse purgatório de decadência urbana enquanto seu melhor amigo do colégio havia se tornado presidente de um grande estúdio de cinema.

No entanto, este não era um dos momentos de lucidez. Na verdade, o vento que vinha do nada e o zumbido opressivo já estavam aumentando havia algum tempo quando ele os percebeu. O brilho roxo se intensificou em um brilho de holofote conforme o vento lançava pelo ar pedaços de papel e de coisas que um dia estiveram inteiras. O chiado se tornou a estática de um grande rádio transistorizado procurando freneticamente uma estação. O vendaval de papéis, caixas e dejetos rodopiou em uma tempestade.

O abrigo de papelão de Schantz foi levado embora. Ele se encolheu, apertando os olhos em direção ao brilho, tapando os ouvidos. Feixes roxos da cadeia de raios começaram a dançar em volta das paredes de tijolinho molhadas, chiando, crepitando, procurando qualquer coisa metálica para em seguida rastejar sobre ela como uma coisa viva.

Eles lamberam as escadas de incêndio enferrujadas, correram para cima e para baixo ao longo dos canos de escoamento, ondulando como fogo de santelmo. A estática aumentou de tom, chegando a um gemido penetrante. Janelas explodiram para dentro, espalhando vidro no interior dos prédios escuros. Um alarme de roubo acrescentou seu som estridente ao barulho.

Ben já vira coisas bem estranhas, mas nada parecido com isso. Houve uma explosão de luz e som no meio do ar – um clarão rápido e uma trovoada acompanhada de uma onda de ar implodido.

Quando Kyle Reese atravessou a explosão, ele estava no alto e fora do centro. Seu corpo se estabilizou nesta dimensão de tempo uns dois metros acima do solo. Ele ficou ali pendurado por um microssegundo; em seguida, a gravidade chegou e o atirou no chão do beco com uma pancada alta e dura.

Ele ficou lá caído, nu e tremendo, os olhos bem fechados contra a luz ofuscante, os punhos cerrados contra o peito, joelhos levantados como um feto gigante. Espasmos sacudiam cada músculo de seu corpo. Após a explosão, a parede sonora cessou, deixando apenas o farfalhar de papéis se acomodando novamente no chão.

O odor repugnante de cabelo queimado encheu as narinas de Reese, sufocando-o. A dor disparava através de cada fibra de seu corpo. Eles não haviam lhe contado que seria assim, pensou. Talvez não soubessem. Mas ai, porra... como doía.

Ele foi devagar, reunindo seus recursos, puxando aos poucos o ar cheio de ozônio até conseguir respirar de verdade. A sensação de alguém ter chutado suas bolas até a cavidade do peito foi diminuindo. Um pouco. Ele abriu os olhos e viu fantasmas; imagens residuais de visões que puxavam sua sanidade como uma bala de caramelo.

As sensações estavam desparecendo. A memória não armazenava aquele tipo de intensidade – o croma elevado. Qual foi a sensação? Foi como cair de um elevador com um cabo de alta tensão amarrado ao seu saco, acendendo você como uma lâmpada de mil watts, enfiando explosivos goela abaixo até os pulmões.

Reese deixou a sensação da chuva que escorria em suas costas ajudá-lo a se concentrar. Ele arrastou os joelhos por baixo de si, firmando ambas as mãos no chão, e ficou daquele jeito, como um pedinte curvado, até a calçada parar os movimentos vertiginosos. Ele sentiu pedregulhos afiados entre as palmas de suas mãos e o asfalto. Onde quer que ele estivesse, era real. Sólido. Nada a ver com aquele turbilhão do além que ele acabara de atravessar.

Reese olhou rapidamente para cima e percebeu dois olhos espiando de uma pilha de restos de papelão. Era

Schantz, com seu rosto escuro de sujeira e barba espigada transformando-o no conteúdo e textura do beco, exceto pelos olhos, que piscavam sem compreender.

Reese não viu nenhuma ameaça imediata no homem, reconhecendo-o instintivamente pelo que ele era: um mendigo inofensivo. Por ora, ele podia ser ignorado.

Ok, hora de se mexer, Reese, ele pensou. *Levanta esse rabo e fica de pé, soldado. Vamos lá.* Em um ato de coragem suprema, ele se levantou e cambaleou até o corrimão de uma escada, dissolvendo-se na segurança das sombras. Apenas minutos haviam se passado desde sua chegada, ele sabia; ainda assim, ele se atormentou por ter ficado deitado ali, exposto e desamparado, por tanto tempo. Ele analisou os arredores. Prédios. De tijolos ou concreto. Janelas de vidro. Intactas. Luzes elétricas. Movimento no fim do beco, luzes brancas e vermelhas passando – automóveis. Definitivamente pré-guerra. Ótimo.

Ele esfregou o braço inconscientemente – um arranhão sangrento onde ele caiu. Os técnicos o enviaram alto demais. Com tão pouco tempo para se familiarizarem com o equipamento de deslocamento e sua calibração, eles devem ter errado no quesito segurança. Mas ainda era melhor do que se materializar enterrado na calçada até os joelhos. Certo.

Ao olhar para baixo, Reese percebeu que estava coberto com uma camada de cinzas brancas e fina, embora uma parte tenha sido lavada pela chuva. Ele passou a mão sobre ela e percebeu que era o resíduo carbonizado da gelatina de condução que os técnicos passaram em seu corpo.

Ele não questionou nada. Eles mandaram tirar a roupa; ele tirou. Você irá sozinho, eles disseram. Tudo bem. Nenhuma arma? Não. *Merda.* Os metais não se deslocam. *Foda-se.* Ok, ele não era técnico. Apenas um soldado. Entretanto, ele gostaria de ter tido permissão para levar alguma coisa consigo.

Seus dedos inconscientemente apertaram o formato memorizado do cabo de seu fuzil de plasma Westinghouse M-25.

Ele olhou para cima. Nada além do céu acima dos edifícios altos. Nada de caçadores-assassinos, é claro. Não na pré-guerra. Olhar, no entanto, era um reflexo, um reflexo que o salvara mais de uma vez. Mas já não havia algo como os aéreos Mark Seven? Helicópteros? É, acho que sim. Só não tinha certeza. A história era um borrão para ele. Quando cada coisa foi inventada? Quem poderia saber ao certo? O pré-guerra era um quebra-cabeça jogado no chão e ele sempre vivera no meio das peças. As peças chamuscadas.

Ele percebeu com um salto o quanto estava atordoado, para ficar parado pensando no mesmo lugar por tantos segundos. Ele se forçou a pensar com clareza. Estrategicamente.

Primeiro, roupas. Para se aquecer e para se camuflar.

Segundo, armas. Terceiro...

"Ei, amigo..." As palavras eram um resmungo enrolado, mas Reese se virou, lembrando-se do velho mendigo.

"Maior tempestade de merda aqui um minuto atrás", arriscou Schantz. Reese identificou o idioma como inglês, provavelmente norte-americano, embora as inflexões não fossem familiares. Boa notícia.

Ele disparou até onde o sem-teto estava, esparramado em frente a uma entrada.

"Tira a roupa", disse Reese, já puxando a jaqueta do velho. "Hein?"

"Anda logo", chiou Reese, "agora." Ele fechou um punho para agilizar a cooperação, mas o velho percebeu a intensidade na voz de Reese e começou a obedecer.

"Não me bate... não me bate", choramingou Schantz, sentindo novamente o estupor enquanto seus dedos sujos se embananavam com a complexidade incontestável de seu zíper.

Reese puxou as calças imundas rapidamente, tirando-as das pernas finas de Schantz. Elas fediam a urina e sujeira endurecida. Reese mal notou; nem sequer se importou.

Para Schantz, Reese era uma figura que entrava e saía de foco. Ele parecia ser um homem jovem, talvez 25 anos, no máximo, mas havia alguma coisa nele que parecia mais velha. Os olhos – é isso. Olhos de velho. Viram coisas demais, disse um pensamento especialmente coerente de Schantz, como eu.

Mas não exatamente como Schantz. Algo no olhar de Reese dava um arrepio na barriga do velho. Ele ficou quieto e esperou sobreviver.

Reese estava vestindo a calça e já ia pegar a jaqueta quando, no limiar de sua consciência, percebeu problemas. Seus sentidos haviam sido finamente aguçados por anos se escondendo, escutando, aguardando e observando, absorvendo todos os pequenos sinais e sons que lhe diziam que a morte está na vizinhança, querendo aparecer de surpresa para sufocar com um beijo de despedida molhado e frio. Reese girou e se agachou, com os olhos instintivamente focados na rua ao final do beco.

Uma brilhante luz branca foi em sua direção, percorrendo as paredes e em seguida o capturando em seu feixe como um inseto. Por uma fração de segundo, Reese olhou fixamente para ela, através dela, passando por ela, até sua origem: um carro de patrulha preto e branco do Departamento de Polícia de Los Angeles (LAPD, na sigla em inglês), com um holofote instalado na janela e dois homens sentados dentro dele. Reese soube no mesmo instante o que eles eram. Policiais. Hostis. Se tivesse mais tempo, se amaldiçoaria novamente por sua lentidão; no lugar de onde veio ele já estaria morto.

Reese estava no automático agora e as decisões vinham em flashes instantâneos. Precisava do que eles tinham – transporte, armas, rádio –, mas os homens estavam armados e ele não. Não havia possibilidade de briga.

Evacuar. Ele se virou para longe do raio e dissolveu-se nas sombras.

Evacuar. Evacuar. As palavras ecoaram insistentemente na cabeça de Reese. Quantas vezes já as ouvira? Mil, talvez? Em quantas vozes? E enquanto esbarrava nos feridos e se virava para fugir, as palavras surgiam sempre acompanhadas de outros sons atrás de você, sons que se aproximavam para matar. Desta vez ele ouviu o ruído dos pneus quando o carro preto e branco parou. Reese estava na metade do caminho do outro lado do beco quando o som enfraqueceu e sumiu.

O sargento Michael Nydefer apontou, em vão, o holofote ao longo do beco, tentando encontrar o jovem que avistara um segundo atrás. *Nossa, esse garoto é rápido*, pensou ele.

"Ele está fugindo", disse Nydefer. "Dê a volta. O beco sai na Seventh." Seu parceiro recruta, Lewis, assentiu e engatou a ré. Quando Nydefer saltou, puxando seu calibre 38, a viatura já estava saindo, com a sirene ligada, um show de luzes azuis e vermelhas.

Nydefer avistou Reese passando por um facho de luz, indo em direção a uma junção onde os becos se encontravam. Respirou fundo e correu atrás dele.

Reese ouvira o som da viatura sair em disparada e um único par de pés andando em sua direção. Sabia o que estavam tentando fazer. Ele teve sorte. Apenas um deles corria na sua cola. Um era melhor. Podia derrubá-lo e conseguir uma arma. Ele se concentrou naquele único objetivo, ignorando o restante. Havia cacos de vidro espalhados por todo o chão do beco. Ele sentiu dor quando alguns pedaços cortaram seus pés descalços. Reese rejeitou a dor, enviando-a para longe de sua consciência. O esforço o ajudou a clarear as ideias.

Uma pilha de lixeiras caídas apareceu, bloqueando seu caminho. Reese as atravessou e continuou a correr sem diminuir o ritmo, como um rato em um labirinto urbano.

Reese virou uma esquina e desapareceu.

Nydefer instintivamente diminuiu o passo. Quinze anos de café ruim, Taco Bell e cigarros fizeram seus pulmões chiarem. Mas não era por isso que ele estava mais lento agora. Foi o medo que tomou essa decisão.

O policial balbuciou um xingamento. Ele deixou o suspeito escapar de sua vista. Agora seria mais perigoso. Filho da puta. Seu estômago se revirava. *Eles não te pagam o bastante pra isso. De jeito nenhum.* Ele engatilhou o revólver, foi para o centro do beco e andou lentamente até o cruzamento.

Nydefer olhou para o beco lateral, com uma das mãos segurando a arma diante de si como um escudo e a outra inconscientemente cobrindo sua barriga. Ele não viu ninguém. Cuidadosamente, começou a andar pelo corredor quase preto, parando ao se deparar com duas grandes caçambas de lixo. Elas estavam cheias, até a boca, de papelão achatado e caixas de madeira. Não havia espaço ali. Mas havia espaço entre elas. Espaço suficiente para uma pessoa.

Ele pôs novamente as duas mãos na arma e a ergueu na altura do peito. Ele olhou dentro do espaço atentamente. Nada. Apenas algumas ripas de madeira jogadas a esmo.

Mas Reese estava ali, esperando. Nydefer estava olhando bem para ele, mas não viu nada. Apenas a parede e as tábuas. Reese observava o revólver de Nydefer como um morto de fome observa comida. Era de um modelo antigo, mas em ótimo estado, provavelmente novo, e Reese o reconheceu imediatamente: Smith & Wesson especial da polícia, calibre 38 super. Na verdade, já disparara com um modelo daqueles várias vezes. O recuo era leve e ele era preciso. Não era uma arma séria como a Magnum calibre 44. Mas ele já teve de usar armas piores antes.

Em seguida, Reese concentrou sua atenção no homem à sua frente: de meia-idade, barrigudo, sem fôlego e com medo. Reese não podia pedir mais.

Ele saiu voando da escuridão como um sussurro em alta velocidade, com o peso total de cada grama sólido de matéria de seu corpo focado em um ponto no alto de seu ombro. Mirou naquele ponto do centro das costas de Nydefer e foi de encontro a ele como um trem de carga. A mão direita de Reese agarrou o pulso que segurava o revólver e, enquanto Nydefer começava a cair, houve um estrondo ensurdecedor e o brilho que saiu da boca da arma. Girando com força, Reese conseguiu apanhar o revólver. Com a outra mão, apoiou-se no chão, parou de rolar e ficou de pé.

Puxando o policial aturdido para cima e jogando-o contra a parede do beco, Reese deu um passo para trás, ergueu a arma, engatilhou e apontou diretamente para o rosto do homem.

Nydefer olhou além do cano de seu revólver de serviço para os olhos do mais velho garoto que já vira. Os olhos eram diretos também. Não havia raiva. Apenas intensidade. Era assustador.

Reese tinha mil perguntas que precisavam de resposta: sua localização exata, a localização do alvo, a quantidade e o estado dos veículos na região. Questões intermináveis. Ele viu "Departamento de Polícia de Los Angeles" escrito no distintivo de Nydefer e soube que estava na cidade certa. Mas havia uma pergunta cuja resposta podia tornar todas as outras irrelevantes e Reese sabia que tinha muito pouco tempo antes de o outro oficial de polícia chegar cantando pneu do outro lado do beco.

"Que horas são?", gritou Reese.

"Por volta de quatro e meia... da manhã."

"De que dia?"

"Sexta", respondeu Nydefer, esperando que de algum modo aquilo acalmasse o maluco. Não acalmou.

Impacientemente, Reese ralhou com ele: "A data!"

Nydefer ficou um pouco confuso. Ele gaguejou: "É dia nove... Nove de março". Reese olhou ferozmente para ele e fez a pergunta de um milhão de dólares:

"De que ano?"

Nydefer sentiu o pavor subir do centro de sua barriga e martelar as beiradas de seu cérebro. *Ele quer saber em que anos estamos? Isso é tudo que eu vou ver*, pensou ele. *O rosto desse garoto insano. Puta que pariu!* Nydefer fechou os olhos e esperou pela bala.

O uivo dos freios sobre o chão molhado ecoou pelas paredes dos prédios. Reese se virou e viu as luzes piscantes azuis e vermelhas da viatura parando na boca do beco. Lewis saltou de arma em punho. Reese virou-se para o outro lado e começou a correr em direção à saída da rua, do outro lado, quando viu outra viatura iluminada parar à sua frente.

Ele estava cercado. Fechado. Ferrado.

Reese analisou o terreno com precisão extremamente rápida. A porta de aço com cadeado estava apenas a alguns metros de distância. Ele foi para cima dela, concentrado como um aríete, focado no ponto logo atrás do cadeado. A força do impacto quase o deixou sem ar, mas a porta cedeu e se abriu para a escuridão atrás dela.

Seus olhos fizeram força para se ajustarem à nova escuridão. Sob seus pés descalços, sentiu a superfície lisa e fria de um chão azulejado. Ele foi em frente, atravessando os corredores labirínticos e derrubando pilhas altas de caixas até que, mais à frente, avistou uma fresta horizontal de luz fraca que indicava uma porta. Ele a atingiu em alta velocidade, abrindo-a com uma pancada.

Reese se viu em um amplo salão rajado de luzes e sombras, correndo através de um emaranhado de canais abertos entre ilhas de mesas e prateleiras. Ele estava tentando entender o terreno, desejando que seus olhos se acostumassem logo à escuridão.

O ar tinha um cheiro familiar. Antisséptico. Filtrado. Como o ar que ele havia respirado em bunkers subterrâneos, um segundo antes de sua equipe de sapadores atear fogo neles. Ele não gostava nem um pouco daquele cheiro. Seus ouvidos captaram o ruído distante e indefinido dos dutos de ar-condicionado que circulavam pelo prédio e então, atrás dele, perto da porta que atravessara, o eco agudo e inconfundível dos passos pesados lhe dizia que não estava mais sozinho no interior escuro.

Reese continuou a correr, mais rápido, quase voando pelo espaço preto ao seu redor, navegando por instinto, com o som de seus próprios movimentos ecoando e voltando para ele.

Aí sua visão voltou à forma. À frente de Reese havia fileiras e mais fileiras de tesouros fantásticos. Roupas, móveis, ferramentas. Mesmo enxergando parcialmente, no escuro, era incrível. Uma quantidade absurda de produtos brilhantes e multicoloridos.

Ele estava em uma loja de departamentos.

Reese saiu rapidamente do corredor para a sombra de uma arara de casacos compridos, prendeu a respiração e ligou seu radar. Por cima do estrondo do sangue pulsando em seus ouvidos, ele localizou o som da ameaça. Três deles. Separados. Movendo-se lentamente em sua direção.

Em quadrantes, Reese analisou o salão, procurando uma rota de evacuação. A parede a nordeste era de placas de vidro. Intactas. Viradas para a rua. Atrás dela, um carro da polícia rondou vagarosamente por ali e depois sumiu.

Camuflagem. Em silêncio, Reese esticou o braço para a arara acima dele e puxou um dos casacos de chuva, vestindo-o e percebendo somente naquele momento que estava com frio. Os passos estavam aos poucos convergindo na direção dele. Um feixe iluminado da lanterna que sondava bateu no assoalho no corredor ao lado. *Vai, vai, vai.*

Quieto como uma nuvem de fumaça, Reese deixou a sombra da arara e correu abaixado, como um caranguejo, pelas beiradas do corredor em direção à vitrine de placas de vidro. Um mostruário a ocupava, com manequins bem-vestidos virados para a rua com o olhar vazio. Reese passou entre eles, observando o vidro, procurando uma saída. Ele olhou para cima. Uma faixa de papel estava pendurada sobre o mostruário. "O look de 1984." Perfeito. Ele estava no alvo certo.

De repente, o arco ofuscante de um holofote de polícia percorreu o vidro. Reese ficou paralisado. *Isso não é nada bom*, pensou, recuando na direção do centro do prédio. Era possível ouvir vozes abafadas e passos cuidadosos à sua volta agora. Ele estava passando por uma mesa com sapatos de couro e lona quando parou com um deslize. *Verifique. Movimento? Nenhum. Vazio. Onde vocês estão, seus putos?*, ele se perguntou. Silêncio. *Bom*, pensou Reese, e pegou um par de sapatos da mesa, comparando-os à sola de seu pé. *Pequenos demais*. Outro par. *Quase isso. Bom o bastante.*

Reese atirou-se corredor abaixo. À frente, mais lanternas aproximavam-se. Ele fez o reconhecimento das imediações.

Aonde ir? Uma cabine de metal, com as cortinas abertas, estava no escuro a alguns metros dali. As palavras "Fotos para Passaporte" estavam pintadas na lateral. Reese entrou agachado, fechou a cortina, sentou-se em um banquinho e rapidamente colocou os sapatos.

Todo soldado de infantaria desde os primórdios da história sabe que um bom par de botas é tão essencial para a sobrevivência quanto as melhores armas. Reese amarrou os sapatos e sentiu como eles ficaram. Pareciam leves e frágeis, com uma sola fina, o que seria ruim para terrenos irregulares, mas eram bem-feitos e couberam de forma razoável. A palavra "Nike" estava costurada na lateral. Lembrava "*nuke*", um tipo obsoleto de míssil, até onde sabia.

Por baixo da cortina, um feixe de luz apareceu subitamente, percorreu os arredores e depois se retirou. Houve uma pausa. Mais sussurros. Reese ficou tenso. As vozes, no entanto, foram enfraquecendo aos poucos. Reese soltou a respiração e saiu silenciosamente da cabine.

Uma escada rolante estava parada, impassível, na escuridão. Seu mecanismo havia sido desligado horas antes, o que a reduziu a um lance de degraus metálicos. Reese subiu dois degraus por vez, voando até o segundo andar. Objetos para a casa. E lingeries para mulheres.

Na parede a sudoeste, Reese encontrou o que estava procurando. Uma saída de incêndio. A porta de metal liso estava fechada. Um fio descia por sua extremidade, formando um circuito rudimentar de alarme, e uma placa, pintada em uma barra que percorria a largura da porta, alertava que ela só poderia ser usada em caso de emergência. *Não brinca.* Reese apertou a barra e a porta se abriu. Não houve som. O alarme devia ser silencioso ou ter se queimado pela carga do deslocamento de tempo.

Ele estacou, em silêncio, na grade aberta da saída de incêndio e examinou o beco lá embaixo. Uma viatura do LAPD estava estacionada bem abaixo dele, com as luzes piscando, vazia.

Reese saltou para o asfalto como um gato e se agachou ao lado da porta do veículo. *Rua vazia. Movimento virando a esquina.* Ele tentou a portá. Destrancada. Incrível. *Eles deviam estar com muita pressa*, pensou Reese. Ele a abriu e pôs a mão na ignição. Sem chave. Precisava de transporte. Ele pensou em fazer ligação direta. Foda-se. É bandeira demais. Ele dispensou o veículo e se concentrou no que estava lá dentro.

Dentro de seu coldre, apoiada no painel, estava uma escopeta Remington 870 novinha de fábrica. Reese ficou de boca aberta. Ele já vira e carregara várias armas dessas, mas eram peças surradas de museu. A que encontrou na viatura, como a maioria das maravilhas ao seu redor, parecia nova.

Ele a apanhou e colocou dentro de seu casaco. Segurando-a ali, sob o braço, ficava invisível e não se molharia. Seria sua amiga.

Em seguida, Reese se virou e se afastou rapidamente do carro. Após dobrar a esquina da rua, ele andou sem pressa pela calçada. Três minutos e meio atrás ele estava tão nu quanto um recém-nascido. Agora tinha uma arma, roupas e se misturara à população. Precisaria de dinheiro, mantimentos e transporte. Mas havia bastante tempo para isso.

Caramba, ele estava aqui. Ele conseguiu. Uma onda de adrenalina tomou conta dele. Reese estava quase bobo com o prazer intenso de estar vivo, sobrevivendo. Ele olhou para cima, piscando com a chuva que caía em seus olhos, e examinou a paisagem milagrosa que o rodeava. Estava parado na esquina da Sixth com a Olive. Do outro lado da rua estava a praça Pershing. Ele percebeu que havia nascido a menos de dois quilômetros dali. Até brincara ali quando criança.

Mas ela nunca foi desse jeito. Prédios de cinco e seis andares cercavam o pequeno parque. E as luzes. Por toda parte havia luzes acima dele. Reese parou na sombra de uma entrada, impressionado pela cena maravilhosa.

Quanto tempo atrás foi isso? Reese se perguntou, a apenas minutos de distância de onde estava, quando passou correndo por aquele corredor de aço com o resto de seu esquadrão de sapadores.

Explosões ensurdecedoras ecoavam atrás dele, destruindo o corredor e seus equipamentos. Seu grupo estava liquidando o local. Incendiando-o. Matando-o. A sensação de vitória estava no ar como uma corrente elétrica atravessando os membros da equipe.

E então isto.

Aquilo não parecia incomodar John. Nada incomodava. Isso fazia parte do que o tornou o que ele era. Ele correu ao lado de Reese, com a mão apertando o ombro do jovem de maneira tranquilizante, gritando instruções curtas em seu ouvido. Foi decisão de John que Reese deveria ser o escolhido.

Em seguida, ele estava com um grupo de técnicos fazendo calibrações de última hora em uma enorme quantidade de equipamentos. Reese rapidamente tirou seu uniforme e entregou seu fuzil de pulsos para um de seus colegas. Os técnicos se amontoavam sobre ele como formigas, fazendo bioleituras, injetando substâncias químicas em seu organismo. John deu um passo para trás, fixando silenciosamente o olhar sobre Reese.

As coisas agora estavam acontecendo muito rápidas. Os técnicos o jatearam da cabeça aos pés com uma gelatina supercondutora grossa e azulada. Seu mau cheiro sufocou Reese. Em seguida, os técnicos o conduziram a uma pequena câmara e se afastaram. Os olhares de Reese e John se encontraram. Havia algo incomum no rosto de John. Uma expressão que Reese só vira antes uma vez, havia alguns anos, quando John o tirou do 132º e o colocou em sua equipe pessoal de Reconhecimento/Segurança.

Reese olhou para os rostos das pessoas à sua volta. Seu povo. Depois houve um clarão horrível e interminável de luz e dor. E depois o chão do beco.

Agora estava olhando para a praça Pershing, na chuva, e se sentia sozinho como nunca antes na vida. Era solidão ou euforia. O lugar. Era o mesmo lugar, mas tão diferente. Ele sabia que teria tal aparência. Mas não sabia que sentiria tal *sensação*.

Não pense, sua mente ordenou. *Não sinta este lugar*. Reese desligou todas as sensações, colocou em um quartinho e trancou a porta.

A missão era tudo. A missão era só o que importava.

Reese andou diretamente para uma cabine telefônica, a um quarteirão e meio de distância, e levantou o pesado catálogo sobre a estreita prateleira de metal. Ele abriu na seção da letra C e começou a analisar as páginas. Segundos depois, seu dedo parou ao lado de um nome: Sarah J. Connor.

`------------------ TERMINATOR ------------------`

ANALYSIS:	MATCH:				
		133	680HE	AP	8A
		123	23JK49	OP	7H
389 VEHI	55578	103	92893	UO	F1
690 SIZE	23903	122	EFO890	JH	8U
600 TSPD	38709	902	829UO	WE	9I
287 HPWR	12098	089	IKLI89	LK	EO
105 CODE	78304	022	012HIUJ	WS	EE
798 RNGE	32143	123			
		2390			
		105			

■ BAIRRO PALMS
JASMINE STREET, 656
8:28 A.M.

—

—

Sarah Jeanette Connor andou do seu apartamento no segundo andar até a entrada. Ela havia se esquecido de olhar a correspondência na tarde do dia anterior e não dava para confiar em sua colega neste quesito. Em todas as outras coisas talvez desse, mas a correspondência não estava no topo da lista de prioridades de Ginger. Com Sarah, era como se fosse uma obrigação. Era uma coisa rara receber uma carta. Ela nunca escrevia para ninguém, então isso não era surpresa. Mas havia contas. Contas que pagava religiosamente em dia, sempre acabando com sua magra conta bancária no início do mês e vivendo de gorjetas nas semanas restantes, satisfeita e segura de que todas as suas dívidas estavam pagas.

Sua colega era o oposto disso. Mas felizmente Sarah e Ginger haviam conseguido encontrar muitas coisas em comum nos últimos oito meses dividindo apartamento, como sua exuberância e seu gosto por diversão simples e descomplicada, embora Sarah tivesse de admitir que fosse um pouco mais conservadora que Ginger – talvez bem mais. Apesar de Ginger ter 24 anos e Sarah apenas 19, às vezes era difícil dizer quem era a mais nova.

Sarah parou perto do portão de segurança. Alguém o havia aberto com uma pedra. Uma pequena e fraca raiva se agitou dentro dela. Alguém não se deu ao trabalho de usar a chave.

Ao chegar ao recanto da entrada, onde ficavam as caixas de correio, ela foi tomada de assalto pelo sol brilhante e pelo cheiro de grama molhada sob o calor da manhã.

A tempestade havia passado. Seria um ótimo dia para andar em sua Honda. O céu a fez se lembrar de um anel de turquesa que seu primeiro namorado lhe dera no colégio. Qual era mesmo o nome dele? Charlie... Não importava. Ela ainda tinha o anel em algum lugar da sua caixa de joias, junto com outras lembranças das poucas relações que se importava de lembrar.

Palms era uma comunidade tranquila de condomínios de apartamentos, com uma mistura saudável de jovens e velhos, negros e brancos, judeus e protestantes. Cercada por todos os lados pelos respeitáveis de Los Angeles – Beverly Hills, Santa Mônica e Culver City –, era a concentração não oficial de um mosaico eclético de demografias improváveis que confundia a cabeça dos pesquisadores. Devido à existência de tantos condomínios com numerosos apartamentos, as ruas estavam sempre cheias de carros estacionados. Um dos motivos por que Sarah escolheu aquele condomínio era a garagem subterrânea. E o fato de ter um portão de segurança.

Ao abrir sua caixa de correspondência, ela analisou o grosso punhado de envelopes que caiu em suas mãos – duas contas, uma carta de sua mãe e o resto para Ginger.

Nada de cartas de amor de homens apaixonados e ricos, cheios de mágoa por terem sido rejeitados por ela. Sem problema. Quem se importa? Estava tudo bem, porque à noite Sarah tinha um encontro. Era um dia pelo qual ela esperou a semana toda. Um dia que ela se lembraria pelo resto de sua vida. *Bem*, Sarah riu para si mesma, *não se empolgue tanto*. Ele não era um príncipe encantado, nem um homem especialmente maravilhoso, mas tinha ingressos para o show de Julian Lennon no Bowl.

Sarah se perdeu em um devaneio diáfano, cheio de ardor, que começou educadamente com uma possibilidade romântica, depois cresceu até um êxtase...

Ginger Ventura apareceu, correndo pela calçada, e bateu na fantasia de Sarah, sorrindo como se a realidade fosse de fato mais divertida.

A morena alta estava sem fôlego, mas não sem energia. Ela continuou a correr parada enquanto conversavam, com seus cachos de ébano balançando eletrizados sobre os ombros enquanto pulava de uma perna para outra. Os fones que tocavam Bruce Springsteen no ouvido de Ginger em uma altura que Sarah podia facilmente escutar eram presos por uma alça encharcada de suor. Sarah deu um largo sorriso para sua colega. Se Ginger pudesse atuar e elas estivessem fazendo um teste para a Mulher-Maravilha, Sarah não tinha dúvidas de que estaria morando com uma estrela. Ginger tinha 1,70 m sem um pingo de gordura ou flacidez. Ela nunca conseguia ficar estática, mas mesmo parada chamava atenção. Ela era um fio de alta-tensão serpenteando e se enrolando ao redor de uma bateria inesgotável de entusiasmo.

"Alguma coisa para mim?", bufou Ginger.

Sarah entregou a Ginger a maior parte dos envelopes. Ela arregalou os olhos ao ler um deles.

"Ah, meu Deus, hoje é o dia!"

Ginger agarrou o braço de Sarah e a conduziu de volta ao apartamento delas, chutando distraidamente a pedra sob o portão.

"O que é isso aí?", perguntou Sarah.

"O resultado do exame. Vixe!"

"Resultado do exame? De quê?"

"De gravidez, boba. Eu não contei?"

Sarah parou a amiga em frente à porta do apartamento.

"Ginger! Claro que não contou."

"Devo ter esquecido", disse Ginger de modo irreverente ao entrar pela sala. Sarah estava estupefata, tentando cegamente fechar a porta enquanto ia atrás de Ginger pelo apartamento.

Sarah gaguejou: "Mas você usa anticoncepcional, Ginger. Como pode estar grávida?"

Ginger começou a abrir a carta da clínica e depois hesitou. "Você sabe como sou orgânica. Detesto pílula. E o espermicida tem vinte por cento de chance de dar errado. E minha menstruação não veio mês passado. Então..."

Sarah olhou para a carta. "Bem, e qual é o veredicto?"

Ginger disfarçou a preocupação com um sorriso malicioso. "Aposto cinco pratas que é negativo."

"Ginger, abre logo!"

Ginger olhou para o papel. "Certo", disse ela, soando corajosa, valente, decidida – e se cagando de medo. Ela abriu a carta. Sarah observou os olhos da amiga lendo rapidamente o conteúdo. Em seguida, eles se ergueram na direção dela com uma espécie de aceitação resignada. "De qual nome você gosta? Talvez só Júnior, né?"

Sarah sentiu um aperto no peito. "Ah, não, Ginger. Meu Deus... O que você vai... quer dizer... Você vai... Ginger..."

Ginger fez uma careta, depois amassou a carta e a jogou na mesa de centro. "Você quer saber o que eu vou fazer? Tomar uma bebida." E Ginger levantou-se como uma criminosa prestes a fazer sua última caminhada e marchou até a cozinha.

Sarah a observou sair, chocada. Que confusão. Ginger nunca se metia em confusões assim. Ela sabia todos os macetes do mundo. Ginger tinha uma vida de sorte. Ginger era...

(Sarah apertou os olhos com uma repentina desconfiança que crescia a cada instante e andou até a mesinha. Ela desamassou a carta e leu o resultado.)

...uma garota muito engraçada.

Sarah balançou a cabeça, simultaneamente ardendo de vergonha e de raiva. Ela adentrou a cozinha botando fogo pelas ventas.

"Ok, Ginger, muito engraçado..."

Ginger saltou de trás da geladeira e molhou Sarah com uma garrafa agitada de Perrier. Sarah gritou e estapeou cegamente o ar à sua frente.

"Sua puta!", gritou Sarah, mas agora estava rindo contra sua vontade.

"Por que eu deixo você fazer isso comigo?"

Ginger piscou para Sarah. "É uma pergunta de verdade?"

Sarah assentiu.

"Resposta de verdade. Porque você ama isso, gatinha."

"Vai à merda", disse Sarah, sorrindo.

Sarah mudou o tom, fazendo um bico quase sério.

"Você sabia o tempo todo que era resultado de papanicolau, não é, sua bandida?"

"Com certeza não achei que estivesse grávida. Nunca atrasei uma menstruação sequer desde que eu tinha 13 anos."

"Tudo bem. Então por que você faz isso comigo?"

"Você é um alvo fácil."

"Eu posso te surpreender qualquer dia desses."

"Seria ótimo."

As brincadeiras de Ginger estavam começando a ter aquele tom de fundo de verdade. Sarah balançou a cabeça de irritação. Ginger achava que sua obrigação cármica na vida era guiar Sarah pelas turbulências de cada dia. O que Ginger e a mãe de Sarah e praticamente todo o mundo não percebiam era que a pequena Sarah estava indo muito bem. Ela estava trabalhando, indo à faculdade e até conseguindo guardar uns trocados.

Claro que tinha alguns problemas, mas nada avassalador ou fora de controle. Coisas que todo o mundo também passa. Menos Ginger. Ginger parecia rebater os tempos ruins como se estivesse ganhando ainda mais impulso para cair de cabeça nos bons. E Sarah teve um pensamento incomum. Será que Ginger alguma vez sofreu algum baque?

"Ei, Ginge", começou Sarah, sem saber o que iria dizer, mas tomada pelo impulso mesmo assim. "O que você faria se *estivesse* grávida?"

Ginger riu. "Teria rido bastante da cara que Matt faria quando eu contasse a ele."

As poucas vezes que Sarah realmente considerou ser mãe lhe trouxeram arrepios. Aquilo a fazia se lembrar dos anos todos, após a morte de seu pai, que sua mãe teve de improvisar para si um livro de regras: guie sem dominar, ame sem sufocar. Deve ter sido como cruzar os Himalaias em uma cabra bêbada. Além do mais, Sarah não era exatamente uma fã de si mesma. Ela era normal, como a maioria das pessoas, mas não fora feita naquela forma especial que moldara grandes homens e mulheres.

Mas para Ginger ela apenas disse: "É, bem, eu vou me contentar com visitar os seus".

Ginger deu um tapinha no joelho dela. "Não se iluda. Você também tem esses instintos maternais."

"Eu posso reprimi-los, vai por mim."

É, Sarah estava pensando, *eu sei amar. Se alguém me der uma chance. Se eu souber que ele vai me amar também.*

Mas encontrar um homem no qual pudesse confiar era como encontrar um milk-shake de baunilha no meio do deserto de Mojave. E agora todo aquele círculo confortável de amigos com quem ela crescera fora estudar em outros lugares ou havia se casado. Tinha de se virar sozinha. Encontros. Conhecer alguém na faculdade. De algum modo, os que ela queria já tinham dona ou simplesmente não estavam interessados.

Com um sorrisinho, Ginger estava observando sua amiga entrar no mundo estático de si mesma. Sarah era uma das meninas mais doces. Talvez um pouco doce demais. Às vezes, ela usava aquela inocência como escudo para o mundo real. Então Ginger gostava de dar uns sustos em Sarah de vez em quando. Acordá-la do sonho que a maioria das pessoas tinha. O sonho do que deveria ser em vez do que era. Então, em vez de abraçar Sarah como ela queria, Ginger usava sua terapia de choque usual, como havia feito com a carta da clínica.

Ginger estava olhando hesitantemente para a sola de seu tênis de corrida.

"Acho que eu pisei no Pugsly."

Sarah rapidamente olhou para o outro lado da sala. Pugsly estava parado como um dinossauro de couro empalhado em seu terrário de plástico, olhando para ela com aqueles olhos que não piscavam, com a calma desenvoltura de um réptil em marcha lenta. Ele era uma iguana verde de noventa centímetros que Sarah havia ganhado de seu último namorado. Ela e Pugsly formavam uma relação duradoura de amor e respeito mútuo – muito mais longa do que a que teve com o antigo dono dele.

Sarah pôs as mãos nos quadris e fez uma cara enfezada para Ginger, que estava piscando para ela com um sorrisinho maroto. "Ficou tensa agora, né?"

"Acabou! Você vai morrer, Ventura." Ela pulou em cima da outra e foi direto no ponto mais fraco de Ginger: o umbigo.

O barulho do interfone assustou as duas com seu som agudo.

Ginger deu um pulo e apertou o botão.

"Notícia boa ou dinheiro?", disse ela entusiasticamente.

A resposta veio pelo minúsculo alto-falante como um rato passando pelo buraco de uma agulha – um pouco diminuída.

"Que tal sexo?"

Ginger sorriu para Sarah e deu uma piscadela. Depois falou novamente pelo interfone. "Claro, cara. Sobe aí. Deixa as roupas do lado de fora." Ela apertou para abrir o portão.

Matt Buchanan não tirou as roupas do lado de fora. Não que estivesse usando muitas roupas também. Apenas uma regata e um short cortado que deixavam seu corpo sarado bem à mostra. Ele não era arrogante por causa de seu físico poderoso ou por nenhum outro motivo, aliás. Sarah sempre ficava impressionada – o cara parecia poder levantar um trailer e ainda assim tinha uma personalidade muito doce e era menos babaca do que qualquer cara que tivesse conhecido.

Sarah estava pegando os livros da faculdade em seu quarto quando os ouviu desabando sobre o sofá. Ela pegou a bolsa e andou até o tumulto.

"Já é a terceira queda, cara!" Ginger estava gemendo ao se desvencilhar de baixo de Matt, puxando seu dedo indicador para trás e girando-o para se sentar. "Sarah, me ajuda aqui com este animal!"

"Desculpe, já tive o bastante para uma manhã", disse Sarah, sentando-se no sofá enquanto escovava seus cabelos castanho-claros na altura dos ombros e os amarrava com um elástico em um rabo de cavalo.

Ginger e Matt estavam se abraçando agora, sorrindo um para o outro daquele jeito momentâneo e muito particular das pessoas apaixonadas. Havia tanta adoração nos olhos de Matt, como um cachorrinho, que Sarah sentiu a inveja tomar conta de si. Ela não teve muitos namorados. Alguns deles realmente gostaram dela. Mas ela nunca havia conseguido despertar o tipo de paixão que estava nos olhos de Matt.

Sarah sabia que um dia conseguiria. Talvez até mesmo mais tarde, naquela noite.

Enquanto andavam até a garagem subterrânea, Matt passou os braços em volta da cintura de Ginger e de Sarah e abraçou as duas.

Sarah se ajoelhou ao lado de sua scooter Honda Elite. Depois de soltar a corrente, ela se virou para sua colega. "Pego você depois do trabalho?"

Ginger assentiu. "Ei, por que não vamos todos para o Stoker's e comemos uma pizza mais tarde?"

Sarah só conseguiu reprimir um pouco a ansiedade em sua voz. "Desculpem. Tenho um encontro hoje."

Matt fingiu dar um soco no braço dela. "É isso aí, Sarah!"

"Não é nada, Matt. Só um cara que conheci no trabalho."

"Aquele cara do Porsche preto?", quis saber Ginger.

Sarah fez que sim, mas depois fez uma careta. "Ah, sei lá. Ele provavelmente faz parte do 'Clube Babaca do Mês'."

Matt pôs o braço ao redor do pescoço de Sarah e a conduziu por alguns passos. "Você precisa de alguma coisa, Sarah?"

Sarah estava genuinamente confusa. "Tipo o quê?"

"Você sabe. Um dinheirinho de emergência. Para o caso de esse cara ficar querendo passar a mão em você antes de saírem para jantar. O que nós sabemos sobre o camarada? Ele pode te largar em algum lugar horroroso tipo... Anaheim. Hein?"

Sarah deu-lhe um sorriso torto e tirou o braço dele de seus ombros. "Não, obrigada, papai. Já tive encontros antes."

Sarah chamava aquelas vozes da razão, fracas e distantes, de "Sarinhas", só de brincadeira, porque é assim que elas se pareciam – versões pequenas dela mesma que ficavam lá dentro, observando e reprovando toda vez que ela começava a ter uma emoção que desconfiava ser inadequada. Às vezes, confiava nas Sarinhas. Outras vezes, queria estrangulá-las. Agora elas a lembraram de que Matt e Ginger gostavam dela e Sarah sorriu, relaxando. "Eu sei cuidar de mim mesma."

Matt foi para cima dela e mordeu bem de leve a ponta de seu nariz. "Tá, mas o que você faria se ele fizesse isso?"

Sem hesitar, Sarah deu um soco na barriga dura de Matt. Não deve ter doído, mas ele cambaleou para trás, ofegante, e se amparou em Ginger.

Enquanto ele se contorcia teatralmente, Ginger o ignorou e deu um beijo na bochecha de Sarah. "Até de noite."

Sarah subiu na scooter e apertou o botão de ignição. O motor de 125 cilindradas reclamou. Sarah olhou para trás para dar adeus e viu Matt ficar de pé, com um salto, como um bailarino.

"Tchau, Sarah", disse ele, sorrindo.

Que palhaço. Ela o amava. E a Ginger também. Ela acenou um adeus e subiu com a Honda pela rampa de concreto em direção ao calor do sol.

Sua mente não detectou nada fora do lugar, nenhuma pista sequer de que seria o último dia normal de sua vida.

■ BAIRRO MIRACLE MILE
8:31 A.M.

—

—

Conforme Reese percorria o labirinto de becos e ruelas esquecidas do centro de Los Angeles, houve vezes naquelas horas da madrugada em que ele não tinha certeza se estava mesmo no pré-guerra. Alguns daqueles pequenos corredores sujos e abandonados ainda estavam de pé em seu tempo. Ele corria para um cruzamento, deslizava a escopeta para cima, dava uma espiada do outro lado da esquina, só para garantir, e lá estava aquela avenida pré-guerra, brilhante como um parque de diversões, tão inacreditável e exótica quanto um sonho.

Foi assim a manhã toda.

Ele não conseguia se livrar completamente da sensação esquisita de estar em dois lugares ao mesmo tempo. Sabia que podia se proteger se ficasse apenas na rua, mas isso seria um erro tático. A rua estava vazia; era difícil se misturar à população quando ela estava dormindo. De repente, Reese pensou que talvez seu cérebro tivesse se embaralhado ao atravessar para o passado. Ou as anfetaminas que os técnicos injetaram nele estavam tendo um efeito colateral desastroso. Se alguma coisa atrapalhasse o objetivo da missão, seria o fim da linha para todo o mundo. Ele não queria nem se imaginar fazendo alguma merda. Um pequeno espasmo de pânico fez um teste dentro de sua cabeça. Por força do hábito e do instinto de sobrevivência, ele estrangulou aquela sensação até matá-la.

Ainda havia muito tempo, tempo suficiente. John o informara de que a conquista do alvo ocorreria às 20h19 na Jasmine Street, 656, em Palms. Sarah J. Connor estaria lá, deixando o local. Como John sabia, Reese não conseguia nem imaginar. Mas, se John disse, era verdade. Podia botar o seu na reta.

Ele decidiu continuar a pé, sentindo a região, verificando rotas primárias e alternativas. Ele repassou sua lista mental de compras. Para conseguir realizar sua façanha, precisaria de mais munição, para começar. Muito mais. O medo da morte, que sentiu muitas vezes ao entrar em combate, desta vez foi completamente eclipsado pelo medo de fracassar. Sua morte seria insignificante. Sarah J. Connor era outra história. Sua morte seria importante.

Reese estava passando ao lado de uma parede em um trecho especialmente nojento de um beco atrás da Oficina de Importados Gajewski, na Wilshire – "Garantia de devolver a potência a seu carango!" –, quando o ronco de um motor surgiu atrás dele. *Abrigo! Abrigo! Abrigo!* O corpo de Reese estava se movendo antes de seu cérebro. Ele saltou para o outro lado onde havia diversas lixeiras, empilhadas contra o tijolo em decomposição, rolou e se entocou atrás delas. Um caminhão de entrega entrara pelo beco um pouco rápido demais, cantando os pneus no asfalto molhado enquanto o motorista sonolento pisava no freio para não bater na parede. Reese carregou um cartucho na escopeta, com os nervos agitados como cabos de alta-tensão, e a ergueu enquanto o caminhão de entrega passou se arrastando. Lentamente, ele foi soltando a pressão sobre o gatilho e abaixou a escopeta. O motorista sonolento nem viu Reese e nunca saberia que estivera a apenas um triz de deixar sua esposa criar seus filhos sozinha.

O coração de Reese estava batendo forte. Ele olhou para cima, para a pequena faixa de céu acima do topo dos prédios à sua volta. Já estava claro.

Não adianta mais ficar nos becos, pensou Reese. *Melhor se misturar à população*. Ele estava carregando sua escopeta sob o casaco, presa entre o braço e o corpo, mas isso não passaria despercebido pelas pessoas à luz do dia. Hora de adaptar a arma ao modo de briga de rua. Ele vasculhou a lata de lixo ao seu lado – partes velhas de carros, segmentos de tubulação e lascas de metal engorduradas. De repente, encontrou o que estava procurando – uma lâmina enferrujada, mas usável, de serra tico-tico. Reese não entendia por que materiais perfeitamente bons eram jogados fora aqui. Ele poderia construir um carregador de combate apenas com o que encontrou em uma lixeira.

Reese pôs a lâmina sobre o cabo da escopeta, logo atrás do alojamento do gatilho, deixando madeira suficiente para servir de punho de pistola improvisado. Ele cavou mais fundo na lixeira, mas não teve sorte; não havia nada para fazer um estilingue.

Foi na quarta tentativa, em uma das lixeiras mais afastadas da parede, que encontrou um pedaço de corda desfiada. Ao amarrar uma das pontas ao cabo encurtado da arma, Reese fez um coldre deslizante para o ombro. Quando chegasse a hora, ele poderia sacar a arma de maneira suave e rápida. E o disfarce era excelente. Ele teria de ser revistado antes que alguém percebesse que estava armado. Mas aí as pessoas já saberiam.

Reese abotoou seu casaco longo até em cima, embora o céu estivesse claro e sem nuvens, atipicamente quente para o mês de março.

Ele nunca se sentira tão sozinho em toda a sua vida – o homem, que ainda nem nascera, na linha de frente de um exército. Movendo-se com cuidado até a entrada do beco, ele deu uma olhada feroz para a Wilshire Boulevard e, da maneira mais casual possível, deu um passo em sua direção. Seus nervos vibravam com alerta máximo enquanto ele começava a fazer o reconhecimento do território ao seu redor.

As pessoas já estavam saindo para as ruas. Algumas eram habitantes do mundo dos becos. Mas a maioria era de trabalhadores, esperando o ônibus na esquina ou descendo de um, com uma pressa cheia de propósito em seus passos e um copo de café esfriando rapidamente.

Reese não conseguia nem começar a entender o ritmo da vida urbana pré-guerra; ele estava acostumado a uma escala de intensidade completamente diferente. Passear à vontade à luz do dia não era uma maneira de se continuar vivo no mundo dele. *Eles* controlavam o dia. Você tinha a noite para brincar. Apesar de a mente de Reese lhe dizer que era seguro, seus instintos gritavam com ele. Ele teve de se forçar a sair da segurança da sombra do edifício para o redemoinho multicolorido de movimento que passava por ele.

Com seu casaco escondendo as cicatrizes enrugadas com laser que pontilhavam seu corpo compacto, Reese não parecia muito diferente das outras pessoas na Wilshire, mas estava fora de sincronia. Feroz e sério demais até mesmo para a parte perigosa da cidade, como uma pantera selvagem largada no meio de um zoológico claro, espalhafatoso e decadente.

Ele andou cuidadosamente pela calçada, analisando os rostos que balançavam e se cruzavam na sua direção. Havia uma qualidade ali que ele nunca vira antes. Uma espécie de virgindade ou inocência, uma falta de informação que fazia até os mais velhos parecerem jovens. Um garoto usando um jeans desbotado, empoleirado em cima de uma tábua de sessenta centímetros sobre rodas, cruzava graciosamente o curso de obstáculos de pedestres. Seu corpo se movia e se agitava ao som de "Born in the USA", de Bruce Springsteen, com a música explodindo na rua, vinda de um enorme rádio que o garoto carregava sobre o ombro.

As calçadas eram uma babilônia de vitrines, cada uma reunindo uma quantidade incrível de tesouros. Rádios, luminárias, aparelhos de som, televisores – fileiras deles, montes deles, com três ou quatro aparelhos empilhados. Uma vitrine continha apenas televisores, todos ligados no mesmo canal. Bryant Gumbel e Jane Pauley conversavam entre si em quarenta telas ao mesmo tempo. Reese estava hipnotizado com a vulgaridade daquela ostentação.

Para onde quer que olhasse, seus olhos eram ameaçados com uma sobrecarga visual. Um grotesco palhaço, daqueles que pulam inadvertidamente de uma caixa, ria do outro lado da rua, sob a marquise amarela e rosa do Teatro Pussycat. Outdoors com os rostos gigantescos de belos homens e mulheres sorriam para ele lá embaixo, exaltando as maravilhas do Caesar's Palace e do Golden Nugget. Um homem de aparência vigorosa, de quinze metros de altura, vestindo um casaco de couro de carneiro, convidava Reese a ir para o mundo de Marlboro, para onde está o sabor. Reese nunca ouvira falar em tal lugar. Mas a placa o fez pensar em comida. Ele percebeu que estava com fome.

Descendo a rua, havia uma pequena e suja birosca de comida para viagem. Uma placa desbotada orgulhosamente alardeava que era possível comprar fatias de pizza a qualquer hora do dia. Reese não sabia o que era pizza, mas soube pelo cheiro que devia ser algo decente para se comer. Ele pairou perto do local, prestando atenção, tentando entender como o sistema funcionava, sem dar bandeira. Reese observou um homem gordo com uma camisa xadrez berrante se aproximar da janela. "Me vê uma fatia com tudo, menos anchovas", disse ele. O homem atrás da janela entregou um triângulo fumegante ao homem da camisa xadrez. O homem da camisa xadrez então passou algumas notas verdes ao homem atrás da janela e foi embora. Reese observou atentamente a transação.

Ele ouvira falar de dinheiro, mas não tinha nenhum consigo. Rapidamente, vasculhou os bolsos da calça que era de Schantz. Nada. O cheiro da pizza estava fazendo coisas com seu estômago; ele roncou exigentemente. *Foda-se*, pensou Reese, e foi até a janela. Lentamente, o homem atrás do vidro ergueu os olhos do jornal com uma expressão irritada.

"Sim?", perguntou o balconista, com indiferença. Reese repetiu a cantilena.

"Me vê uma fatia com tudo, menos anchovas", disse ele.

O homem colocou uma fatia daquele negócio quente e fumegante no balcão, a centímetros do nariz de Reese, e se virou para o caixa. "É um dólar e sessenta", ele disse por sobre o ombro. Ao se virar novamente, Reese havia sumido. Furioso, o balconista pôs metade do corpo para fora da janela, com os olhos vasculhando a rua de um lado e de outro. Mas Reese não estava lá. "Seu filho da puta!", ele gritou para ninguém e para todo o mundo.

Reese voou pela calçada, entrou no primeiro beco que encontrou e depois se agachou atrás de uma pilha de caixas descartadas, longe da vista, envolvendo as sombras ao seu redor como um manto de proteção.

Ele olhou em volta furtivamente, ainda escondendo a pizza quente dentro de seu casaco. O cheiro exótico e condimentado havia tomado conta dele, da maneira que o aroma de sangue fresco consome a mente de um animal selvagem. Quando teve certeza de estar sozinho, ele a pegou e a devorou, deleitando-se com o sabor, quase sem perceber que o queijo queimou seu céu da boca.

Mal havia engolido a pizza, ele ouviu o rosnado grave de um cachorro atrás de si. Reese virou-se rapidamente. Um vira-lata de aparência desagradável estava agachado à sombra de uma entrada, olhando ansiosamente para a borda da massa em sua mão.

Reese começou a levar a borda até os lábios, depois parou. *Porra*, ele pensou, e abaixou a mão. Rejeitar um cachorro com fome era um crime. Eles eram parceiros na sobrevivência. Lentamente, estendeu a mão na direção do animal. O vira-lata saiu cuidadosamente da entrada e, mantendo os olhos grudados no homem, com desconfiança, pegou a borda.

Para dar sorte, Reese gentilmente passou a mão no pelo entre as orelhas do cachorro até a cauda do bicho começar a balançar para lá e para cá, até ele se deitar no asfalto a seus pés.

Deixando o vira-lata faminto com seu desjejum, Reese caminhou de volta até a beirada da rua. As pontadas de fome agora haviam passado e o sol estava subindo bem mais no céu da manhã. Ele parou na quina da parede do beco e observou a procissão de carros passando. Precisaria de um em breve. E de muitas outras coisas também.

Hora de se mexer, ele disse a si mesmo.

BAIRRO SILVER LAKE ■
HOTEL PANAMÁ
10:20 A.M.

—

—

Era um prédio de quatro andares com risco de incêndio que fedia a desinfetante e privadas entupidas. No inverno era uma geladeira; no verão, um forno – congelando ou assando as pessoas sem misericórdia. Mas era barato. Afastado da rua principal. Com uma saída de incêndio pela qual ele podia sair e cair em um beco, sem ser visto pelo atendente da recepção.

Foi por isso que ele o escolheu. Largou um bolo de notas sobre o balcão e se recusou a assinar a ficha de registro. Aqueles olhos azuis observaram fixamente o funcionário magrelo, de orelhas grandes e 50 anos como um inseto na parede. O atendente balbuciou alguma coisa sobre escrever sr. Smith no livro para ele, depois lhe entregou as chaves do pequeno quarto subindo as escadas.

Ele examinou o interior em detalhes minuciosos conforme avança pelos degraus de maneira decidida e percorreu o estreito corredor. Piso de madeira podre. Paredes estufadas, como carne cozida, em que a terceira demão de tinta, aplicada às pressas, estava descascando.

Os barulhos. Vozes nos cubículos úmidos. Raiva reprimida. Lamentos solitários. Gemidos sexuais. Silêncio. Muitos quartos estavam vazios. Ótimo.

Ele entrou em seu quarto e fez uma pausa, analisando tudo com um olhar arrebatador. A janela que dava para a saída de incêndio. A mesinha. Uma escrivaninha. Uma cama de molas enferrujadas. Um recanto com pia e privada. Uma tomada. De 110 volts. Ótimo.

E começou a arrumar suas ferramentas.

Ele havia descido a Ventura Canyon Road no escuro, sem ver um carro ou pessoa. Precisou andar porque o cronoporte queimara os circuitos elétricos em um raio de cem metros.

Então desceu a montanha como um deus implacável descendo o Olimpo, com as correntes de enfeite das botas do punk tilintando a cada passo. À procura.

Ele dispunha de um tempo indeterminado para localizar e exterminar o alvo, portanto podia adquirir o equipamento apropriado com calma. Suas roupas não lhe serviam bem, mas ele obteria outras mais tarde, se necessário.

Primeiro, orientação.

Quando a borda do horizonte começou a se arroxear com a luz do dia, o Exterminador encontrou uma mulher de seus quarenta e tantos anos indo da porta de sua casa até seu BMW sedã, balançando as chaves e carregando uma enorme bolsa de couro. Ele permaneceu no fim da entrada da garagem, atrás de um arbusto fora da vista, e prestou atenção em sinais de vida na grande casa da qual a mulher saíra. Nenhum som, luz ou movimento. Ótimo.

Ele analisou suas possibilidades e decidiu esperar. E observar.

A mulher abriu a porta do veículo com uma das chaves e depois se sentou ao volante. Ela colocou outra chave em um buraco e a girou. A ignição fez o motor de arranque gemer e zumbir até a gasolina ser injetada na câmara de combustão do motor e acioná-lo. A mulher puxou uma alavanca e a transmissão emitiu um ruído ao entrar em marcha a ré. Ela puxou outra alavanca e uma luz se apagou no painel. Em seguida, tirou o pé do pedal no assoalho do veículo e saiu da garagem.

Simples.

O Exterminador calculou alternativas possíveis ao continuar sua andança até a cidade.

Dez minutos mais tarde, ele encontrou um veículo apropriado. Uma perua. Ford Kingswood Estate. *Circa* 1978. Ninguém estava por perto. A rua do subúrbio estava tranquila naquele tom cinzento e rosa do início da manhã. Ele andou até o carro amarelo e atravessou a janela lateral com o punho. O vidro se espatifou com a força do impacto. Sem notar os cacos afiados espalhados por todo o assento, o Exterminador destravou a porta por dentro. Ele se pôs atrás do volante e examinou o interior. Os controles do painel. Demorou um pouco a recuperar os dados do modelo específico, mas em um instante ele o viu em sua memória com precisão de detalhes.

Ele se abaixou e, com a mão, quebrou o conjunto de ignição da coluna de direção, que se abriu como uma fruta madura. Arrancou a cobertura de plástico da coluna de direção com um movimento, tirando junto o cilindro da trava do lugar. Usando os dedos como pinças, ele girou lá dentro o minúsculo eixo exposto. O motor girou duas vezes e pegou. Ele se lembrou da mulher no BMW e adaptou os movimentos dela, dando a ré no carro em direção à rua. Parou por um breve momento, reexaminando as mudanças de câmbio, depois o colocou na posição *dirigir* e saiu acelerando rua abaixo. Tempo total: onze segundos.

Ele prestou atenção à disposição das ruas. As ruas correspondiam ao mapa em sua memória – sua memória perfeita e praticamente sem limites. Cada nome de rua e seus respectivos pontos de referência eram devidamente anotados; nunca seriam esquecidos.

Ele passou pela Los Feliz Boulevard até o cruzamento com a Sunset, depois virou na direção sudeste. Algumas quadras depois, encontrou o que estava procurando: uma loja de ferragens que acabara de ser aberta pelo dono.

O Exterminador foi seu primeiro cliente. E seu último. Depois, a caminho de obter armas, ele localizou a base de suas operações, alugando um quarto no Hotel Panamá.

Ele olhou para as ferramentas que havia coletado espalhadas na cama.

Estiletes. Pinças. Alicates. Lanterna de bolso. Porcas e parafusos. Chaves de fenda. Várias lixas. E outras miudezas. Ele também pegara uma pilha de roupas de trabalho e a jaqueta de couro como roupas de reserva. Não havia muito dinheiro no caixa, mas o Exterminador também não precisava de muito. Seria uma missão curta.

Ele usou a saída de incêndio a fim de testá-la como rota alternativa. Ninguém o viu sair.

**■ LOJA DE ARMAS GARRETT
10:23 A.M.**

—

—

Rob Garrett, atrás do balcão de vidro, olhou para cima na direção dos olhos azuis e frios do cliente.

O homem parecia um halterofilista, mas estava vestido como um daqueles garotos malucos da Melrose. Provavelmente um pirado. A cidade estava cheia deles. Havia doidos de todos os tipos em Los Angeles. Rob começou no comércio com uma farmácia em Bangor, no Maine, catorze anos atrás.

Rob era do tipo aventureiro, ele achava, então fez as malas e seguiu para o oeste. Ele próprio sempre colecionara armas, então assumiu uma loja de armas na Sunset Boulevard. A princípio, ficou receoso de lidar com os bandidos com sérios problemas que entravam na loja, mas nos últimos anos havia aprendido a identificar os perigosos e a evitar problemas em geral. O tal halterofilista não tinha uma aparência particularmente perigosa. Sua expressão era calma, neutra, a não ser quando olhou para a estante de armas atrás do balcão. Aí seu rosto se transformou em um cone de concentração. Seus olhos pararam em cada arma como se ele pudesse identificar todas.

Aquilo chamou atenção de Rob. Talvez um colega colecionador? O desejo de fazer contato com alguém parecido fez com que Rob ignorasse as roupas esquisitas do homem e se concentrasse na pessoa. Porra, havia vários tipos de colecionadores de armas.

"Posso ajudá-lo, senhor?", ele disse, esperançoso. Colecionadores de armas também gastavam bastante dinheiro.

O homem, enfim, abaixou o olhar que não piscava para Rob, somente agora reagindo como se ele existisse.

Ele começou a pedir artilharia pesada, as semiautomáticas, os produtos militares que Garrett não queria ter, mas tinha mesmo assim, porque estavam começando a vender muito bem.

Elas eram todas armas perfeitamente legais, a não ser que você soubesse lixar os pinos das semiautomáticas para fazê-las atirar sem parar.

Merda, pensou Rob, *esse cara tem o maior bom gosto*. Ele passou para um lado e para o outro, tirando um arsenal formidável das prateleiras.

Com a voz que soava como se estivesse comprando lâminas de barbear, o homem disse: "Quero ver a escopeta automática SPAS-12".

"Ela é automática e também tem alimentação manual, sabe", interveio Rob. O homem manteve os olhos nas prateleiras.

"Fuzil de assalto semiautomático Armalite AR-180", solicitou ele.

Enquanto Rob o retirava da prateleira, o cliente continuou. "A pistola a gás semiautomática Desert Eagle .357 Magnum com pente de dez. A carabina AR-15 5.56 com coronha retrátil."

Rob estava um pouco ofegante tentando acompanhar.

O homem continuou com a voz monótona. "Laser de pulsos de plasma faseado com alcance de 40 watts."

Rob ficou paralisado, confuso, tentando conciliar o pedido com o estoque de sua loja, para em seguida apertar os olhos para o cliente. Plasma faseado. Muito engraçado. "Ei, amigo, só tenho o que está exposto. Mais alguma coisa?"

Rob estava pensando que o cara devia ter prestado serviço militar. Pelo jeito que escolhia as armas, e por sua maneira de ser, talvez fosse dos Fuzileiros Navais. Vai saber. Vai ver o cara era um guerrilheiro de verdade. O cliente pegou uma Colt .45 automática de cano longo, olhando o dispositivo a laser acoplado em cima. Parecia uma mira, mas na verdade era um pequeno gerador de laser com bateria interna. Quando o homem apertou o gatilho de leve, um raio brilhante e fino de luz vermelha saiu da ponta do dispositivo.

"Essa é uma boa arma", disse Rob. "Acabou de chegar. Você mira o ponto em que deseja que a bala entre. Não dá pra errar." O cliente estava apontando o raio para a parede. Na direção da prateleira de exposição atrás de Rob. Para Rob. Onde quer que o feixe encontrasse uma superfície, aparecia uma minúscula e intensa bola de luz.

Era uma beleza observar o cliente. Ele estava movendo o raio para lá e para cá, muitas vezes, quase como se pudesse se transformar em uma extensão da própria arma. Fascinante.

O homem mais uma vez passou cuidadosamente os olhos sobre as prateleiras enquanto mexia nos mecanismos da crescente pilha de armas, parecendo familiarizar-se instantaneamente com elas. Em seguida, voltou aquele olhar firme na direção do proprietário novamente.

"UZI nove milímetros."

Rob foi pegá-la, dizendo "Você conhece suas armas, amigo. Qualquer uma dessas aí é ideal para a defesa do lar".

Rob esperou um sorriso que não veio. *Que se fodam as piadas. Melhor me ater aos negócios.* "Quais você vai querer?"

"Todas", disse o homem taciturno, inexpressiva e decididamente. Rob ergueu as sobrancelhas.

"Talvez eu feche mais cedo hoje. Há uma espera de quinze dias nas pistolas, mas os fuzis você pode levar agora." Rob começou a embrulhá-las, mas se virou ao ouvir o barulho dos cartuchos sobre o vidro.

O homem estava calmamente abrindo uma caixa de cartuchos calibre 12 e deslizando-os rapidamente pelo alimentador automático.

"Ei! Você não pode fazer isso..."

O homem encarou Rob e apontou a escopeta para o rosto dele. O cliente disse: "Errado".

Rob pensou por um momento se tratar de mais uma piada idiota e, em seguida, um segundo antes do estouro da escopeta, em uma revelação silenciosa, ele percebeu que devia ter ficado no Maine.

O Exterminador levou as armas e os sacos de munição até a van e os colocou no porta-malas. Eram mecanismos primitivos de matança, mas ele estimou que seu poder de fogo estava confortavelmente acima do mínimo necessário para a situação.

Assim que roubou o carro, levou dezesseis minutos para se adequar às regras aleatórias do tráfego da cidade. Em duas ocasiões, fez carros subirem na calçada, e em outra atravessou um cruzamento e raspou a lateral de um ônibus circular. Mas depois aprendeu a calcular o vaivém dos veículos e a deduzir as regras de trânsito através da memória e da análise da atividade contextual. Ele estava aprendendo a se virar.

■ HOTEL PANAMÁ
11:19 A.M.

—

—

O Exterminador estava sentado a uma pequena mesa, cuidadosamente lixando a placa soldada que impedia a UZI de disparar automaticamente. Ele havia terminado de converter e de carregar todas as outras armas em apenas trinta minutos, trabalhando em um ritmo constante e incansável. A placa caiu com um tinido abafado. Uma apertada no gatilho agora cuspiria balas de nove milímetros em uma cadência de mais de oitocentos tiros por minuto – o segredo do lendário poder de fogo da UZI.

Ele carregou totalmente a submetralhadora e depois a colocou sobre a cama ao lado das outras armas.

O Exterminador entrara com elas pela janela da saída de incêndio. Sua base de operações precisava ser segura, portanto ele não podia chamar atenção com nenhum comportamento demasiadamente agressivo, tal como a privação aberta da vida. Ele sabia o suficiente sobre esta sociedade para evitar fazer qualquer coisa que pudesse prejudicar sua zona neutra. Foi por isso que pagou ao funcionário pelo quarto. Por isso precisava de uma entrada do quarto pelos fundos. Mas longe do quarto ele podia fazer o que quisesse sem se preocupar, porque estaria constantemente em movimento, constantemente seguindo em frente até alcançar e exterminar seu alvo. Depois disso, nada importava.

O Exterminador se levantou, pegou pentes extras, enchendo os bolsos, e escolheu a UZI, a .45 com mira a laser e a pistola .38 banhada a níquel. Para sua primeira tentativa, ele não queria carregar peso. Se fosse preciso uma segunda, ele teria bastante poder de fogo de reserva.

Em seguida, ele saiu pela janela e desceu facilmente pela saída de incêndio até o beco e seu carro. Era hora de acessar o alvo.

------------------ TERMINATOR -------------------

ANALYSIS:		MATCH:		133	680HE	AP	8A
389	VEHI	55578		123	23JK49	OP	7H
690	SIZE	23903		103	92893	UO	F1
600	TSPD	38709		122	EFO898	JH	BU
287	HPWR	12098		902	829IUO	WE	9I
105	CODE	78304		089	1KLI89	LK	EO
798	RNGE	32143		022	012HIUJ	WS	EE
				123			
				2390			
				105			

■ BAIRRO SILVER LAKE
SUNSET, PERTO DA FOUNTAIN BOULEVARD
11:42 A.M.

—

—

O canadense nunca soube o que o atingiu. O cara era um touro, pesando 111 quilos antes do almoço, e seu rosto largo, com feições grossas, era adornado com uma barba. Carlyle Leidle era fabricante de ferramentas de aço tentando arranjar um *green card* e estudando para conseguir a cidadania. Vinte minutos antes, ele havia subido em sua Harley 900 para fazer um serviço para seu chefe. Dois minutos depois, o silencioso de uma van Dodge 1968 enferrujada caiu na estrada na frente dele. Ele estava fazendo uma curva e derrapou de lado em cima do silencioso, rolando antes que pudesse abaixar as pernas para se apoiar. Seus ferimentos foram leves – um pequeno talho no punho e um joelho levemente ralado. A Harley ficou destruída. Ele então estacionou a moto na calçada e perambulou cabisbaixo por meio quarteirão até um telefone público. Xingando entredentes, impaciente, Carlyle aguardou enquanto o telefone do outro lado da linha tocou doze vezes. Sua mulher com certeza gostava daquela porra de sono da beleza.

Ela finalmente atendeu e ainda estava se perguntando quem teria a cara de pau de acordá-la após uma noite longa e árdua, quando alguém com uma força poderosa levantou Carlyle do chão e o atirou como uma boneca de pano perto de um carro estacionado nos arredores. Ele caiu deslizando sobre sua enorme bunda com uma pancada de quebrar os ossos. Estava prestes a berrar furiosamente e voar para cima do intruso quando viu os olhos do homem. Não havia nada neles. Nada de raiva ou de maldade. Nada além de uma energia desfocada. Ele pegou o catálogo telefônico e o folheou como se Carlyle tivesse deixado de existir. Era um homem grande. Carlyle era maior. Ele se pôs de pé e disse para o homem de costas para ele: "Você tem um problema sério de comportamento, cara!" Mas isso não surtiu o menor efeito no cara da cabine telefônica. O telefone estava balançando para lá e para cá, pendurado pelo fio. Aquilo era demais. Carlyle começou a avançar na direção do sujeito, mas foi aí que viu as costas se enrijecerem e percebeu o dedo do homem, que estava passando pela coluna de nomes, travar em uma posição congelada em cima de um deles, e depois pular para o próximo e para o seguinte. Abruptamente, o homem se virou para sair. Carlyle cogitou entrar no caminho dele até ver os olhos novamente. Estavam olhando diretamente para ele, mas enxergando uma coisa completamente diferente – algo no futuro próximo que podia ser de interesse, mas certamente não era aqui e agora. Ele passou por Carlyle, pulou para trás do volante de uma van e saiu acelerando. Carlyle engoliu em seco. Só então percebeu que o homem havia lhe metido medo. Ninguém jamais o olhara daquele modo. E ele queria que jamais olhassem novamente. Suspirando, ele entrou na cabine para ligar mais uma vez para casa. Seus olhos percorreram a página aberta do catálogo que o homem estivera lendo. Havia uma marca funda ao lado de três nomes, uma depressão causada pelo dedo do homem no papel. Os três nomes eram: Sarah Anne Connor, Sarah Helene Connor e Sarah Jeanette Connor. Carlyle olhou para eles enquanto o telefone tocava em sua casa. Por um instante, uma mera fração de tempo, ele cogitou discar os números e alertar as mulheres de que alguém muito amedrontador estava procurando por elas. Mas a ideia foi fraca e facilmente esquecida quando sua esposa entrou na linha e ele começou a explicar seus próprios problemas para ela.

Onze horas e meia depois ele estaria sentado em sua poltrona surrada em frente à tevê, assistindo às notícias. Sua mulher ficaria assustada com a expressão de horror que então transformaria o rosto dele em algo desconhecido. Por um rápido instante, isto seria tudo que ele conseguiria dizer: "Eu deveria ter ligado... Eu deveria ter ligado..."

■ FACULDADE WEST LOS ANGELES
11:53 A.M.

O pneu furado foi a gota d'água. Sarah caminhou até sua scooter e balançou a cabeça de forma fatalista para o pneu traseiro furado. Aquilo estava longe de ser justo. Não havia motivo para isso ter acontecido com ela. Ok, talvez encontrasse um prego na banda de rodagem, claro. Mas por que hoje? Por que não amanhã? Ou ontem? Nos dois últimos casos, ela estava com a agenda livre e poderia facilmente se adaptar ao desastre. Mas hoje? Por quê?

As coisas haviam começado bastante bem. Depois de sair de seu apartamento, ela fez um trajeto rotineiro e cheio de devaneios até a faculdade. O trânsito estava surpreendentemente tranquilo e os motoristas haviam sido atentos e graciosos, o que não era comum. Ela então se permitiu fazer algo bem suicida quando se pilota um veículo de duas rodas no trânsito de Los Angeles: sonhar.

Ela estava pensando em Stan Morsky e em seu encontro naquela noite. Não planejou fazer isso, mas as imagens brotaram por cima da visão da estrada diante dela e simplesmente mandaram a realidade embora. Lembrou-se dos olhos azul-escuros e do sorriso dele. Não era particularmente sincero, mas suave e havia sido inspirado por ela. Tudo bem, ela precisava admitir, não era nada parecido com a expressão que Ginger inspirava em Matt. Mas aquilo a fez se lembrar de um sorriso que havia conseguido inspirar dois anos antes. No terceiro ano da escola. Parada no corredor com Rich Welker depois da aula. Um sorriso superdoce estragado apenas de leve por um dente quebrado, que ele rapidamente lembrava a todos que havia conquistado em um inesperado jogo vitorioso contra os antigos campeões da liga de futebol americano. Ele fazia parte do time do colégio, era presidente de turma e tinha as roupas mais bacanas. Seus pais eram ricos, lógico. Ela conseguira entrar no grupo das líderes de torcida só para ficar perto dele. Durante meses, ele foi educado e acessível com todo o mundo – menos com ela. Um dia, enfim, no corredor, ele a *viu* pela primeira vez, emoldurada por seu armário aberto. Ninguém estava por perto. Ele a beijou. E depois sorriu para ela.

Tiveram três encontros antes de ele lhe contar que se casaria com a rainha do baile.

Sarah rapidamente apagou aquele pensamento e voltou a Stan. Ele era bem parecido com Rich. Elegante, bonito, dirigia um Porsche, com uma expressão sonhadora e um sorriso deslumbrante. Era engraçado e educado. E quando a convidou para sair ela ficou surpresa. Não houve aviso. Sarah estava atendendo a mesa dele. Stan fazia comentários divertidos de tempos em tempos e ela se certificava de que ele estava sendo bem-tratado. Quando um cliente da mesa ao lado começou a tratá-la com implicância, ele a socorreu com uma piada que atenuou a situação. Enquanto o agradecia pela atitude, ele a chamou para ir a um show. O único grande problema que ela enfrentava agora era que roupa vestir. O cara era realmente chique. Talvez Ginger a ajudasse a se decidir.

Foi então que sua scooter começou a engasgar e a balançar. A Honda estava morrendo bem debaixo de Sarah. Rolou até parar na pista do meio. Carros de todos os lados começaram a buzinar. Os motoristas já haviam ultrapassado o limite da paciência e agora, hostis, encontraram um alvo conveniente.

De alguma forma, ela não parecia surpresa e foi isso que de fato a surpreendeu ao empurrar a scooter até o meio-fio. Foi então que percebeu por que não estava surpresa. Ela então lembrou de não ter abastecido a Honda na noite anterior, quando foi para casa depois de sair da biblioteca. Idiota.

Ok, só alguns minutos atrasada até agora, nada demais. Ela andou com a scooter por uma quadra até um posto de gasolina e pronto.

Sua primeira aula às sextas-feiras era uma aventura e tanto. Linguística. A professora Miller a segurava após as aulas por conta de seus atrasos cada vez mais frequentes.

A outra grande crise de Sarah era em Psicologia 104.

Rod Smith era um dos poucos homens do campus a discernir que as mulheres mais lindas tinham aulas de psicologia. O tarado vinha dando em cima de todas as garotas, menos de Sarah. Hoje foi seu dia de sorte.

Ele estava a duas cadeiras de distância, olhando pelo canto do olho para suas pernas à mostra. Sarah se puniu por não ter ido de jeans, mas estava um dia tão bonito, e ela adorava a sensação do vento em sua pele quando andava de short na scooter.

Rod estava lembrando a ela, inconscientemente, claro, da lei implícita da selva civilizada. Se você usar algo sexy, os homens têm o direito de olhar. Ela decidiu ignorar Rod e, embora não tenha exatamente desaparecido, ele ficou encolhido em sua mente como um pequeno aborrecimento. Até a aula acabar.

Ele a seguiu até a área externa e andou ao seu lado até o pátio, puxando uma conversa amistosa. Sarah não estava prestando atenção no que ele dizia; ouvia apenas o tom da voz, urgente e ávido. Ele provavelmente também não estava se escutando. Rod terminou dizendo: "A gente nunca conversou muito. Acho que deveríamos. Tem muita coisa que poderíamos aprender um com o outro".

Sarah parou de andar e o encarou. Não havia o menor sinal nos olhos dele de que ele era capaz de distingui-la de qualquer outra mulher do campus. Ela não era Sarah, mas apenas mais um alvo romântico. Seria especialmente bom se ele desaparecesse e então ela disse: "A única coisa que quero aprender com você, Rod, é sua aparência quando está se afastando".

Ela se surpreendeu ao ver o efeito que isso causou. Repentinamente humilhado, seu rosto enrubesceu e, com muita vergonha, ele saiu. Devia ser fingimento, pensou. Não era? Ai, meus Deus, ela não teve a intenção de ser tão grossa. Talvez esse pobre cara realmente gostasse um pouco dela.

Depois ela foi até sua Honda e viu o pneu furado.

Sarah ligou para Rod. Foi um impulso que a assombraria mais tarde. Ela deu aquele sorriso bonito e Rod se derreteu. Em poucos minutos, ele estava grunhindo aos pés dela, remendando e consertando o pneu.

Ela sabia que teria de compensá-lo por sua generosidade – e ele também sabia disso. Quando Rod terminou, limpou as mãos no jeans e pôs o braço em volta da cintura de Sarah. Ele a puxou em sua direção e disse: "Eu sabia que você ia mudar de ideia".

E lá estava o Olhar, transformando seu rosto naquilo que imediatamente pareceu ser um exemplo clássico daquele tesão de cair o queixo. Sarah não conseguiu se segurar: ela riu.

Enquanto observava Rod sair pisoteando de raiva, percebeu que havia feito um inimigo. *Maravilha*, pensou Sarah, subindo na scooter. *Nada mal pra um dia só, até agora*. E enquanto ia para o trabalho ela se permitiu ter a esperança vã de estar apenas alguns minutos atrasada. Certamente aquela manhã, que entraria para a história, era suficiente para apaziguar os deuses.

Mas às vezes os deuses nunca ficam satisfeitos.

```
------------------- TERMINATOR -------------------
```

ANALYSIS:	MATCH:				
		133	680HE	AP	8A
		123	23JK49	0P	7H
389 VEHI	55578	103	92893	UO	F1
690 SIZE	23903	122	EF0890	JH	8U
600 TSPD	38709	902	829IU0	WE	9I
287 HPWR	12098	089	IKLI89	LK	E0
105 CODE	78304	022	012HIUU	WS	EE
798 RNGE	32143	123			
		2390			
		105			

STUDIO CITY ■
HATTERASS STREET, 12.856
12:02 P.M.

—

—

Mike e Linda estavam parados na calçada, discutindo por causa do caminhão de brinquedo. Ele dizia que o brinquedo era dele. Ela estava segurando o caminhão. Tinha 9 anos, dois a mais que ele. Era um modelo de plástico, com detalhes realistas, de um caminhão basculante e ele o estava usando para escavar o jardim da sra. Connor. Linda chegou por trás dele e tomou o caminhão. "Mamãe falou que você não pode mais brincar aqui."

Mike agarrou o caminhão. "Você não é a mamãe, cara de pastel!"

"Ela disse que eu é que mandava enquanto ela ia ao mercado", respondeu Linda com altivez. Mas Mike avançou e arrancou-lhe o brinquedo. Quando caiu no chão, ele deu um salto para pegá-lo. O caminhão pulou para a rua e rolou até parar.

"Que jogada inteligente, Mikey."

Mike deu de ombros e saiu para pegá-lo.

Um carro vinha pela rua. O motorista estava metodicamente examinando as casas para verificar seus números.

Linda viu o carro e correu atrás de Mike. Ela deu-lhe um puxão para trás. "Espera o carro, seu burro."

Mike se contorceu impacientemente conforme a perua se aproximava. "Anda, anda", ele ordenava ao motorista. Mike e Linda ficaram na calçada e observaram o carro reduzir de repente, virar na direção deles e depois derrapar até parar, amassando o caminhão de brinquedo e transformando-o em uma panqueca de plástico.

As crianças ficaram paralisadas. Linda deu um passo para trás, apreensiva, e Mike piscava de surpresa e ofensa crescente.

Mike e Linda olharam para o gigantesco homem quando ele saiu do carro e marchou em sua direção. Parecia alguém vindo de um pé de feijão, pensou Mike. Linda estava apenas com medo, segurando Mike pelo pescoço.

O homem simplesmente passou pelas crianças como se não pudesse vê-las. "Ei!", gritou Mike antes de Linda tapar a boca dele com a mão.

O Exterminador ignorou as crianças e andou até a entrada da casa de Connor. Ele bateu à porta. Um pequeno lulu-da-pomerânia latia sem sucesso a seus pés. Aquilo não significava nada para ele. Estava apenas aguardando Sarah Connor.

Ela foi até a porta e a abriu somente até a extensão da corrente do trinco.

"Sim?", ela perguntou ressabiada, olhando, pela fenda, para aquele homem enorme e de aparência bizarra.

"Sarah Connor?", perguntou o Exterminador de maneira suave.

"Sim."

Ele esmurrou a porta. Ela partiu a corrente e se abriu para dentro, fazendo a mulher perder o equilíbrio. Sarah Connor gritou e caiu para trás. Em um instante, o Exterminador sacou a .45 e ativou a mira a laser, que atravessou a sala e parou na testa da mulher. Por um segundo, ela ficou cega pelo brilho vermelho; em seguida, sua visão foi estilhaçada quando uma bala a atingiu dois centímetros acima da sobrancelha direita.

Ela desabou sobre o carpete e o Exterminador abaixou o feixe e o colocou no centro do peito de Sarah. Ele atirou até a munição acabar. Os estouros em staccato ecoaram por cima dos latidos agudos do lulu na varanda.

O Exterminador se abaixou e, com um estilete, fez uma incisão do tornozelo até o joelho.

Mike havia corrido atrás do homem antes que ele entrasse na casa e agora estava parado na calçada, observando, através da porta aberta, a violência lá dentro. Não entendia a dimensão daquilo. Ele adorava desenhos. Especialmente Tom e Jerry. Mike ria quando Tom derrubava alguma coisa em cima de Jerry e o rato se achatava, como aconteceu com seu caminhão, e depois voltava ao normal. A sra. Connor não estava voltando. Em vez disso, ela estava manchando o carpete. Ele nunca vira ninguém ficar tão parado. Linda apareceu logo quando o homem começou a cortar a sra. Connor, abrindo-a tão calmamente como se estivesse cortando um assado.

Linda agarrou a mão de Mike e o puxou para a casa deles, ao lado daquela. Ela bateu a porta e a trancou.

O Exterminador se levantou, olhando para o corpo da mulher morta. Ele não havia encontrado o que estava procurando. Identificação do alvo negativa. Ele analisou suas opções por um instante, depois pôs a arma no bolso e andou até a porta.

Da janela de casa, eles assistiram ao homem caminhar de volta até seu carro e entrar. Quando ele se foi, Linda começou a chorar.

Tudo em que Mike podia pensar era como seu caminhão de brinquedo havia ficado achatado ali no asfalto. O menino murmurou baixinho: "Ele quebrou o caminhão".

A coisa toda levara talvez dois ou três minutos. E já estava se tornando irreal. Não houve drama algum. Apenas morte. Abrupta e sem significado aparente. Mas *existia* um significado muito profundo para esses acontecimentos, um significado que pouquíssimas pessoas decifrariam; e, com certeza, se isso acontecesse, um significado triste e intenso demais se revelaria para aquelas crianças pressionadas contra a janela, mas elas jamais o compreenderiam.

Nos anos seguintes, os pais de Mike e Linda gastariam milhares de dólares em psicanálise.

Mas não adiantaria nada.

■ RESTAURANTE FAMILIAR DO BIG JEFF
12:17 P.M.

—

—

Sarah atravessou a neblina que estava gradativamente ficando mais espessa, aquela fumaça quente reluzindo o horizonte em uma miragem de placas de trânsito e outdoors de cores berrantes. Ela conduziu sua scooter até o estacionamento do Big Jeff. Acorrentou apressadamente a Honda a um poste perto do boneco feito de gesso e fibra de vidro do próprio Big Jeff, trajando um chapéu de mestre-cuca e um sorriso obsceno de tão feliz. O moleque sardento estava perpetuamente sustentando um hambúrguer esculpido – com mostarda escorrendo pelo pão com gergelim, sempre a instantes antes de cair no chão – em homenagem a sabe-se lá qual divindade que protege as crianças gordas.

O cheiro da atmosfera saudável do Big Jeff subiu e a envolveu em um miasma adocicado de fumaça velha de cigarro, hambúrgueres pela metade, frios e nojentos, e o "molho especial", coagulando e ficando escuro como melado.

A correria do almoço estava começando a virar um caos total. Auxiliares de garçom passavam para lá e para cá discretamente, com a paciência de um gavião, limpando os dejetos culinários das mesas momentos após a partida dos responsáveis pela bagunça. Garçonetes zanzavam, clientes engoliam a comida e até os mais velhos corriam para o banheiro.

Uma câmera de vídeo avaliava o salão acima da porta em que se lia "Apenas Funcionários". Sarah fez uma careta ao passar sob a câmera sem olhar para a frente e acabou trombando com Nancy Dizon, uma garçonete robusta e morena de ascendência metade filipina e metade irlandesa.

"Desculpa", sussurrou Sarah.

Nancy acenou para ela. "Nada, a culpa é minha. Estou apressada porque me atrasei."

"Eu também", disse Sarah para as costas de Nancy, que rapidamente desapareceu.

No corredor de serviço, Sarah reduziu a velocidade para vasculhar a bolsa em busca do cartão de ponto, deixando cair seus livros. Ao se ajoelhar para pegá-los, uma voz metálica chamou seu nome.

Ela olhou para a câmera do teto logo acima de uma porta onde estava escrito "Chuck Breen, Gerente".

"Sarah, venha até o escritório, por favor."

Mordendo o lábio, Sarah enfiou o cartão no relógio de ponto e se encolheu com o barulho alto e acusatório da máquina, processando e imortalizando seu atraso. Ela então enfiou a pilha de livros sob o braço e empurrou a porta para abri-la.

Chuck Breen estava sentado atrás de um console cheio de monitores. Tudo que precisava era de um uniforme para ficar parecido com um segurança. Ele não usava crachá – a não ser, talvez, na sua cabeça.

Sarah tentou dar seu sorriso mais brilhante, mais corajoso. "Oi, Chuck. Adivinha só, eu me atrasei."

Ela disse tudo como uma única palavra, mas Chuck as separou e decifrou.

Ele se inclinou sob o brilho de um monitor e seu rosto cheio de espinhas ficou em alto-relevo, como a superfície da lua. Encantador.

"Isto" – Chuck apontou para um computador em sua mesa – "é um Apple Macintosh 128к com planilhas eletrônicas. É meu organizador. Eu registro salários, gorjetas, escalas de trabalho e, o mais importante, o relógio de ponto. Você está exatamente dezoito minutos atrasada, Connor. Qual é a desculpa?"

"Meu pneu furou."

"Por que será, Connor, que o pneu de tanta gente parece incapaz de permanecer inflado quando eu mesmo não tenho um pneu furado há dez anos?"

"Faz dez anos que você anda de ônibus, Chuck", respondeu Sarah, calmamente.

"Como todas as pessoas que não têm transporte confiável deveriam."

"Minha moto geralmente é confiável. Não tive pneu furado em..."

"Desculpe-me, Connor, não quero ouvir a história da sua mobilete."

"É uma scooter, Chuck", disse ela.

O que você está fazendo?!, censuraram as Sarinhas. *Você precisa deste emprego.* Por um instante, Sarah tentou afugentar as vozes prudentes; depois ela cedeu.

"Escuta, Chuck... Me desculpa, não vai acontecer de novo."

Simples, humilde, tranquilizadora. Para a maioria das pessoas, seria suficiente. Mas não para esse cara.

"Olha, Sarah, um dia você vai ter de aprender que há responsabilidades que deve cumprir na vida adulta. Cuidar de si mesma, de sua família e honrar seus compromissos com os outros. Especialmente com seu patrão. Você não pode se atrasar novamente."

Por que as pessoas têm de agir assim?, pensou ela. A vontade de dizer a Chuck o tamanho da relevância que sua visão cósmica tinha nesse momento chegou no auge, mas foi derrotada pelas Sarinhas, que a aconselharam a preservar o emprego. Era a hora do estrangulamento. Para a outra parte de Sarah, ela deveria ter dito algo além do que dissera. Mas não o fez. E isso era um pouco triste. Mas foi a decisão que ela tomou. E Sarah não se sentaria sobre as mãos e gritaria de dor.

"Estou descontando do seu salário."

Ele fez um gesto para que ela se aproximasse e apontou para o nome de Sarah piscando como um minúsculo néon em um limbo fantasmagórico eletrônico.

"Viu? Já entrou."

Chuck se voltou para os monitores monocromáticos, passando os olhos sobre eles independentemente, fazendo Sarah se lembrar de Pugsly quando contemplava um pedaço de alface.

"Maravilha", ela murmurou baixinho ao sair pela porta.

Do lado de fora, Sarah se sentiu entorpecida pela raiva. Ela dobrou o corredor apressadamente e, diante do vestiário, girou o corpo, voltando-se na direção da sala do gerente, e estendeu o dedo médio.

A voz de Chuck surgiu no alto-falante.

"Que atitude ruim, Connor. Isso não é o tipo de coisa que uma garota do Jeff deveria estar fazendo. Lembre-se: você *é* uma garota do Jeff, pelo menos por enquanto."

Sarah havia se esquecido da câmera do outro lado do corredor.

"Não esquece de empurrar a salada do Jeff hoje, hein?" Nancy veio pelo corredor na direção dela. "Vamos lá", disse ela. "O Big Jeff tá de olho em você."

Dentro do vestiário, Sarah jogou os livros no fundo de seu armário, cansada. "Aposto que ele tem uma daquelas câmeras escondidas aqui em algum lugar."

"Ah, é?", murmurou Nancy. Ela levantou sua saia oficial do Jeff, puxou a calcinha para baixo e tocou o terror. "Isso aqui é pra você, cara esburacada."

Sarah riu, liberando os últimos resquícios de raiva, e em seguida começou a se despir.

"Cuidado", alertou Nancy, mascando sua onipresente pelota de cinco pedaços de chiclete.

Sarah fingiu uma paranoia e virou-se para a parede, escondendo-se atrás da porta do armário enquanto tirava suas roupas e vestia a blusa roxa e rosa e a saia.

Nancy ficou fazendo hora, esperando Sarah terminar, usando o tempo para sua atividade favorita: fofocar sobre suas colegas garçonetes. Ela matraqueava alegremente sobre Sue Ellen, a menina em treinamento que tinha o desleixado hábito de dar espirros bem molhados em cima da comida logo antes de servi-la.

Sarah se apressou com sua maquiagem, passando um pouco de delineador e um toque de blush para se levantar da cova. Aquele dia estava cobrando um preço alto, isso era fato.

Quando ela era pequena, sua mãe costumava lhe dizer que seus olhos um dia levariam os homens à loucura. Ela os analisou agora. As pálpebras inferiores eram levemente caídas. Sua mãe dizia que as mulheres invejariam aquele olhar sexy. Mas Sarah só pensava que sempre parecia estar acordando após uma longa noite. E a cor deles. Sua mãe também elogiava a cor que eles tinham. Cor de mogno, para combinar com seu cabelo castanho. Sarah sorriu para si mesma, depois jogou a cabeça para trás e esticou a pele do rosto, examinando o efeito que algumas pinceladas de rímel tinham. Normal. Sarah viu apenas olhos castanho--escuros e cabelos castanho-claros. *Boa tentativa, mãe.*

No momento seguinte, parou em frente ao espelho de corpo inteiro e colocou a redinha oficial do Big Jeff no cabelo.

"Oi", disse Sarah, exibindo um sorriso vazio. "Meu nome é Sarah e eu serei sua garçonete." Ela apertou as bochechas para completar. Tudo nos conformes.

"Eu sou certinha pra caralho."

Aquilo fez Nancy desabar.

```
------------------- TERMINATOR -------------------

ANALYSIS:        MATCH:        133   680HE      AP   8A
...........................   123   23JK49     OP   7H
   389  VEHI      55578       103   92893      LO   F1
   690  SIZE      23903       122   EFO890     JH   BU
   600  TSPD      38709       902   829IUO     WE   9I
   287  HPWR      12098       089   IKLI89     LK   EO
   105  CODE      78304       022   012HIUU    WS   EE
   798  RNGE      32143       123
                              2390
                              105
```

■ RESTAURANTE FAMILIAR DO BIG JEFF
4:34 P.M.

—

—

Sarah heroicamente estava cumprindo seu desafio de atender os clientes raivosos, ziguezagueando entre as mesas como uma bailarina de beira de estrada, balançando com destreza três jantares completos nos braços estendidos e segurando uma Salada do Jeff em uma das mãos. Um homem corpulento de meia-idade com cara de urso e uma expressão indignada esticou a mão e puxou o avental dela. Com a desenvoltura da prática, Sarah transferiu o peso para evitar um desastre repentino e encarou o homem, que apontou irritado para sua porção de batatas fritas.

"Que tal um vidro de ketchup, hein?"

Sarah colocou seu sorriso vazio no rosto e balbuciou ingenuamente: "Você quer outro, além do que já está na sua mesa?"

O homem acompanhou os olhos dela até o vidro de ketchup enfiado atrás do suporte do cardápio. Continuando, ela descarregou sua carga culinária em uma mesa cheia de homens impacientes. Quando começou a separar quem havia pedido o quê, um velho, a algumas mesas dali, gritou que queria o café dele *agora*. Ela lançou um "já estou indo" por sobre o ombro e depois virou-se para seu problema imediato.

"Ok, de quem é a Carne Corpulenta?"

Um deles respondeu: "Eu pedi a carne de churrasco".

Outro interveio: "Acho que esse é o meu, mas eu não pedi fritas".

Outro se sobrepôs: "O meu é o Queijo Chili Deluxe".

Sarah estava ficando para trás com a coisa toda. Seus pés já estavam ultrapassando a dor e a agonia, indo rapidamente na direção dos pés chatos. Em geral, ela dava conta do trabalho facilmente, mas aquele não era um de seus melhores dias.

Mais do que o normal, as chateações e os pequenos conflitos irritantes estavam se acumulando, amontoando-se uns sobre os outros, até ela começar a perder a concentração. E, naquele instante, o mundo inteiro estava se tornando uma pergunta agoniante de tão simples e direta: "Tá, então de quem é a Carne Corpulenta?"

Uma loira gorda empurrando duas meninas hiperativas na mesa ao lado cutucava o braço de Sarah insistentemente. "Moça", disse ela, como se Sarah não tivesse mais nada a fazer a não ser prestar atenção a cada palavra dela, "já queremos pedir."

"Sim, senhora, já estou indo, se puder só..." Ela estava entrando no piloto automático e pôs o último prato sobre a mesa. Ao se levantar, seu braço esbarrou em um copo de água e ele caiu em cima de um homem na ponta da mesa, encharcando sua jaqueta. Ele levantou os braços, consternado.

Sarah rapidamente esfregou a jaqueta dele e enxugou seu colo com um guardanapo, sem pensar, e balbuciou: "Sinto muito, senhor. Isso não é couro de verdade não, é?" Claro que era; a expressão do cara não deixou dúvidas.

Enquanto isso, uma das meninas da mesa ao lado pegou um pouco de sorvete e maliciosamente colocou no bolso de gorjetas de Sarah, que reprimiu um choro de espanto. A garota gargalhou, triunfante. Sarah olhou a criança com uma expressão de desamparo e as Sarinhas puxaram suas rédeas, mal controlando seu desespero.

O homem cuja jaqueta Sarah havia ensopado murmurou: "Boa, garota. Eu devia dar uma gorjeta pra você".

Sarah ficou ali parada, com a sensação crescente de que forças malignas a rondavam. Nancy, passando atrás dela no corredor, deu um tapinha em seu ombro, virando a cabeça de lado com um sorrisinho travesso.

"Pensa por esse lado, Connor: em cem anos, quem vai se importar?"

CENTURY CITY
5:41 P.M.

—

—

O sistema nervoso de Reese começou a jorrar suor conforme homens e mulheres limpinhos, com os cabelos perfeitamente arrumados com spray e trajando roupas impecáveis e passadas com esmero, começaram a se aglomerar à sua volta na esquina da Pico com a Doheny, esperando o sinal abrir.

As pessoas pareciam uma raça alienígena. Ele não esperava isso. Elas lhe metiam um medo ansioso que o fazia ficar agitado e de antena ligada. Após seis horas, ele ainda não estava acostumado a elas. Mas por fora Reese fazia o número da estátua, ficando imóvel, como um Buda favelado, levando em uma mão uma sacola marrom de compras enquanto a outra segurava o cabo da arma .38 no bolso de seu casaco, tranquilizando-o. Todos os olhos ao seu redor estavam grudados à luz vermelha, a vinte metros dali.

Reese deu uma fungada no cheiro que eles soltavam no ar – aquele cheiro terrível novamente, aquela mentira química agridoce dos perfumes. Ele ainda não havia encontrado o aroma reconfortante e pungente de um ser humano.

Finalmente, o sinal do outro lado da rua ficou verde, o trânsito mudou de direção e o grupo de pessoas, em suas camuflagens da Calvin Klein, avançou pela faixa de pedestres. Reese ficou para trás, deixando-os passar, mantendo-os à sua frente, contra o vento.

Ele chegou à esquina sudoeste da Doheny, agora sozinho, e examinou os carros estacionados na rua. O dia todo ele estivera à procura de um que se adequasse ao perfil da missão. Ele estava atrás de desempenho, não de forma. Precisava ser pesado, com chassi grande para atravessar fogo, e ter um motor de bom tamanho, a fim de suportar algo tão grande rapidamente. E também precisava ser discreto.

Sua busca havia se restringido às ruas menores e estacionamentos. As concessionárias não lhe serviam de nada; ele iria "comprar" seu carro com um cabide. Por duas vezes ele chegou perto; o tipo certo de veículo, em área segura, longe de civis.

Ele estava quase pegando um Cadillac sujo de lama na Spaulding quando os filhos do dono chegaram do colégio. Uma hora depois, nas entranhas de uma garagem de concreto, embaixo de um prédio envidraçado de escritórios, ele chegou a entrar em um Chrysler azul-claro e já começava a procurar a fiação sob o painel quando um alarme, ajustado em um volume enlouquecedor, passou a gritar com ele. Reese passou cerca de cinco segundos tentando encontrá-lo, mas não conseguiu e decidiu bater em retirada. Máquinas escrotas. Odiava perder para elas.

O sol estava quase se pondo quando Reese terminou de vasculhar o quarteirão que ia da Pico até a Alcott. O efeito das anfetaminas dos técnicos já havia passado horas atrás, deixando em seu rastro uma ponta de cansaço.

Mexa-se, soldado, ele ordenou a si mesmo. *Vasculhe a área. Mantenha-se ocupado.* Seus olhos estavam sondando quadrantes polares, começando por trás. L: rua pavimentada, sem veículos em movimento. SE a SO: estruturas de dois andares, provavelmente apartamentos, sem movimento detectável do lado de dentro ou de fora. N: mais ruas, nada em movimento. NO a NE: canteiro de obras. Talvez 20 mil metros quadrados. Com grades de arame. Dois tratores, uma grua e uma equipe de seis pessoas em terreno aberto a setenta e cinco ou oitenta metros de distância...

De repente, os pelos de Reese se arrepiaram. Ele ficou paralisado. Suas mãos suavam – havia um gosto ruim em sua memória. Alarmes silenciosos soaram em sua cabeça. Alguma coisa no entorno. Mas o quê? Havia medo ali... e... é, mas havia mais. Merda. O que era? Fragmentos de imagens surreais, de corpos e fogo-fátuo, piscaram freneticamente diante de seus olhos, tentando se sobrepor à paisagem à sua frente. Reese respirou fundo e ordenou que sua mente se acalmasse. *Pense.* Nada lhe ocorria. *Talvez eu esteja entrando em Delta Eco*, pensou ele.

E então ele se lembrou.

Reese não se mexeu por um segundo. Depois ajustou calmamente a alça da escopeta pendurada debaixo do casaco, passou a sacola de compras para a outra mão e continuou a andar pela calçada, desejando que houvesse sido Delírio Extremo, fechando aquela porta de sua memória e tentando trancá-la, observando os carros pelos quais passava. Reese viu o LTD e o contornou, olhando para os pneus – boa faixa de rodagem –, conferindo os danos à lataria – insignificantes – e a pintura – ficando opaca, não refletiva, melhor ainda.

Ele olhou em volta e depois casualmente abriu o capô e o ergueu, deixando a luz da rua chegar ao compartimento do motor. Debaixo de um monte de porcaria de controle de poluição que ele gostaria de arrancar, estava um motor 5.8 com carburador de quatro bocas. Muito torque. Uma boa aquisição. Ele caminhou até o lado do motorista e pegou o cabide de arame que estava dobrado em seu bolso. Vigiando a área, endireitou uma das pontas e a deslizou para baixo da fresta da porta, acima da maçaneta. Pelo tato, Reese estava procurando a trava. Ainda nenhum intruso. Com um clique, a trava se abriu. Ele entrou no carro, pôs a sacola no assoalho e silenciosamente fechou a porta.

O chicote elétrico estava debaixo da coluna de direção. De memória, seus dedos foram direto para o fio da ignição, desencapando-os, e encostaram o cobre exposto na ponta de arranque; o motor roncou para a vida. Dois minutos haviam se passado desde que se aproximara do carro.

Ele apertou o pedal, elevando um pouco as rotações por minuto. O tom do motor elevou-se de acordo com a pressão no acelerador. Nenhum alarme contra roubo ou pós-partida. Nos trinques. Ótimo.

Deixando o motor aquecer um pouco, Reese desamarrou a alça da escopeta do ombro, retirou a arma que estava sob o casaco e a colocou no assento. Havia uma reverência em seus olhos enquanto analisava lentamente o luxuoso interior do carro. Um grosso carpete revestia o assoalho. O rádio do painel ligou quando ele deu a partida. Reese girou o botão até acertar uma transmissão. Os sons sonâmbulos de Jim Morrison (*"Take the highway to the end of the night..."*) flutuaram pelos alto-falantes, enchendo o ambiente pequeno e macio. Em outra estação, um barítono devoto estava denunciando seu bando de pecadores por não lhe enviarem dinheiro suficiente para continuar denunciando seu bando de pecadores. Reese percorreu as frequências como o convidado de um banquete que não come há semanas. Ele encontrou uma estação de notícias e ficou ali por um tempo. Nada extraordinário acontecendo. Apenas onze pequenas guerras ao redor do planeta e três assassinatos na cidade. Ele conferiu a hora em seu relógio digital roubado de acordo com o horário anunciado pela KFWB. Em sincronia.

Respirando fundo, Reese se deliciou com o leve cheiro de fábrica que ainda emanava dos estofados do carro. *Então é assim que foi um dia*, pensou, e aumentou o volume do rádio. Ele ouviu, maravilhado, a letra tola de uma música sobre o coração partido de uma garota.

Reese se afundou no assento e inclinou a cabeça para trás. Ele sentiu seus músculos, duros pela tensão e pelo uso, implorando para relaxarem. Uma onda rolou até a orla de sua mente consciente e ofereceu carona até um lugar quente e pacífico durante algumas horas de sono.

De jeito nenhum. Ele se sentou e esvaziou os bolsos; três caixas de munição Super .38 e mais quatro de chumbo grosso .00. Aquilo o protegeria, por ora. Ele invadira uma loja de artigos esportivos às 9h15; às 9h16, seus bolsos estavam cheios e o cão de guarda estava triste em vê-lo partir.

Reese se abaixou e pegou a sacola de compras a seus pés. As coisas dentro dela eram de uma pequena loja de bebidas na Crenshaw. A dona do lugar era uma coreana velha cujos olhos ficavam grudados a uma tela de tevê de oito polegadas atrás do balcão.

Ele virou a sacola e despejou o conteúdo sobre o banco. Uma revista *Cosmopolitan* caiu sobre o assento, junto com duas garrafas de Perrier e catorze barras de Snickers. Chocolate. Ele havia provado um pouco quando criança, guardando-o até o último floco minúsculo e precioso se derreter e desaparecer como um sonho na ponta de sua língua. Agora havia um monte deles. Ele enfiou um inteiro na boca e mastigou, deixando o sabor consumi-lo e pensando no tipo de porcaria que estava acostumado a comer. Imaginou Willy, um falecido garoto de Tac-Com da sua equipe de tiro, olhando para ele, arregalando os olhos bem grandes e dizendo: "Caramba, puta merda, sargento. Você realmente comeu catorze?" Reese engoliu e abriu outro, para Willy.

Ele pegou a revista e a folheou. Alguns artigos. Passou por eles e viu os anúncios. Meu Deus, que vitrine eles eram. Ele ficou fascinado, hipnotizado. As mulheres que vira na rua mais cedo pareciam incrivelmente lindas, tão limpas e delicadas. Foi difícil relacioná-las a qualquer coisa que tivesse visto antes.

Mas aquilo era um nível completamente diferente. Eram mulheres de devaneios – esbeltas, perfeitas, irreais, com rostos brilhante desprovidos de expressão, a não ser por um beicinho calculado nos lábios ou um sorriso sedutor pintado pelos pincéis precisos de um maquiador. Seus pescoços longos e braços magros pareciam fracos, suas unhas tão pouco práticas e decadentes quanto as de um mandarim. Ele se lembrou que nenhuma daquelas gazelas da alta costura duraria mais do que alguns minutos em sua época e tal pensamento aliviou um pouco sua dor. Ainda assim, ele viu seus dedos marcados e calejados contornando aquelas linhas de beleza como as de uma estatueta de porcelana, uma beleza que se tornava ainda mais dolorosa para ele por sua fragilidade. Uma fragilidade que nunca sobreviveria em seu mundo crepuscular, com suas regras afiadas de sobrevivência.

Sua cabeça se apoiou na porta. A almofada embaixo dele era sedutora, trazendo-o cada vez mais perto de seu corpo macio, dizendo-o para descansar, só por um momento. Ele pensou em todas as coisas que jamais poderia ter e na coisa que ele mais queria, que ele sonhara a vida toda e que agora estava tão perto – e que ele não poderia ter.

Olhou inexpressivamente pelo para-brisa, através da cerca de arame, para os rastros do aço pesado de um trator que, lenta e sistematicamente, mastigava a terra arada. O rugido e o barulho de seus pneus ecoavam bem alto na cabeça de Reese, enquanto seus olhos...

...estavam focados em um par de enormes rodas brilhantes, a quarenta metros de distância, vorazmente triturando um campo de concreto armado iluminado pela lua, cuspindo vigas mortas, madeira lascada, pedaços de roupas e ossos.

Milhares de ossos. Montanhas deles.

Os ossos estavam escurecidos e carbonizados por incêndios que já eram lembranças mesmo quando Reese nasceu. Eles ficavam jogados em pilhas deprimentes, tão comuns que ninguém mais reparava que os contornos da paisagem eram formados por restos humanos.

Reese assistia calmamente aos crânios passando sob as rodas dos CAS. Ele não conseguia ver expressão alguma naqueles rostos sem carne que rolavam em direção àqueles dentes de metal achatado até que, por um segundo, as órbitas vazias de um deles lançaram-lhe um olhar que parecia dizer *Você também*.

Ele parou de olhar depois disso.

Seu rosto ainda não tinha as cicatrizes que colecionaria nos anos seguintes. Ele havia acabado de completar dezesseis anos.

Os rolos avançavam rapidamente. Barulhentos. Mais que ensurdecedores. Fora dos limites. O som se tornou algo sólido, arranhando sua mente, chacoalhando-o, rasgando-o.

Reese viu explosões, um oceano caleidoscópico com as cores do arco-íris piscando no horizonte. Da piscada para a explosão levava apenas uma fração de segundo. Eles estavam perto. E se aproximando. Fechando o perímetro com uma tempestade altamente explosiva; rolando, batendo e levantando poeira até as nuvens. Fazendo a terra se confundir com o céu.

Holofotes varriam a paisagem destruída. Procurando os bolsões espalhados de dor humana. Caçando, sondando, revistando.

Reese estava deitado de bruços nas ruínas de um prédio de apartamentos bombardeado. O cheiro pungente de carne queimada e poeira úmida encheu suas narinas. Ele resistiu à enorme vontade de fugir e tentou se afundar ainda mais nas cinzas fétidas sob si.

Se entrar em pânico, você morre, Reese disse a si mesmo. *Não entra em pânico*. A tela CRT dentro de seu capacete não estava funcionando. Ele tentou ajustá-la. Nada. Nenhuma conexão visual com o Comando. Pelo menos os fones e o microfone de garganta estavam funcionando. Ele podia ouvir os sons sobrepostos de pedidos urgentes de batalha e as vozes de homens e mulheres, alguns gritando, com ferimentos mortais, pedindo mais munição, cobertura, médicos e extração.

Por cima do ombro, ele olhou para o membro sobrevivente de seu esquadrão de doze pessoas: cabo Ferro, uma sapadora magra e ameaçadora. Eram quinze na terça passada e armados até a porra dos dentes. Ela ficava perto de Reese, ancorada a seu líder de esquadrão como uma sombra.

Ele lançou um olhar para as vigas destroçadas do prédio derrubado e viu um vulto escuro movendo-se pela noite; era a torreta dos CAS. Seus holofotes percorriam as ruínas. Reese conferiu o nível de "Pulsos Restantes" em sua

Westinghouse M-25. O fuzil só tinha mais um único pulso de plasma. *Atira. Cega essa filha da puta.* Reese mirou em seus olhos, as lentes infravermelhas da torre de artilharia.

Reese levantou o visor flexível do fuzil – *Merda, mais rápido, mais rápido* –, olhou pela mira CRT – *Anda, desgraçado, anda* – e lançou uma explosão de plasma de alta energia.

A lente ultrassensível do CA explodiu em uma chuva de vidro e microchips derretidos.

E então o monstro negro brilhante atirou.

Reese e Ferro saltaram do edifício quando o CA pulverizou o que restava dele. Mas Reese o cegara em um dos lados. *Ótimo. E agora eu vou te matar*, pensou ele.

Reese estava se movimentando rapidamente, como um gato em modo de matança em alta velocidade. As imagens estavam jorrando quase rápidas demais para ele registrá-las com clareza. Seus olhos piscaram sobre o corpo de uma criança, um garoto de uns dez anos, atingido no meio do torso, ostentando um buraco fumegante, com uma surrada M-16 muito antiga nas mãos, olhando para o nada. Mais corpos. Alguns de uniforme. Alguns maltrapilhos. Mulheres, velhos, crianças. Mortos.

Houve mais explosões, caindo em padrão de dispersão itinerante, começando ao leste da Rexford até a Sherborne e eliminando tudo entre elas.

Reese caiu em um bunker escuro. Um buraco de rato. Cheio de humanos segurando armas enlameadas, aglomerando-se contra a morte lá fora. Alguns estavam chorando. E gritando. O brilho de uma explosão iluminou seus rostos. Alguns eram crianças.

Soldados em uma guerra de pesadelo.

O que diabos eles ainda estavam fazendo naquele buraco? A zona devia estar evacuada para o time dos sapadores. Reese queria aquele CA.

"Cadê o líder da sua equipe?", gritou Reese. A resposta estava escrita no rosto deles – em algum lugar lá fora. Frito.

"Vamos!", ele berrou. "Vocês estão atrasando." Eles não se mexeram. Paralisados. O medo havia corroído sua capacidade de pensar. Ele os colocou de pé, arrastando-os, quase jogando-os para fora do bunker.

"Agora mexam-se!", gritou Reese. "A unidade está se reagrupando no Bunker Doze." Eles assentiram, suando medo e sangue, e partiram para a noite. Alguns na direção certa.

Reese ficou sob a sombra do bunker e fez um rápido reconhecimento. *Pra onde foi aquele porra do CA?* Em seguida, Ferro mergulhou para dentro da terra.

Uma explosão de plasma do CA atingiu o bunker. Madeira, tijolos e lona esfarrapada foram lançados para fora, em fragmentos, e depois desapareceram. A onda de vento e escombros levantou Reese e o atirou contra uma coluna de concreto. Ele caiu de costas em uma cratera fumegante. *Lá estava ele.*

Reese abriu os olhos. Seu uniforme estava soltando fumaça. Seu corpo tremia por conta do impacto. Ele gritou. Não de medo, mas de raiva.

Ferro estava ajoelhada ao lado dele, gritando alguma coisa. Mas Reese não conseguia ouvir.

"O quê?", ele gritou de volta. "Quê?" Seus ouvidos estavam zumbindo.

Ele se sentou, atordoado. Ferro estava apontando para seu capacete, destruído. Ele o arrancou, puxando os fones sobre seus cabelos emaranhados, partindo-os, e jogou o capacete fora. *Agora pega esse desgraçado. Corre. Vai, vai, vai!*

Reese e Ferro pararam atrás de uma parede destruída após se desvencilharem do enorme CA. Suas luzes azuis piscaram sobre as paredes; seus holofotes vasculhavam os escombros.

E então ele apareceu totalmente – um leviatã cromado sobre rodas, cheio de cicatrizes das explosões. As enormes armas giratórias rodaram em seu eixo, transformando as ruínas ao redor em destroços achatados.

Reese desamarrou uma bolsa das costas de Ferro e rapidamente tirou de dentro uma das minas cilíndricas antitanque e a colocou sobre o joelho. Ferro foi atrás de Reese. Eles podiam ouvir o CA girando e se aproximando.

Remova a tampa de poeira. Reese estabilizou sua respiração.

Teste o circuito. O enorme monstro estava entrando na mira.

Desengate a bola de segurança. As mãos de Reese suavam, escorregando sobre o revestimento de aço inoxidável. *Pegue a alavanca e gire, em sentido horário, de* Seguro *para* Armado. O círculo em cima da metade superior da mina acendeu. Ele estava com fome.

Reese espiou por cima da borda do muro. O CA estava a apenas alguns metros à frente, o ronco de seus motores atingindo o auge. Ele olhou para as rodas, fixando-se nelas.

Agora morre, seu filho da puta!

Ele deu um salto e armou a mina direto no caminho do leviatã. Uma de suas rodas passou bem em cima da bomba. O monstro parou. As armas e os holofotes giraram. A cabeça se virou, com dificuldade.

Ao se atirar de volta, para trás do muro, Reese viu Ferro se esforçando para manter o equilíbrio, escorregando nos fragmentos soltos de concreto à sombra do muro. Ela ainda estava segurando a mina, mas seu tempo estava acabando. "Atira isso logo!", gritou Reese. Mas ela não conseguia, a não ser que subisse no muro e se expusesse, e o CA já estava virando novamente.

Ela havia feito merda. Reese e Ferro se entreolharam. Depois ela pulou e atirou. Já estava na metade da descida, voltando, quando o poderoso raio atingiu seu tronco. Nem um grito. Ela desapareceu em uma nuvem de vapor rosa. Um pouco dela caiu em Reese. Ele nem se preocupou em se limpar.

Ele pensaria sobre Ferro mais tarde.

A carga de Reese explodiu primeiro, bem debaixo da articulação principal da roda traseira, um dos poucos pontos fracos na armadura da máquina. O choque levou pedaços da carroceria bem para cima de seu torso, estraçalhando uma das torretas do ombro. Explosões relacionadas atravessaram as toneladas de munição enroladas dentro dele, até que finalmente os tanques de combustível detonaram e a jamanta de quinze metros de altura foi engolfada por uma enorme bola de fogo. A carga de Ferro explodiu ali perto, sem efeito, por ter batido na carapaça de titânio e voltado, mas foi uma boa adição ao incêndio.

O céu inteiro se iluminou conforme o CA desintegrava em meio a uma explosão branca e brilhante, espalhando-se sobre o campo fétido da morte como se fosse um universo nascendo. Reese olhou por cima da borda da cratera e assistiu à chuva quente de luzes com uma satisfação intensa e arrebatada.

Logo ele já estava evacuando de volta para o ponto de extração na Doheny. Seus pulmões estavam sufocando com o cheiro de coisas pegando fogo. Metal. Concreto. Gente. Tudo em chamas.

Reese carregou os dois outros sobreviventes para o VBTP e se pôs atrás do volante. Ele pisou fundo e engatou a primeira no Camaro. A Aérea já estava indo para cima deles, atirando com suas miras matriciais, e depois os perdeu de vista naquela confusão de luzes e escuridão das explosões do campo de batalha.

Reese, disparando o VBTP pelo terreno destruído, dirigia feito um demônio; as ruínas eram um borrão frenético de imagens pela metade. O garoto colocou o coldre e pregou os olhos no visor a laser da grande arma de plasma de pulsos. Ele varreu rapidamente o céu procurando a Aérea.

Foi ela que os encontrou. Ela desceu com tudo em um ângulo de quarenta graus, com os holofotes acesos, os turbos roncando, e atirou uma rajada estrondosa de plasma.

A investida atingiu a lateral do Camaro, amassando-o como uma lata de cerveja. O volante foi arrancado das mãos de Reese. Outro tiro entrou no VBTP e o fez capotar.

Reese ficou preso nas ferragens, com sangue escorrendo sobre sua testa, caindo em seus olhos. O homem que estava sentado a seu lado havia desaparecido da cintura para cima. Reese não quis olhar para aquilo. Ele tentou se mexer. Uma dor lancinante atravessou seu ombro esquerdo. Ele viu chamas subindo pelo capô, crescendo constantemente até o calor chamuscar seu rosto e mãos. De olhos fechados, ele tentou desesperadamente se libertar. Sentiu cheiro de cabelo queimado – era seu. Ele ouviu alguém gritando, um grito incipiente de dor e de raiva. A voz soou familiar. Era dele...

Os olhos de Reese se abriram. Pegou a escopeta sobre o banco e o ferrolho de madeira embaixo do cano estava batendo de volta enquanto ela era carregada. Ele estava suando, respirando rapidamente, ao mesmo tempo que aquela pergunta constante de quem acabou de acordar consumia seu ser: *Onde estou?*

Em um instante, percebeu o interior luxuoso do LTD; a revista, a garrafa de Perrier e as barras de chocolate em cima do banco; e a estranha cidade do lado de fora das janelas do carro. *A missão!* Ele arregaçou a manga de seu casaco e olhou para os números vermelhos de LED em seu relógio. Ele havia dormido menos de três minutos.

Lentamente, Reese começou a relaxar, deixando a voltagem sobrecarregada sair dele. Ele olhou para o inofensivo trator Caterpillar se arrastando para lá e para cá na área irregular. O canteiro de obras tinha apenas minhocas e capim. Por enquanto. Reese afastou as imagens de crânios e corpos fumegantes de sua mente.

RESTAURANTE FAMILIAR DO BIG JEFF ■
5:58 P.M.

—

—

Chuck parou Sarah no corredor de serviço com uma reprovação verbal assim que ela ia bater seu ponto. "Aonde vai, Connor? Você já fez um intervalo uma hora atrás."

Sarah estava ficando sem forças, com os ombros inconscientemente caídos, o uniforme amarrotado e lambuzado de comida salpicada. Os músculos de sua nuca estavam duros feito pedra e ela não conseguia mexer a cabeça sem produzir uma pontada de dor que ia até seus pés inchados e voltava para a base de seu crânio.

Ela olhou furiosamente para a câmera de olho vermelho.

"Isso mesmo, Chuck. Muito observador."

"Então o que você está fazendo?"

"Estou indo embora."

"Você só sai às sete."

"Isso mesmo, Chuck. Todos os dias menos sexta, que é quando Denise me substitui uma hora antes do normal."

A impaciência ríspida de Sarah ultrapassava os alto-falantes de Chuck, apesar da distorção de vinte por cento do equipamento.

"Hum, certo, Connor. Onde está sua substituta? Você não pode deixar o salão até sua substituta..."

Denise, uma loira peituda entrando despreocupadamente na casa dos trinta, apareceu no corredor e piscou para Sarah.

Ela se virou para a câmera e falou suavemente. "Qual o problema, Chuck? Está com dor de barriga de novo?"

Sarah, prendendo o riso, bateu o ponto rapidamente. Ela sorriu para si mesma, feliz por ter uma amiga como Denise. Aquilo dava às Sarinhas um momento de paz e segurança.

Em seguida, Nancy pegou seu braço com entusiasmo, como se Sarah estivesse saindo da órbita do mundo e no último minuto fosse puxada de volta para a segurança.

"Ei, vem cá, isso aqui é sobre você. Bem, mais ou menos", disse ela, com a voz meio rouca por causa do cigarro pendurado no canto da boca. Ela mastigava seu chiclete como um cortador de grama ao conduzir a confusa Sarah pela sala em direção a Cláudia, sentada com os pés doloridos apoiados em uma mesa de madeira arranhada, em frente à tevê Motorola P&B de treze polegadas. Ela sorriu para Sarah enquanto Nancy a empurrou em uma cadeira dobrável de metal para assistir. "Olha só, Sarah. Isso é bem estranho." O espanto de Cláudia causou uma sensação de pavor e o sorriso hesitante de Sarah ficou congelado.

Ela se esticou para ouvir a jornalista empertigada, de terninho de executiva e laquê no cabelo, porque de repente parecia estar falando sobre Sarah. "...e um porta-voz da polícia que estava na cena se recusou a especular o motivo do assassinato, semelhante à execução da dona de casa de Studio City. Ele disse, no entanto, que uma descrição exata do suspeito foi compilada de várias testemunhas. Sarah Connor, 35 anos, mãe de dois filhos, foi brutalmente morta a tiros em sua casa nesta tarde".

A âncora virou uma página e esperou o teleprompter mostrar a próxima matéria, alguma coisa sobre caminhoneiros emitindo um comunicado sobre uma greve. Mas Sarah não estava prestando atenção. *Meu Deus, que coisa horrível. Aquela pobre mulher com o nome igual ao meu. Nossa, acho que meus problemas são mesmo pequenos, mas por que será que as pessoas ficam malucas assim e destroem uma vida, como se fosse um saco vazio de batatas fritas que você amassa e joga fora... O nome dela era Sarah Connor.*

"Você morreu, gata", gargalhou Nancy, batendo no ombro dela e rindo como se fosse a melhor piada que houvesse escutado o dia todo.

------------------ TERMINATOR ------------------

ANALYSIS:		MATCH:		133	680HE	AP	8A
				123	23JK49	OP	7H
389	VEHI	55578		103	92893	UO	F1
690	SIZE	23903		122	EFOB90	JH	8U
600	TSPD	38709		902	829ILO	WE	9I
287	HPWR	12098		089	IKLI89	LK	EO
105	CODE	78304		022	012HILU	WS	EE
798	RNGE	32143		123			
				2390			
				105			

■ BAIRRO HANCOCK PARK
6:12 P.M.

—

—

O Exterminador apertou o botão para soltar o pente de sua automática com visor a laser, deixou cair o carregador sobressalente e imediatamente o substituiu por um novo. Ele ficou de pé ao lado do corpo estrebuchante e ensopado de sangue de Sarah Helene Connor, depois recarregou e apontou o laser no centro da testa da mulher, no caso de mais uma bala ser necessária.

Não foi.

Ele se ajoelhou ao lado dela no corredor estreito de seu apartamento bagunçado e pegou um estilete no bolso de seu casaco. Cuidadosamente, com precisão e sem hesitar, o Exterminador fez uma incisão na base do tornozelo de Sarah e cortou ao longo do músculo em volta da tíbia, parando no joelho. Separando o músculo bifurcado, ele passou os dedos pelo osso branco e brilhante.

Ele não encontrou o que estava procurando. Outra morte sem a identificação confirmada do alvo. Ident neg. Ele guardou o estilete e se pôs de pé. Analisou as opções. Das três Sarah Connor no catálogo telefônico, duas haviam sido eliminadas. Faltava uma, Sarah Jeanette Connor. A lógica dizia que ela seria a tal.

O Exterminador escolheu uma estratégia. Voltar para a base de operações. Rearmar-se. E fazer a última viagem.

Ele caminhou determinado pelo dia que escurecia.

SANTA MÔNICA ■
ACADEMIA E SPA GOOD LIFE
6:18 P.M.

—

—

Sarah entrou no estacionamento da Academia Good Life, desceu de sua Honda e caminhou até o grande prédio de dois andares. Tinha poucas janelas, como a maioria das academias. Apesar das vigas de madeira e do estuque amarelo--claro da entrada, aquele lugar ainda se parecia mais com uma prisão do que com uma academia, na opinião dela.

Ela acenou para a garota da recepção e atravessou a porta na direção da sala de aeróbica. Ao passar no meio de um grupo de homens jovens e suados, as batidas abafadas das músicas de rock favoritas de Ginger começaram a martelar em seus ouvidos. Ela empurrou a porta para dentro e foi saudada com uma explosão de ar-condicionado, porém parado e aquecido pelos corpos.

O som da porta batendo, devido à mola com defeito, se perdeu no emaranhado sonoro incessante de Deniece Williams, que impulsionava um grupo desorganizado de fêmeas ofegantes fazendo uma calistenia prussiana levemente disfarçada de "dança". As celulites dentro dos colantes sacolejavam, se contraíam e relaxavam enquanto Ginger gritava as contagens como se tivesse recentemente escapado de um acampamento do Exército.

Algumas mulheres pareciam estar se divertindo, observando os movimentos incansáveis e precisos de Ginger, e retirando deles sua energia. Mas a maior parte delas parecia ter acabado de comer um Jiffy Burguer do Big Jeff e estava sofrendo os inevitáveis resultados gástricos. Trabalhar no restaurante trinta e quatro horas por semana era o máximo de exercício que Sarah queria.

"Dois, três, quatro, estiiiiiquem!", gritava Ginger, completamente à vontade. Mas após três minutos daquilo até Deniece Williams ficou exausta e a fita acabou.

O silêncio repentino quando o sistema de som chiou baixinho foi logo preenchido com um coro de gemidos. Ginger, que nem perdeu o fôlego, examinou sua tropa com a carranca de um general e perguntou: "Nossa, vocês não estão se sentindo ótimas?"

Murmúrios extremamente entusiasmados de obscenidades quase verbalizadas flutuaram de volta para ela.

"Vamos pensar positivo ou da próxima vez eu toco a versão da FM."

Risos abafados rebateram sem energia nas paredes espelhadas.

No vestiário, Sarah se sentou ao lado de Ginger enquanto ela terminava de vestir sua calça justa e seu suéter.

"Mesmo nome, é? Mondo bizarro", disse Ginger, simpaticamente.

"É, exatamente o mesmo", respondeu Sarah, com o olhar desfocado para os armários de cor cinza à sua frente e as mãos distraidamente enrolando os fios que saíam do walkman de Ginger em direção aos fones de ouvido.

Ginger encarou Sarah com uma expressão típica de *A Noite dos Mortos-Vivos*[2] e em seguida começou a fazer uma imitação bastante razoável de um teremim, soltando notas fantasmagóricas glissando do fundo de sua garganta. *Dooooo-uiiiiiii-do-uaaaaa.*

---

2   Publicado pela DarkSide® Books em 2014.

Ela sussurrou insistentemente ao ouvido da amiga com precisão: "Há um letreiro à frente..." Sarah se segurou para não sorrir. Ginger era implacável, inclinando-se como um cadáver maluco a centímetros do rosto de Sarah, dizendo: "Sarah Connor pensou que iria para casa após um longo e árduo dia, mas mal sabia ela que estava cruzando a..."

"Tá bom, tá bom."

"Eu sempre soube que você seria notícia, Connor." Ginger pegou o toca-fitas e os fones antes que Sarah desse um nó no fio.

Sarah olhou nos olhos de Ginger e disse: "Isso me deu uma sensação esquisita, quase como se, sei lá, como se eu estivesse morta".

"E qual é a sensação? Quer dizer, é quente o bastante para usar biquíni?"

"Isso me fez pensar..."

"Que perigo pra você."

"Espera, Ginger."

"Desculpa. Pode falar..."

"Bem, eu fiquei me perguntando, se fosse eu que tivesse morrido, será que alguma coisa que fiz até agora foi realmente importante? Tipo, que diferença faria se eu estivesse viva ou morta?"

Ginger estreitou os olhos para Sarah. "Tá perguntando pra valer?"

Sarah assentiu. Ginger ponderou.

"Bem, você conseguiu pagar sua metade do aluguel regularmente. Isso é uma conquista."

Sarah devolveu: "Você é sensível como um hidrante".

Depois Ginger teve de ceder, colocando o braço em volta do ombro de Sarah, rendendo-se completamente e dizendo: "Você conseguiu ser minha amiga". Ginger sorriu para Sarah e brincou: "Ok, vamos sair logo daqui. Você tá partindo meu coração".

As garotas deram uma passada na sala de musculação para falar com Matt. Ginger andou até ele, olhando abertamente para um homem mais jovem que Matt estava instruindo no supino.

"Você não tá respirando direito. Muda sua pegada, tipo... Ah, oi, Ginger... Deixa eu te mostrar." Matt substituiu o jovem de peito largo no banco e começou a erguer e suspender os pesos com facilidade – para cima e para baixo, para cima e para baixo...

Irritada com a abundância de atenção que ele estava lhe dedicando, Ginger se posicionou atrás do aparelho, esperou Matt abaixar os pesos e no meio do exercício rapidamente mudou o pino de seleção para 30 quilos a mais.

Matt se preparou para a próxima série e deu o impulso. Seus olhos quase saltaram das órbitas, mas ele conseguiu levantar os pesos. Em seguida, soltou a respiração e os abaixou novamente. "Valeu, Ginger."

Mas Ginger ainda não havia terminado. Ela passou o braço em volta da cintura do jovem e deu-lhe uma olhada franca de cima a baixo. "O que esse molenga tá te ensinando? Sonoterapia? Olha pra esse cara, Matt. Você é que devia fazer aulas com ele."

Ginger encarou Matt e bateu sem efeito em sua barriga dura feito pedra. "Foi o que pensei, mole como espaguete." Depois ela beliscou, ou tentou beliscar, o grupo de músculos no braço dele. "Bíceps encolhidos. Abdome vergonhosamente mole. Um horror." Ela se virou novamente para o jovem, que começava a ficar constrangido e cujo corpo era menor e muito menos definido do que o de Matt. "Esse cara aqui é que dá duro, tá me entendendo?"

Aquilo foi o fim da picada para Matt. Ele resmungou e partiu para cima de Ginger. Antes que ela pudesse se virar, ele a levantou acima de sua cabeça como se ela fosse um haltere. "Olá, Ginger. Teve um dia duro?", perguntou ele alegremente.

"Me dá um beijo", disse Ginger de maneira doce. Matt logo a abaixou e obedientemente atendeu seu pedido.

Ginger apertou as bochechas coradas dele e disse em um falsete agudo: "Você é tão fofo, amorzinho".

Alguns marombeiros próximos riram e repetiram: "Amorzinho?"

Sarah se aproximou. "Oi, Matt."

Matt acenou com a cabeça. Ginger deu um beijo molhado e barulhento no pescoço dele, deixando uma marca vermelha no local.

Como Ginger estava ocupada com Matt, Sarah foi até o bebedouro no canto da sala. Um homem alto com cabelos castanhos enrolados e *aquele* olhar estava bebendo água e a cumprimentou: "Oi. Eu já vi você por aqui. Você é uma gata. Disso eu me lembro. Eu sou Marco".

Ginger rapidamente se afastou, balançando a cabeça, observando Sarah ficar rapidamente confusa, envergonhada e de repente interessada.

"Ah, oi. Eu sou Sarah."

Ela estendeu a mão e Marco a beijou, inclinando o corpo. Por essa ela não esperava.

Sarah rapidamente puxou a mão e a enxugou em seu short, constrangida. Marco não havia terminado. Ele chegou mais perto e murmurou no ouvido dela: "Se você não estiver ocupada hoje à noite, gostaria de levá-la pra se divertir".

Antes que Sarah pudesse pensar em uma reposta inteligente, Ginger se aproximou de Marco, casualmente enganchou o dedo no elástico do short dele e puxou-o para baixo. Ela olhou com desdém para a escuridão ali embaixo. Balançando a cabeça de decepção, ela se virou para Sarah e disse: "Você está perdendo seu tempo. Vamos embora".

Ela pegou Sarah pelo braço antes que a amiga pudesse reagir e a puxou porta afora, deixando-a dar uma última olhada, antes de a porta se fechar, em Marco, ali parado sem reação.

Ginger estava sorrindo, triunfante, contente consigo mesma por ter conseguido unir, ao mesmo tempo, com sucesso, duas artes femininas mutuamente excludentes – a Demarcação de Território e o Escárnio Geral.

Sarah se virou para Ginger e disse: "Nossa, valeu. Se demorasse mais dez segundos eu teria de cuidar dele sozinha".

Sem perceber o tom quase sério na voz de Sarah, Ginger riu com vontade e respondeu: "Aposto que sim. Guarde-se para o sr. Porsche hoje à noite".

```
------------------- TERMINATOR -------------------

ANALYSIS:        MATCH:        133   680HE      AP   8A
...............        123   23JK49     0P   7H
   389 VEHI      55578        103   92893      UO   F1
   690 SIZE      23903        122   EFO890     JH   8U
   600 TSPD      38709        902   829HU0     WE   9I
   287 HPWR      12098        089   IKLI89     LK   EO
   105 CODE      78304        022   012HIUJ    WS   EE
   798 RNGE      32143        123
                              2390
                              105
```

BAIRRO RAMPART ■
LAPD
6:31 P.M.

—

—

Edward Theodore Traxler saiu cautelosamente da sala do café para o agitado corredor da Divisão de Roubos e Homicídios do LAPD.

Um homem grande, negro, na casa dos 40 e sólido como um monólito, ele balançava cuidadosamente um copo quente de isopor entre dois dedos e cruzou o caminho repleto de obstáculos como um urso de patins. Ele se esquivou de um prisioneiro algemado que rosnava e foi em direção à segurança da parede do lado direito. *Consegui*, pensou ele, *sem derramar uma gota*.

Ele estava realizando sua famosa proeza "compulsiva--neurótica": mascar chiclete, fumar um cigarro e beber café ao mesmo tempo.

"Ei, Ed." Traxler ouviu o sargento Hal Vukovich chamá--lo. Ele se virou e esperou seu parceiro magro e entediado alcançá-lo.

Vukovich estava levemente sem fôlego. Havia caçado seu chefe em toda a delegacia. Ele trotou até Traxler e pôs uma mão solidária em seu ombro. Traxler se encolheu; café escaldante pingou em seu pulso. Vukovich fez um sinal para os dois arquivos em sua mão e levantou as sobrancelhas, como se dissesse "Espera até ver isso aqui. É tão doentio que não chega nem a ser engraçado". Ele entregou a Traxler uma das pastas e abriu a porta de sua sala.

Contra a vontade, Traxler largou o copo que agora estava pela metade – a maior parte ficou na manga de sua camisa – e colocou os óculos bifocais sobre a ponte do nariz. Dentro da pasta parda havia uma foto dez por oito colorida da Unidade de Perícia, que mostrava a parte superior do tronco de uma mulher. Ela estava deitada no chão de seu apartamento e coberta com todo o sangue que deveria estar dentro dela.

"O que temos aqui?", perguntou Traxler, batucando a foto impacientemente. Vukovich se sentou na ponta da mesa de Traxler manchada de café.

"Garota morta", disse ele, sorrindo involuntariamente – o tipo de sorriso por reflexo nervoso que se tem quando algo não é nem um pouco engraçado.

"Isso dá pra ver."

O sorriso sumiu. Traxler aguardou e olhou para a imagem da mulher morta em sua mão. Ele já vira muitas fotos como aquela. Eram sempre nojentas, mas não especialmente incomuns.

Vukovich acendeu um Camel sem filtro e começou. "Sarah Helene Connor. Trinta e cinco anos. Seis tiros a menos de três metros. Arma de calibre grosso..."

"Sabe de uma coisa? Eles funcionam", disse Traxler, apontando para seus óculos.

Vukovich silenciosamente lhe entregou a outra pasta parda.

"O que é isso?"

"Garota morta número dois", disse Vukovich, como se aquilo explicasse a história toda, "enviada da Divisão do Vale esta tarde."

Traxler olhou para o cadáver ensanguentado e crivado de balas de outra mulher. Bem, ela com certeza estava morta. Mas isso não parecia explicar muita coisa.

"Tenho certeza de que há um sentido em tudo isso", disse Traxler, fingindo ter uma paciência infinita.

Vukovich solenemente se levantou da mesa e puxou a ficha de informações da vítima debaixo da foto. Ele a segurou na frente dos óculos de Traxler.

"Olhe para o nome, Ed."

Traxler olhou impacientemente. Ele parou. *O que tem?* Depois olhou outra vez e leu novamente – desta vez devagar.

"Sarah Anne Connor. É isso mesmo?", perguntou Traxler. Vukovich assentiu. Traxler ainda não estava convencido de que aquilo não era uma manifestação elaborada do senso de humor bizarro de seu parceiro. Ele esperou pela piscadela e o sorriso que lhe indicariam que a piada havia terminado.

Mas Vukovich não estava sorrindo.

"Você está de brincadeira?", perguntou Traxler, incrédulo. Seu parceiro balançou a cabeça silenciosamente. Isso não era nenhuma brincadeira, nem para ele.

"Tem mais, Ed", disse ele controladamente.

Vukovich pôs a mão dentro da pasta e puxou duas outras fotos. Detalhes da perna esquerda das vítimas, a pele branca translúcida puxada uniformemente para trás, como um papel de bala hediondo que revelava os segredos brancos e vermelhos em seu interior. Havia algo extremamente perturbador nas incisões. Elas eram precisamente retas e uniformes. E perfeitamente idênticas nas duas mulheres. Perfeitamente. Como se tivessem sido feitas em uma linha de produção. Traxler sentiu a raiva acordando em seu recinto no cérebro e chegando para ver a carnificina com ele. Que merda era essa para uma pessoa fazer com a outra?

Os dois detetives ficaram ali, sob a luz recortada das persianas, como monges se reunindo em voz baixa no túmulo da sensatez.

"Abertas do tornozelo até o joelho, as duas. A mesma incisão, apenas na perna esquerda. Mesmo *modus operandi*", disse Vukovich, desnecessariamente. Em seguida, aquele sorriso nervoso se abriu e desapareceu outra vez. "Esquisito pra caralho", acrescentou.

Traxler apenas olhou para as fotos, depois as colocou de volta nas pastas pardas e as jogou sobre a mesa. Aquela seria uma longa noite.

Vukovich balançou a cabeça de desgosto quando um novo pensamento lhe ocorreu. "A imprensa vai cair matando em cima disso", disse ele.

Traxler assentiu, enfiando um chiclete novo na boca. "Um assassino em série de um dia só", ele disse, vendo a manchete flutuando no ar à sua frente. Abriu a gaveta de sua mesa e procurou em vão uma aspirina, tentando aplacar a dor de cabeça que ele sabia que estava vindo. Não estava lá. Merda.

Vukovich ficou de pé e caminhou lentamente pela sala. Ele apanhou o vidro quase vazio de Tylenol em cima do armário de arquivos de Traxler e o jogou para o colega.

"Eu odeio esses esquisitos", resmungou ele.

```
------------------- TERMINATOR -------------------

 ANALYSIS:          MATCH:        133   680HE     AP    8R
 •••••••••••••••••••••            123   23JK49    DP    7H
    389  VEHI       55578         103   92893     UD    F1
    690  SIZE       23903         122   EFD890    JH    BU
    600  TSPD       38709         902   829UD     WE    9I
    287  HPWR       12098         089   IKL189    LK    ED
    105  CODE       78304         022   012HIW    WS    EE
    798  RNGE       32143         123
                                  2390
                                  105
```

BAIRRO PALMS ■
JASMINE STREET, 656
6:57 P.M.

—

—

Elas estavam se preparando para a batalha, apertando-se no pequeno banheiro do apartamento após se acotovelarem para usar o chuveiro. Ginger, lutando seriamente por espaço no espelho, estava vestida com seu robe de náilon até os quadris, enquanto Sarah usava calcinha de algodão e uma camiseta dos Jetsons, sete tamanhos maior. Suas imagens no espelho foram borrifadas com desodorante e spray de cabelo. Suas armas estavam enfileiradas em cima da pia: rímel, blush, lápis de olho, escovinha de sobrancelha. Ginger estava passando um batom rosa brilhante na boca.

Ginger percebeu a dificuldade de Sarah com o delineador e bravamente intercedeu. O efeito foi chocante. Ela não ficou nada mal. Nada mal.

Após fazer sua boa ação, Ginger voltou-se para si mesma, colocando os fones de seu walkman invertidos sob o queixo para poder fazer o cabelo. Ela aumentou o volume até ter um show de rock de cenot e vinte decibéis martelando seus ouvidos.

Sarah conseguia ouvir cada batida, mesmo de onde estava, e disse: "Ginger, você vai ficar surda".

"O quê?", gritou Ginger, começando a balançar as pernas com a música.

Sarah enroscou o fio de seu babyliss no fio dos fones de Ginger e acidentalmente os arrancou do pescoço dela. "Desculpa", disse Sarah. Enquanto desembaraçavam seus aparelhos, Ginger perguntou: "Conta mais desse cara misterioso".

"O nome dele é Stan Morsky. Conheci no trabalho. Ele estuda cinema na USC e o pai dele é produtor de televisão. E sim, ele tem um Porsche preto novo."

Ginger fingiu babar e depois quis saber como ele era.

"Um pouco estranho. Tipo um cruzamento entre Tom Cruise e... Pee Wee Herman."[3]

Aquilo arrancou uma gargalhada de Ginger. "Mas o Porsche é bonito, né?", sugeriu ela.

"Ginger", respondeu Sarah, "Hitler também tinha um Porsche."

"Ah, é? Aposto que o dele não tinha teto solar."

O telefone tocou novamente e Sarah foi atender. Ginger recolocou os fones e aumentou o volume até o limiar da dor, balançando-se com as batidas.

Sarah retirou o fone do gancho e disse "Alô".

Era um homem. Ele estava arfando em uma voz gutural, como se fosse asmático. Ele disse: "Primeiro vou arrancar os botões da sua blusa, um por um. Depois vou puxá-la de seus ombros e passar a língua em seu pescoço..."

Sarah ficou petrificada. Seu primeiro telefonema obsceno. Até que era legal. Ela continuou ouvindo o homem, que se esforçava para que a voz se mantivesse grave. "Depois vou lamber seus seios nus e reluzentes..."

Foi aí que Sarah teve outra decepção, além de todas as outras que tivera naquele dia. A ligação indecente não se destinava a ela, como começou a perceber quando reconheceu a voz do outro lado. Era para Ginger.

Ela pôs a mão em cima do bocal e gritou para sua colega. "É o Matt!" Ele ainda estava falando, sem saber que era

---

3   Personagem criado e interpretado pelo comediante Paul Reubens, conhecido pelas séries de TV e filmes de sucesso nos anos 1980.

a garota errada. Ela decidiu que pelo menos podia se divertir um pouco com a situação e continuou a escutar.

"E aí, quando você estiver no chão, eu vou tirar lentamente sua calça, bem devagar, e lamber sua barriga em círculos, descendo cada vez mais. Depois eu vou arrancar sua calcinha com os dentes..."

A garganta de Sarah estava engasgada, prendendo a risada. Ela pigarreou e tentou soar irritada ao dizer "Quem está falando?".

Após um delicioso momento de silêncio, chocado, Matt reapareceu na linha: "Sarah? Ah... Desculpa... Meu deus, eu..."

Sarah soltou a risada.

"...sinto muito. Pensei que fosse a... Eu... posso falar com Ginger?"

"Claro, amorzinho", respondeu Sarah, alegremente.

Enquanto Ginger e Matt brincavam sobre o que planejavam fazer um com o outro mais tarde, Sarah mostrou várias blusas para Ginger aprovar.

Ela acenou positivamente para todas.

"Nossa, me ajudou muito", resmungou Sarah.

Ginger pôs a mão sobre o bocal, com metade de sua mente ouvindo Matt continuar a murmurar promessas que jamais poderia cumprir, enquanto a outra se concentrou na minicrise atual de Sarah. "Ok", ela finalmente sussurrou, "a bege."

"Eu odeio a bege."

"Então não vá com a bege."

Irritada, Sarah juntou todas as blusas e disse: "Não sei por que tanta preocupação. Esse cara não vale esse trabalho todo. Ele é apenas um ser humano que vai ao banheiro como todo o mundo. Ainda assim, provavelmente a gente não tem nada em comum. Ele deve gostar de Barry Manilow ou Twisted Sister, ou coisa parecida".

Ginger estava às gargalhadas quando Sarah saiu enfezada.

No momento seguinte, Sarah virou a cabeça. "Então você acha que é a bege, né?"

Pouco tempo depois, as meninas foram para a sala esperar seus respectivos acompanhantes. Sarah começou a procurar Pugsly, que havia arrancado a tampa de plástico de seu terrário e saído para caçar insetos sem permissão.

Ginger se sentou no sofá e pegou a lixa de unha enquanto seu show particular continuava nos fones de ouvido. Seus olhos perceberam, no entanto, a luz de mensagens piscando na secretária eletrônica. Ginger havia ligado o aparelho após encerrar a ligação com Matt para que ela e Sarah pudessem terminar de se arrumar.

"Deve ser sua mãe", disse Ginger enquanto foi apertar o botão para escutar.

Era mesmo.

Sarah escutou distraidamente sua mãe matraqueando sobre ter se esquecido de pedir a ela para trazer uma receita de lasanha de salsicha quando aparecesse no domingo: evidentemente sua mãe não vira o noticiário sobre o assassinato de Sarah Anne Connor. Ela estava feliz por não ter de ligar de volta e explicar.

Ela queria colocar Pugsly de volta em seu terrário antes de sair. Finalmente o localizou em cima da estante perto da janela. Quando ela o pôs em seus braços, cantando para ele suavemente como se fosse um gato ou um cachorrinho, Ginger fez um esgar e disse: "Que nojo. Reptofilia. Realmente repugnante".

Em seguida a secretária eletrônica fez um clique para outra mensagem.

"Oi, Sarah", disse a máquina alegremente com o entusiasmo de um DJ de rádio AM. "É Stan Morsky. Escuta, aconteceu uma coisa e acho que não vou conseguir ir hoje. Não dá pra escapar. Eu sinto muito mesmo. Prometo que vou me redimir. Talvez na semana que vem, ok? Eu te ligo em breve. Tchau."

Sarah ficou ali parada, segurando o lagarto.

Ginger estava furiosa. "Que vagabundo. Vou quebrar os joelhos dele. E daí que ele tem um Porsche? Ele não pode fazer isso com você. É sexta-feira, caramba."

Sarah percebeu que estava secretamente esperando por isso. Não apenas porque o dia parecia ter sido esculpido por mãos poderosas e invisíveis para terminar com esse pequeno desastre final, mas porque Stan na verdade havia marcado esse encontro de maneira muito casual. Ele deve ter ficado tão entusiasmado que simplesmente esqueceu e quando foi chegando perto das 20h tirou essa desculpa esfarrapada do fundo do seu... Porsche. Mesmo assim, aquela sensação de vazio da rejeição a atingiu com força. Por reflexo, ela tentou não demonstrar, como Ginger faria. "Bem, eu vou sobreviver", disse ela. Só que saiu como um suspiro, em vez de sarcasmo.

Ela olhou para Pugsly e seus olhos membranosos e úmidos. "Pelo menos Pugsly ainda me ama." Ela se abaixou para dar um beijo suave no focinho do bicho. A única resposta do lagarto foi piscar em sua paciente tolerância com a afeição humana.

Sarah rapidamente tirou sua saia e a blusa. Ela também ia tirar a maquiagem quando decidiu, de raiva e de provocação, não desperdiçá-la. Pôs uma calça jeans, botas, um suéter e pegou sua jaqueta. Após uma rápida busca dentro da bolsa para conferir as finanças, ela anunciou que estava indo ao cinema ver um filme no qual estava de olho havia um bom tempo, antes que saísse de cartaz. Procurou um título qualquer na memória e o lançou no ar, mas viu que Ginger não estava acreditando nela, pela cara que fez. Sarah com certeza não queria ficar em casa assistindo à televisão, tentando abafar os sons que Matt e Ginger estariam fazendo no quarto ao lado quando voltassem do jantar.

"Vejo você mais tarde. Divirtam-se, você e Matt."

Sarah estava olhando para baixo, procurando as chaves em sua bolsa, e não viu o sujeito de porte poderoso de pé diante dela. Ele andou em sua direção como um pedaço de aço no escuro e estendeu o braço.

Sarah levantou o rosto e se debateu quando ele a envolveu em seu braço, rosnando e dizendo roucamente: "Vem cá, garotinha!"

Ela socou seu ombro, mas sem efeito. "Que droga, Matt!"

Ele sorriu como um irmão mais velho devasso. Sarah começou a se afastar, mas Matt a agarrou e lhe deu um beijão molhado na bochecha, deixando-a sair com um meio sorriso nos lábios.

A garagem subterrânea estava escura, iluminada de forma intermitente por lâmpadas frias acima. A lâmpada sobre a sua scooter estava queimada. Normal, pensou ela. Seus passos ecoavam de maneira sinistra. O local estava quase deserto. A maioria dos inquilinos já estava fora, se divertindo.

Ela se ajoelhou ao lado da Honda e mexeu no segredo do cadeado. Depois parou. Será que ouviu um som? Ela examinou o interior da garagem. Seis carros e uma moto. Mal conseguia ver um dos carros, estacionado em um ponto escuro perto da saída. Deve ter sido seu próprio eco.

Lembranças de Theresa Saldana e Sal Mineo[4] se arrepiaram em sua espinha e se alojaram em sua nuca. Com pressa, ela guardou a corrente e subiu na Honda. Isso sim seria uma maneira idiota de morrer. Assassinada em sua própria garagem. E considerando *este* dia... Ela tremeu, fechou o zíper de sua jaqueta e deu a partida na scooter. O motor roncou, tranquilizador.

Ela relaxou e apertou o guidão. O jornal daquela tarde a fez pensar em sua própria mortalidade, em como sua morte seria insignificante. "Sarah Jeanette Connor, garçonete, morta aos 19 anos." Outro nome na tela, sem impacto ou significado para ninguém, já esquecido antes de mostrarem os resultados dos jogos de basquete. Ela sabia que aquele pensamento a estava rondando a noite toda, alimentando sua apreensão normal sobre o estacionamento vazio, elevando-a a um medo irracional. Surgiu uma sensação de estar sendo vigiada, analisada por uma presença maligna.

Ela levantou o apoio e saiu lentamente em direção aos carros. Ao passar pelo sedã cinza empoeirado, espiou dentro do veículo e viu que não havia ninguém. Ao chegar na entrada, ela parou e verificou o tráfego cruzado. Se tivesse olhado para trás, teria visto alguém sentado no banco da frente, deslizando as mãos marcadas no volante.

Kyle Reese.

Quando ela saiu pelo portão de segurança, exatamente às 20h19, os olhos dele haviam se fixado nela e registrado o alvo. Sarah Jeanette Connor. Igual à foto. Bem na hora. Era ela. Ele sabia disso, mas ainda assim não acreditou

---

4   Theresa Saldana (1954), atriz, chamou a atenção para o crime de *stalking* depois de sobreviver a uma tentativa de assassinato cometida por um fã obsessivo, em 1982. Sal Mineo (1939-1976), ator, morto com uma facada no coração no beco atrás do prédio onde morava.

totalmente. Emoções conflitantes se agitaram em seu peito e ele teve de se forçar a tirar os olhos de cima dela e se abaixar antes que fosse visto. Reese ouviu a scooter dar a partida e passar por ali, certo de que ela podia sentir as batidas de seu coração martelando alto em seus ouvidos.

Quando se sentou, Sarah estava prestes a virar à direita. Ele remexeu nos fios para ligar seu próprio carro. Deixando a obrigação falar mais alto, suas mãos trêmulas se firmaram ao concentrar o pensamento apenas no que era necessário para completar a missão. Alvo. Siga. Intercepte. Quando ela saiu para a rua, ele não estava muito atrás.

■ LAPD
DIVISÃO DE RAMPART
7:44 P.M.

—

—

Assim que Traxler abriu a porta da sala de conferências, o bando de repórteres no corredor caiu em cima dele em uma torrente de luzes de câmeras e falatórios. Havia cerca de vinte deles, a maioria correspondentes de jornais locais. Também havia uma equipe do *Eyewitness News* com uma minicâmera agressivamente tentando conseguir *a* foto.

Traxler olhou para eles com desgosto e depois se preparou para enfrentar o desafio de chegar à segurança de sua sala, a dois metros e meio de distância.

Atravessou a massa de repórteres gritando "Sem comentários" antes mesmo de ouvir a primeira pergunta. Odiava essas situações. Não tinham nada a ver com o trabalho para o qual fora treinado, a não ser pelo fato de que geralmente dificultavam sua vida. Ele olhou para os rostos que se balançavam e se cruzavam à sua frente. Não havia dignidade alguma naqueles rostos. Nossa, como ele odiava repórteres.

O repórter do *Eyewitness News*, que nada mais era do que um modelo com um microfone, entrou na frente de Traxler, bloqueando seu caminho. A minicâmera já estava gravando. Traxler parou e olhou fixamente para o desgraçado. Ele o reconheceu da televisão. Um babaca. O repórter sorriu de volta por um instante e depois entrou em seu personagem de jornalista sério e herói.

"Tenente, o senhor está ciente de que esses dois assassinatos aconteceram na mesma ordem em que são listados no catálogo telefônico?", perguntou ele, num tom que parecia sugerir que Traxler talvez fosse de fato o último ser humano do planeta que ainda não soubesse. *É claro que eu sei, seu idiota de merda.*

"Sem comentários", Traxler respondeu sem expressão, empurrando o repórter para o lado e seguindo em frente.

O bombardeio de vozes começou novamente, uns ignorando os outros, cada um tentando falar mais alto. Finalmente, como sempre, o murmúrio de muitos se calou diante da vitória momentânea de um.

"Sem essa! Jogo aberto, tenente. Nós também precisamos ganhar a vida", gritou a voz, ecoando os sentimentos das outras.

Era um momento que Traxler nunca ignorava. O tenente parou, com a mão na maçaneta, e se virou para encarar a multidão. Observou os repórteres e respirou, como se atingido pela lógica inegável do que acabara de ser dito. Um silêncio caiu sobre o grupo. Os olhos deles estavam vidrados em Traxler. Lá vinha a história.

"Estão vendo isto?", perguntou Traxler, apontando para a porta. "Esta é a minha sala. Eu moro aqui. Apareçam qualquer hora."

Ele já estava seguro lá dentro quando os repórteres fizeram uma última tentativa de chamar sua atenção, em vão.

As vozes desapareceram quando Traxler bateu a porta, balançando a cabeça, aborrecido. *Porta boa*, pensou ele. Quase à prova de som.

Vukovich olhou para as fichas espalhadas à sua frente, na mesa, e sorriu com simpatia. Eles estiveram acampados ali a noite toda. Até sair para mijar era um drama.

Traxler cuspiu o chiclete gasto e desembrulhou outro. Ele olhou para seu parceiro, que parecia absorto nos detalhes da sanguinolenta foto oito por dez que segurava entre seus dedos. Não se falaram. Como um velho casal, eles se tornaram confortáveis na presença um do outro e não precisavam preencher o espaço com palavras, a não ser que houvesse algo importante a ser discutido.

Ou se estivessem entediados.

Traxler acendeu um cigarro e abriu a gaveta de sua mesa. Ele procurou no meio da bagunça até encontrar o vidro de aspirina e jogar um punhado delas na mão. Deu uma longa tragada em seu Pall Mall e pegou o copo de café. Mexeu o que havia ali dentro. Uma película gordurosa formou-se na superfície. Traxler a contemplou por um segundo. Havia café fresco no final do corredor. Isso significava sair novamente. *Dane-se*, pensou ele, colocando as aspirinas na boca e levantando o copo.

Estava pensando na terceira Sarah Connor. Difícil de encontrar. Tentaram entrar em contato com ela a noite toda.

Nada. Tinha medo de que ela estivesse estirada no chão por aí, agora mesmo, com a perna talhada no meio e os miolos estourados. Ele havia obtido uma cópia da foto de sua carteira de motorista e a observou por algumas horas, tentando ler alguma coisa, tirar algo dali. Mas não havia nada em seu rosto que sugerisse alguma coisa específica. Como que tipo de lugares frequentava ou o tipo de amigos que tinha. Nada.

"Já conseguiu falar com ela?"

"Connor?"

"É."

"Não. Cai na secretária eletrônica."

Traxler pôs o café sobre a mesa e começou a andar para lá e para cá, repassando tudo em sua mente outra vez. Ele odiava a sensação de impotência que estava tendo de aturar.

"Mande uma viatura", disse ele.

Vukovich abaixou a pasta e se sentou. Conhecia Traxler o suficiente para saber o que estava por vir. Eles haviam feito tudo que podiam até o momento. Desejou que Ed começasse a fumar maconha ou a meditar, ou a se masturbar. Qualquer coisa que o acalmasse um pouco.

"Já mandei uma viatura", respondeu ele. "Ninguém atendeu e o síndico saiu."

Mas Traxler não estava ouvindo. "Liga pra ela", ele disse.

"Eu acabei de ligar."

"Liga de novo", ordenou Traxler.

Cansado, Vukovich pegou o telefone e discou. Traxler desembrulhou outro chiclete Wrigley's, botou para dentro junto com o outro e pegou seu maço de cigarros. *Vazio. Merda.*

"Me dá um cigarro aí."

"Tá fumando dois por vez agora?", perguntou Vukovich, apontando para o Pall Mall aceso que Traxler estava segurando na outra mão. Traxler olhou para baixo como se nunca o tivesse visto antes na vida. Depois deu de ombros e tragou outra vez.

"Mesma merda", disse Vukovich, desligando o telefone. O som animado da voz gravada de Ginger foi cortado quando o telefone bateu no gancho. Vukovich olhou para seu chefe, sentado na quina da mesa do outro lado da sala, esfregando as têmporas, contemplando. Ele murmurou alguma coisa.

"O que foi?", perguntou Vukovich.

Traxler levantou os olhos cansados e vermelhos. "Eu sei como vão chamá-lo. Já consigo ouvir." Em um ato premonitório, ele viu a manchete da manhã. Com desgosto, Traxler apagou a bituca de seu cigarro no chão. "Vai ser o filho da puta do 'Assassino da Lista Telefônica'", disse ele, com determinação, e se perdeu novamente em pensamentos.

Vukovich também viu.

"Odeio os casos de imprensa", disse ele, "especialmente os casos de imprensa esquisitos." Ele olhou novamente para o arquivo, analisando-o pela enésima vez. Esperando ter deixado passar alguma coisa, mas sabendo que não tinha.

De repente, Traxler se levantou.

"Aonde você vai?"

"Fazer uma declaração. Talvez nós possamos fazer esses imbecis nos ajudarem, para variar." Traxler estava com a energia toda focada novamente, ajeitando a gravata e limpando as cinzas de seu paletó. Estava até sorrindo. "Se eles puderem botar isso na televisão até as onze, talvez ela ligue." Ele tirou os bifocais e os pôs no bolso.

"Como é que eu estou?", perguntou ele. Vukovich olhou para o tenente e deu de ombros. "Horrível, chefe."

"Sua mãe", respondeu Traxler sorrindo. Em seguida, abriu a porta e saiu para o Inferno dos Policiais.

BAIRRO PALMS ■
JASMINE STREET, 656
8:05 P.M.

—

—

No andar de cima, Matt estava deleitando Ginger com sua habilidade com o controle de volume do walkman. Ela ondulava sob ele, no ritmo da música que saía dos fones sempre presentes em seus ouvidos.

Tudo que ele precisava fazer era aguentar seu próprio peso. Ginger e a música faziam o resto. Isso estava gostoso. Tão gostoso que ele não estava a fim de se levantar para atender a porta. E quando os movimentos de Ginger começaram a causar explosões nucleares em todo o seu corpo, mandando uma cachoeira de sangue bombear seus ouvidos, ele não ouviu a secretária eletrônica na sala com a mensagem sucinta do sargento investigador Vukovich. Foi um sério porém desculpável equívoco.

**■ REGIÃO CENTRAL DE LOS ANGELES
PIZZARIA STOKER
10:08 P.M.**

—

—

Sarah estava observando uma garçonete serpenteando de maneira insegura em meio a uma movimentada massa humana, de risadas escandalosas, até chegar à sua mesa. Ela conhecia aquela sensação. A garçonete, pequena e tímida, estava fadada a derrubar a pizza destinada a Sarah, se o resto da noite se mostrasse condizente com o dia. Supreendentemente, porém, a corajosa garota apenas empurrou para o lado um grupo de adolescentes arruaceiros, fazendo seus trajes de metaleiro tilintarem, recuperou o equilíbrio e cambaleou até Sarah com um sorriso cansado, mas sincero.

A pizzaria estava cheia de gente cuidando de suas próprias vidas e parecendo se divertir bastante com isso. Sarah fora até lá por hábito, esperando que Ginger e Matt talvez aparecessem também. Mas eles provavelmente estavam se divertindo em casa, na cama.

Sarah sorriu de volta para a garçonete, lançando-lhe um olhar que dizia "eu sei como você se sente".

Quando a pizza que havia pedido entrou em foco, percebeu que colocaram anchovas. Ela havia pedido champignon. Sarah suspirou. Sentia-se um pouco mais segura ali. A vizinhança era conhecida e ela fora muitas vezes à Stoker com Matt e Ginger.

Mais cedo, havia se perdido em um território desconhecido, o Cinema Picwood. Simplesmente foi o primeiro cinema que apareceu. Era um filme com Burt Reynolds. Daqueles em que ele usava peruca. Aquelas comédias de mocinho, com perseguição de carro e erros de gravação nada engraçados no final. Não aqueles filmes românticos, realmente emotivos e engraçados, que ele fazia sem usar aplique. Ela permaneceu no cinema até o fim, mas não estava assistindo ao filme.

Ela não viu o homem malvestido e de olhos arregalados sentado duas fileiras atrás. E não percebeu que ele a vigiou no estacionamento e esperou que ela subisse em sua scooter para ligar o carro e segui-la.

Ela já tinha muita coisa na cabeça.

De repente, ouviu seu nome e olhou em volta para ver quem a chamara, esperando que fosse Matt. Mas era a televisão no fundo do bar. Um apresentador de telejornal dizia seu nome naquele tom cheio de si, ostensivo, que eles sempre usam.

Ah, não, pensou Sarah, *ele deve estar falando sobre a mulher assassinada. Sarah Connor. Mãe de dois filhos.* Em seguida, um medo sombrio brotou das Sarinhas, que achavam melhor ela ir até a TV para ouvir melhor.

E ela foi, largando a cerveja aguada e a pizza fria cheia de peixe, passando no meio das pessoas até chegar perto do aparelho, entre dois homens usando jaquetas de algum time. Olharam para ela com apreço, sem perceber o medo em seus olhos. Medo do que a voz da tevê estava dizendo: "A polícia se recusa a especular sobre as aparentes semelhanças entre a morte a tiros de uma mulher em Studio City, hoje mais cedo, e o assassinato quase idêntico, duas horas atrás, de uma moradora de Hancock Park de nome praticamente idêntico. Sarah Helene Connor, uma secretária jurídica de 24 anos, foi dada como morta na cena do crime em seu apartamento..."

Alguém do bar quis que mudassem de canal. Sarah viu o barman indo na direção da tevê e esticando a mão para mexer no botão do aparelho. "Deixa aí!", gritou ela, dando um susto nos homens dos dois lados e derramando uma das bebidas deles. O barman tirou a mão, como por reflexo, e olhou para ela com uma expressão confusa. Sarah percebeu que havia gritado com toda a sua força. Deu certo. E ela gritaria de novo se ele tentasse mudar de canal, mas agora o apresentador estava terminando. "Nenhuma ligação entre as duas vítimas foi estabelecida ainda. Em uma notícia mais leve, hoje houve motivos para celebração no zoológico de Los Angeles..."

Àquela altura, todos sentados ali perto estavam olhando para Sarah como se fosse uma louca. Ela se afastou, piscando por conta do choque e escutando atentamente aquelas pequenas vozes dentro dela gritando, alertando.

Ela encontrou um telefone público e consultou a lista telefônica. Algumas páginas estavam faltando, mas ela encontrou a que tinha seu nome. Havia Sarah Anne Connor. Depois Sarah Helene Connor. E em seguida o nome dela.

E não havia mais ninguém. Não era assim aquele versinho?

Três belas Sarahs, todas enfileiradas. Certo, Connor?

Certo.

A cerveja em seu estômago fervia. Estava virando cambalhotas para a frente, dando saltos mortais duplos, e ela precisava ir ao banheiro, rápido.

Quando chegou à cabine, viu que estava ocupada. Ela quis rir de desespero. Em vez disso, molhou o rosto com a água gelada da torneira, secando-se com papel.

Eu sou a próxima, pensou ela. *É. Eu.* Porque é assim que um dia como este terminaria, não é? Havia um maníaco com uma arma correndo pela cidade *procurando por ela*.

Então era assim que o pânico fazia a gente se sentir.

Sarah sentiu medo muitas vezes. De quedas. De fogo. De ser rejeitada. Abandonada. Drenada emocionalmente.

Connor

28 Connor

Connor

31 Connor

41 Connor

87 Connor

24 Conn

Sarah 1823 D

Sarah Ann 28

Sarah J 309

9124

É, coisas muito amedrontadoras. Realmente importantes e completamente ínfimas quando se levava em consideração que alguém havia assassinado duas pessoas e você deveria ser a terceira vítima.

Uma pancada alta fez uma onda de pavor subir por suas costas até sua cabeça como um raio. Ela se virou, arfando, e viu uma velha se atrapalhando com o fecho da porta da cabine. A idosa passou por Sarah com uma expressão cautelosa, provavelmente pensando que a pobre menina estava tendo uma *bad trip*. Quando a mulher saiu, o zumbido das luzes fluorescentes no teto ficou mais alto.

Ela correu para o telefone público novamente e inseriu duas moedas no aparelho. Nada. Foi então que percebeu o aviso escrito à mão e grudado com fita na lateral. "Quebrado."

O barman olhou para Sarah como se ela estivesse sob o efeito de PCP[5] ao perguntar onde havia uma porra de telefone que funcionasse. Ela não podia dizer a ele que seria assassinada por um maníaco com um problema pessoal com pessoas que tinham o nome dela. Não podia lhe pedir ajuda. Ela queria mais do que uma pessoa para protegê-la. Ela queria um exército. A polícia.

"Tem um orelhão no Tech Noir aqui perto."

"Lá fora?"

Sarah passou pelos clientes agitados e hesitou ao chegar à porta. Ele podia estar em qualquer lugar. Esperando. Ah, meu Deus. Ele tem o endereço dela. Ele pode tê-la seguido. Ele podia estar bem do outro lado da...

---

5   Fenilciclidina, ou pó de anjo, é uma droga dissociativa antigamente usada como um agente anestésico, que causa alucinações. Entre os efeitos observados estão olhares fixos, movimentos involuntários rápidos dos olhos e caminhar exagerado.

Estacou na calçada, procurando o Tech Noir. O que quer que fosse, ela queria ver. Olhou para as pessoas que passavam. Nenhuma delas parecia letal. Mas letal se parece com o quê?

Com aquilo.

Aquele homem ali. Nas sombras, do outro lado da rua, usando um casaco comprido de chuva. Parado em uma entrada, olhando para...

...mim.

Ele parecia sujo e maltrapilho, como um mendigo, só que mesmo daquela distância parecia jovem. Jovem porém duro, como uma lixa, como uma navalha, como...

Não.

Sarah se forçou a entrar em ação, andando rapidamente. Será que ele a seguiria? O que isso significaria? Coincidência? Paranoia? Ou morte?

Ela olhou para trás. Ele havia sumido. Para onde fora?

Sarah parou, olhando para os dois lados, quando dois adolescentes negros e altos passaram por ela, um deles gingando com o rap que saía do rádio que segurava como um galão de água sobre o ombro. Quando a música diminuiu, Sarah percebeu que estava em um lugar ermo. Não havia ninguém a metros de distância e ela se sentiu exposta, nua e indefesa.

O homem sujo, de olhos arregalados, estava atravessando a rua. Sem pressa. Na direção dela.

Sarah continuou em frente e alguma coisa louca a impedia de sair correndo logo de uma vez.

Aí o brilho vermelho radioativo de uma placa de néon caiu sobre ela. Ao olhar para cima, viu o Tech Noir.

Era uma boate. Havia luzes estroboscópicas, trovões e caos lá dentro. Dava para ver e ouvir pela grande vitrine de vidro que vibrava. Era uma geometria dura, metálica, de linhas e planos angulosos, da new wave à moda californiana. Tech Noir. Tecnologia escura. O lugar tinha tudo a ver com o nome.

Sarah olhou para trás, para o homem que a estava seguindo, e se assustou. Ele estava apenas a dez metros de distância, olhando para uma vitrine apagada como se quisesse comprar o que estava lá dentro. *Espere um pouco, Sarah. Acalme-se.* Talvez esse cara só esteja andando na mesma direção e seja uma vítima inocente de seu pesadelo. Talvez...

Mas logo ela se arrepiou de pavor. Ele estava olhando para ela e ela viu o Olhar, tão duro e devorador que teve a repentina certeza de que era quem a procurava.

Algumas pessoas saíram do Tech Noir, empurrando-a. Ela girou e correu pela porta antes que se fechasse.

O homem passou direto, com a atitude rígida que Sarah achou ser frustração.

Ele continuou a andar pela calçada até ela não conseguir mais vê-lo.

Reese estava impressionado. Sarah Connor era apenas uma menina. Como qualquer outra dessas criaturas macias do passado. Ela parecia estar andando em seu próprio sonho, alheia às centenas de ameaças afiadas em seu ambiente. Será que era mesmo Sarah Connor? A imagem em sua mente disse Identificação Positiva. Seus instintos disseram outra coisa. Mas ele não estava ali para pensar. Sabia que o momento de executar o plano estava próximo e ele queria muito aquilo.

Nada o deteria.

Havia prometido isso para John.

Mas ele detectou medo nela, tão forte que foi carregado pelo ar como uma descarga elétrica entre eles. Ela iria fugir. Ele rapidamente girou cento e oitenta graus e atravessou a rua, com a mão na escopeta através do bolso do casaco.

Ela já o vira e agora não restava nada a fazer a não ser se aproximar. Quando ela entrou no prédio, Reese hesitou, olhando para a placa acima da porta e conferindo as ordens guardadas na memória. Estava tudo certo. Siga em frente. Tão perto. Mas ele queria ir até ela agora.

Separando! Atenha-se ao plano, soldado.

Siga em frente!

E então... volte.

■ **BAIRRO PALMS**
JASMINE STREET, 656
10:11 P.M.

—

—

Os policiais com ordens de vigiar a entrada dos apartamentos estavam discutindo sobre o último jogo dos Lakers quando o rádio acabou com a conversa. Houve um roubo na Venice Boulevard e eles eram a patrulha mais próxima. Entraram na viatura e saíram com tudo.

As calçadas estavam vazias. Muito raramente passava um carro. E então um homem saiu da sombra de um eucalipto exatamente em frente ao número 656 da Jasmine Street.

Ele estava avaliando suas alternativas e quase avançando sobre as forças de segurança em seu veículo quando eles repentinamente saíram em alta velocidade, o que reduziu radicalmente a possibilidade de impedimento do alvo.

O Exterminador atravessou a rua e foi até as caixas de correspondência. Seus olhos pararam na caixa em que estava escrito: G. Ventura/S. Connor.

Havia um portão de segurança feito de barras sólidas de um centímetro de ferro batido. Penetrável, mas o barulho era contraindicado, já que o alvo estava tão perto e possivelmente desconfiado.

Ao longe, dava para ver o apartamento de Sarah Connor no segundo andar. Ele se afastou, dando a volta no prédio.

TECH NOIR ■
10:12 P.M.

—

—

Sarah estava apavorada de ter que sair novamente. Sua scooter estava estacionada a várias quadras dali, nas ruas movimentadas. Aquele homem estava lá fora. Ela ficou de frente para uma bilheteria de tela metálica e tentou se fazer ouvir acima do barulho ensurdecedor, mas fracassou. Ela tentou novamente.

"Preciso usar seu telefone!"

A mulher do lado de dentro aproximou o ouvido da tela. Seu cabelo espetado azul fazia suas feições suaves parecerem chocantes e cruéis. Desta vez ela ouviu Sarah e apontou para o orelhão em uma coluna ao fundo da pista de dança. Sarah começou a passar pela catraca, mas o segurança atravancou o caminho. A bilheteira gritou: "Quatro e cinquenta!"

Irritada, Sarah enfiou a mão na bolsa e jogou todo o dinheiro na cabine.

Ela andou pela área que rodeava a pista de dança. O visual de tela metálica persistia, com as mesas e cadeiras. E o longo bar de metal brilhante se somava aos motivos da decoração industrial chique, assim como as vigas expostas do teto, o que lhes dava um ar de brinquedos de montar.

Acordes pesadíssimos de guitarra massageavam seu plexo solar enquanto ela se acotovelava para passar pelos humanos que se contorciam. Um garoto suado de 20 anos com a cabeça raspada saltou das sombras, enganchou o braço dela e tentou puxá-la para a pista de dança. Nos flashes estroboscópicos de luzes multicoloridas, ela viu o rosto do rapaz se contorcer e deformar em uma imitação de caveira de arrepiar os cabelos, com os olhos tão sombreados que as órbitas pareciam ocas. Durante meio segundo ela achou que uma língua, não muito diferente da de Pugsly, houvesse saído e espetado o pescoço dela, e depois se enrolado de volta para a boca do garoto num estalo. Ela se desvencilhou e cambaleou para trás até uma mesa, sacudindo os copos com restos de bebida. Ela olhou outra vez para o rapaz. Seu rosto havia se preenchido quando ele ficou em uma luz melhor. Engolindo o coração que já estava na boca, Sarah continuou em direção ao orelhão.

BAIRRO PALMS
JASMINE STREET, 656 ■
10:14 P.M.

—

—

Matt estava em um estado de estupor, refestelado nos lençóis emaranhados, com o corpo se secando à brisa fresca da porta de correr parcialmente aberta no canto do quarto de Ginger. As cortinas eram fustigadas pelas brisas silenciosas. Ginger se sentou e o cutucou. Ele estava apagado.

Ela pisou no carpete, vestiu seu robe, encontrou os fones de ouvido e o walkman e trocou a fita.

Enquanto a fita era rebobinada, ela passou descalça pelo corredor, dando suspiros quando as solas de seus pés tocaram o ladrilho frio da cozinha. Ginger ficou na ponta de seus pés fortes e deu um gracioso salto de balé até a geladeira, abrindo-a. Sob a luz suave que vinha de dentro, ela pegou alface, tomates, picles, maionese, pasta de frango e cebola roxa e colocou tudo sobre a bancada. No momento em que esticou o braço para apanhar o pão, ouviu um barulho. Parecia vir de toda parte – um som baixinho de raspagem não muito longe. Ginger olhou em volta sob a luz fraca, sem enxergar nada direito. Tateou na prateleira mais baixa e encontrou o pão integral. Agora o leite...

Lá estava o barulho novamente. Mais perto desta vez. Uma raspagem afiada. De novo, mais perto.

Ginger tinha nervos de titânio. Nada a abalava. Estava curiosa com o barulho, só isso. Mas um baque alto atingiu seus ouvidos e fez seu coração e seus pulmões subirem pela medula espinhal e se alojarem na cabeça. Ela então percebeu que a fita já havia rebobinado e parado, fazendo um estalo em seus fones. Titânio uma ova. Agora onde ela havia deixado a mostarda? Ah, ali em cima da...

Alguma coisa passou por ela no escuro e Ginger gritou involuntariamente. Vidros de tempero caíram fazendo barulho quando Pugsly saiu correndo de cima da geladeira, mais assustado do que Ginger por seu encontro inesperado. A iguana correu pela bancada e saltou para o chão de ladrilho, depois rastejou até chegar ao carpete do corredor e entrar na sala, onde poderia mais uma vez ficar em qualquer lugar à sombra.

"É, Pugsly, melhor ficar esperto", gritou ela, "senão eu faço um cinto com você." Lagarto idiota.

Ginger pôs a mão sobre a garganta. Uau. *Fiquei com o coração acelerado agora. Nada como uma boa injeção de adrenalina pra abrir o apetite.* Expirando irregularmente, Ginger se virou para a pilha de comida e percebeu que havia esquecido o queijo suíço. Ao se abaixar para pegá-lo, no fundo da geladeira, atrás da geleia solidificada e da pasta de amendoim dura feito pedra, Ginger se lembrou da música e apertou o botão. Prince & The Revolution trovejaram em seus ouvidos, movimentando seu corpo com aquela energia rápida e firme.

A luz estava brincando em padrões intermitentes nas pálpebras de Matt. As cortinas estavam esvoaçando para fora com o repentino aumento do vento. Ele abriu os olhos quando um som baixinho começou a tilintar em algum ponto do outro lado do quarto. A princípio, não viu nada além do teto; em seguida, uma figura humana entrou no seu campo de visão, com o punho fechado erguido e pronto para atacar. Alguma coisa brilhou naquela mão. Os olhos de Matt se arregalaram, ele se abaixou e se atirou da cama um instante antes de o punho bater no travesseiro onde sua cabeça estava. Ao cambalear para trás, tentando clarear sua visão, ele viu penas explodirem e voarem pelo quarto quando o intruso puxou a mão do travesseiro destruído. Ele devia ter alguma coisa na mão. Uma lâmina ou um canivete pequeno – havia penas demais, descendo em câmera lenta como neve seca.

Ele era um pouco maior do que Matt e silencioso como uma cobra. Somente o barulho das correntes em suas botas o entregava.

Deve ter entrado pela porta da varanda, pensou Matt. Ele girou o corpo e instintivamente pegou uma pesada luminária de latão sobre o criado-mudo. Derrubou a cúpula e arrancou o fio da tomada, fazendo barulho como um chicote, e brandiu a luminária como se fosse um machado de guerra, balançando a base em semicírculos.

"Não faz eu te machucar, cara", gritou Matt. O medo permeou a ameaça em sua voz, uma ameaça formada mais por afronta e adrenalina do que por coragem. Matt olhou para o canivete reluzente e depois para os olhos sem expressão, e novamente para o canivete. Quando o intruso deu um passo em sua direção, Matt concentrou seus mais de 100 quilos para bater um *home run* digno de Reggie Jackson[6] com a luminária de metal. A base atingiu o vulto bem na têmpora e a batida quase arrancou o objeto das mãos de Matt – mas o sujeito apenas balançou para trás, como se houvesse recebido um tapinha de brincadeira, e partiu para cima de seu oponente.

Matt o golpeou novamente, com mais força, mas o Exterminador simplesmente estendeu o braço e pegou o pulso de Matt, como uma armadilha para ursos. A visão que Matt tinha do quarto de repente rodou incontrolavelmente

---

6   Um dos mais populares jogadores de beisebol, participou de 21 temporadas (1967-1987) por cinco equipes diferentes e ganhou cinco World Series.

quando o Exterminador o levantou pelo pulso e o lançou por cima da cama até o chão do outro lado. Ele rolou como um saco de cimento até a cômoda de madeira. Matt se levantou, meio grogue, e foi em direção ao intruso soltando um grito de pura raiva.

Ginger havia localizado o queijo suíço e estava mastigando um pedaço de aipo enquanto empilhava o "lanchinho" em uma torre de babel de carboidratos. Quando Prince tocou o terceiro refrão de "Let's Go Crazy", ela segurou o aipo como um microfone e uivou com ele.

O rosto do Exterminador estava vagamente visível. Os olhos eram opacos e sem vida, como os de uma boneca; o maxilar pendia imóvel e a boca uma linha fina e reta, como a leitura de um homem morto em um monitor cardíaco.

Matt estava segurando o antebraço do intruso com as duas mãos e observou o canivete se aproximar de seu pescoço. Era um daqueles estiletes com lâmina extensível, com pontas descartáveis quando ficam cegas, só que estava completamente estendido, como uma navalha comum. Os músculos de Matt se contraíram e saltaram sob sua pele conforme reunia toda a sua força contra o outro, mas o braço continuou a descer, como uma espécie de equipamento hidráulico. Matt nunca havia se deparado com tanta força. O medo rugiu e uivou dentro dele.

Ele jogou seu adversário de lado, lançando a lâmina contra a parede, apenas para ser agarrado pela garganta por mãos incrivelmente fortes.

Morrer – eu vou morrer. Preciso me livrar dessas mãos...

Matt levantou o joelho como uma catapulta, enterrando-a no abdome do intruso. O joelho se afundou com um baque satisfatório, mas em seguida bateu inexplicavelmente em uma parede de músculos tão duros que quase destruíram a patela de Matt. Logo depois, ele foi erguido como se fosse um bebê e atirado através da porta de vidro. Ele caiu de costas e ficou esparramado, com os fragmentos de vidro caindo e tilintando sobre o seu corpo.

Como um motor que engasga mas ainda gira, Matt se pôs de pé, arquejando. Seu joelho machucado doeu e ele jogou o peso para o outro, com o corpo agredido molhado de suor e de sangue quente, que escorria de uma dúzia de cortes.

O Exterminador estava à espera, observando o homem atravessar a janela quebrada tão lentamente que cogitou sair do quarto e prosseguir com a localização do alvo. Antes que ele de fato agisse, Matt mais uma vez reuniu suas forças, transformou seu corpo inteiro em um punho e se lançou para a frente.

O Exterminador ajustou sua posição em oito centímetros e desviou facilmente do golpe. Matt bateu no ombro do Exterminador e dali para o espelho de corpo inteiro na porta do armário. O vidro explodiu em seu rosto e ele sentiu uma dúzia de facas cortando seu corpo. Desabou no chão, mortalmente ferido, com os pulmões congelados entre as respirações, paralisados pelo choque da pancada e pela enorme força opressora de seu oponente.

O quarto estava se afastando de Matt, sumindo em um vazio sem cor. Um peso enorme crescia em seu peito como um buraco negro reverso. E Matt sabia que, se pudesse passar por aquela dor gigantesca, tudo ficaria bem. Ele estaria morto.

O som da risada de Ginger em sua lembrança ecoou por sua consciência cada vez menor como uma fita que ia ficando lenta. Ele mal sentiu os dedos de aço acabarem com sua vida.

Ginger pegou o copo de leite, o sanduíche de três andares e ajustou os fones de ouvido antes de sair da cozinha. Ao andar pelo corredor, pensou ter ouvido um barulho repentino e agudo, como algo se quebrando. Pugsly? Aquele lagarto estava ficando definitivamente psicótico.

Mas, quando olhou para a sala, viu Pugsly brincando de estátua dentro do terrário. Tudo parecia estar bem ali. Talvez fossem os vizinhos brigando de novo.

E aconteceu novamente, uma batida alta seguida de um... Ginger balançou a cabeça rapidamente e os fones caíram em seus ombros. Agora havia silêncio. Não, alguém estava... gemendo? Ginger sorriu com uma excitação crescente. O que Matt deveria estar fazendo? Aquele diabinho adorável.

Ela parou em frente à porta do quarto, tentando equilibrar o prato em seu braço para poder ter a mão livre para abri-la, querendo pegar Matt no flagra fazendo alguma coisa obscena. Mas, antes que pudesse realizar essa proeza, a porta explodiu pelos ares e encheu suas pernas de estilhaços e sangue. O corpo de Matt havia acabado de ser atirado, como se fosse um aríete. Ginger deixou cair o prato e o copo, molhando as pernas com o leite frio. Ela pôs as mãos no rosto, ondulando-as incoerentemente, e os dedos abertos cortaram o ar entre seus olhos e o corpo totalmente destruído de Matt. Ele estava morto. Seu Matt havia morrido.

Alguma coisa naquele quarto acabara de matá-lo.

Ela abaixou as mãos e parou de respirar. Um vulto andou até a porta e olhou para o corpo de seu adversário derrotado e em seguida para a garota. O Exterminador parou para registrar detalhadamente as feições dela em seu cérebro. Ela se encaixava nas configurações do alvo. A mão dele foi até a .45 em seu casaco. Empurrou a porta, mas ela não se mexeu, pois o cadáver de Matt atravancava o caminho, jogado em cima do que havia restado.

Ginger se virou e correu, com as solas de seus pés sendo retalhadas pelos cacos de vidro ao pôr todo o seu peso para se virar desesperadamente. Ela não sentiu o sangue quente jorrando dos cortes quando levantou a perna direita e se atirou para o corredor.

O Exterminador abriu a porta, arrancando-a pelas dobradiças, e foi na mesma direção.

Ginger corria como uma velocista, com os pulmões puxando grandes quantidades de ar e queimando-o para dar energia. Ela se agarrou à moldura da porta da sala e entrou no cômodo, na hora em que o Exterminador estava mirando em suas costas, abaixando o ponto vermelho da mira a laser até atravessar seu ombro, mas logo ela estava em outro aposento.

Havia um vulcão de pavor abjeto entrando em erupção no peito de Ginger. A porta. Era sua salvação, ela pensou de repente. Não havia Deus, nem destino, nem nada ou ninguém além daquela porta, daquela saída desta doença vil e cruel que estava atrás dela agora, sorrindo, apontando a arma e puxando o gatilho, *e vai se foder, estou quase lá!* E então Ginger foi atingida nas costas por um foguete que viajou na velocidade da luz e pulverizou metade de seu pulmão direito ao atravessar seu tórax.

Enquanto estava caindo – parecia que nunca chegaria ao chão –, ela ouviu o som do tiro que a atingira. Depois outro míssil a pegou, desta vez no rim, e a carne espessa capturou a bala e a reteve até o impulso vencer e o projétil, por fim, atravessar seu corpo em uma última e perversa estocada, alojando-se na parte inferior de seu abdome. Foi aí que ela caiu no chão e as coisas pioraram.

O Exterminador passou por cima dela como um monumento à morte.

As mãos de Ginger arranharam o linóleo frio. Ele parecia molhado ali embaixo, enquanto ela deslizava para a frente. Muito embora seu rosto estivesse pressionado contra o desenho vazio dos ladrilhos, ela sentia uma sensação intensa de estar caindo. Ouviu as botas pesadas baterem no chão de ladrilho atrás dela e pararem ao lado. Ela não conseguia se virar, mas o vulto se agigantou em sua mente, tão escuro e enigmático quanto a própria morte. O medo desapareceu, substituído por uma enorme e ultrajada interrogação. Por quê? Talvez a resposta estivesse do Outro Lado.

Por fim, ela desejou que não fosse Sarah quem a encontrasse...

O dedo do Exterminador apertou o gatilho. O cão levou o pino até a espoleta, acendendo a pólvora. Os gases que se expandiram conduziram o projétil de cobre e chumbo pelo cano, simultaneamente elevando o próximo cartucho para a câmara. O gatilho foi puxado outra vez e o ciclo se repetiu.

E de novo.

E de novo. E mais uma vez, esvaziando a pistola.

■ TECH NOIR
10:14 P.M.

—

—

Sarah ligou para o número de emergência da polícia, esperando uma voz tranquilizadora e paternal, cheia de atitude e preocupação, que imediatamente despacharia cem carros do esquadrão em alta velocidade para resgatá-la. Ou que no mínimo ouvisse sua história, se encarregasse da situação e dissesse a ela exatamente o que fazer. O que ela ouviu, em vez disso, foi uma gravação.

"Você ligou para o número de emergência do Departamento de Polícia de Los Angeles. No momento, todas as nossas linhas estão ocupadas. Se você precisa chamar uma viatura, por favor aguarde, e o próximo..."

Sarah aguardou. Ela não sabia mais o que fazer. Mantendo o telefone pressionado a sua orelha, ela olhou nervosamente em volta do recinto lotado. *Pelo menos havia bastante gente*, pensou. Se alguém tentasse agarrá-la, um dos cinquenta caras ali faria alguma coisa, não é? Certo. Claro que faria. Sarah esticou o pescoço. Até agora nem sinal do homem com a capa de chuva.

Os olhos dele eram tão assustadores. *Ai, por favor*, pensou ela, *por favor, alguém atende a porra do telefone.*

Mas ninguém atendeu. A linha ficou muda. Ela segurou o telefone longe da orelha, incrédula, e depois rapidamente rediscou o número. Ocupado. Isso não estava acontecendo.

Ginger. A ideia apareceu em seu horizonte como um sol. Ligue para Ginger. E Matt. Eles virão buscá-la e levá--la até a polícia!

O telefone tocou uma vez e depois entrou a voz de Ginger. Aquela mensagem idiota. Ela devia estar com Matt ainda. Tudo que podia fazer era aguardar o bipe da mensagem e esperar que Ginger estivesse sem os fones.

■ BAIRRO PALMS
JASMINE STREET, 656
10:15 P.M.

—

—

O Exterminador liberou o pente vazio e recarregou. Que o alvo estava exterminado ficou claro imediatamente. Então ele baixou a arma e prosseguiu com a próxima fase da operação. Inclinou-se por cima das pernas do cadáver e usou o canivete para fazer uma incisão reta do tornozelo até o joelho. Ele não encontrou o que estava procurando. Ident neg.

O Exterminador começou a analisar suas opções. O telefone tocou. Em um movimento preciso e rápido, ele virou a mira a laser e a fixou no telefone. Quando a voz de Ginger começou a falar na secretária eletrônica, ele manteve o ponto vermelho fixo sobre o novo alvo. Quase instantaneamente, abaixou a arma ao analisar a origem do som.

"Oi", disse Ginger entusiasticamente. "Ha, ha. Te peguei. Você tá falando com uma máquina, mas não fica intimidado – as máquinas também precisam ser amadas. Fala com ela e Ginger, que sou eu, ou Sarah irá retornar a ligação. Agora é só esperar o sinal do bipe."

Ele estava quase saindo pela porta quando a voz de Sarah surgiu, aguda e urgente, como uma isca para o Exterminador. Ele hesitou tempo o bastante para ouvir "Ginger, é Sarah. Atenda se estiver aí".

O Exterminador voltou para a sala.

"Eu tô em um lugar na Pico Boulevard chamado Tech Noir. E com muito medo. Tem alguém me seguindo. Tomara que você ouça isso logo. Eu preciso que você e Matt venham me buscar... por favor!"

E então a máquina ficou em silêncio.

O Exterminador analisou suas opções e começou a revistar o local em uma varredura rápida e lógica.

Em trinta e sete segundos ele encontrou o que procurava. Uma gaveta, e dentro dela uma carteira de estudante da Faculdade West Los Angeles. Havia uma foto na frente e, abaixo dela, um nome: Sarah Connor. O Exterminador se concentrou na foto, gravando as feições na memória. Agora ele a conhecia.

Sirenes começaram a tocar ao longe. O Exterminador deixou a carteira de estudante de lado e pegou o que estava debaixo dela: uma caderneta de endereços e telefones.

As sirenes agora estavam se multiplicando pela noite, ficando mais altas, convergindo...

O Exterminador não tinha tempo de ler a caderneta. Ele a pôs no bolso, andou até a varanda e desceu para a rua a fim de continuar seu trabalho.

As únicas coisas que deixou vivas no apartamento foram um vaso de planta e Pugsly. A iguana estava encolhida em cima da estante, espiando por uma fresta da cortina enquanto a figura do homem desaparecia nas sombras lá fora.

■ TECH NOIR
10:24 P.M.

—

—

Sarah finalmente conseguiu falar com um ser humano. Eles explicaram que ela deveria contatar o tenente Ed Traxler e lhe deram o número da divisão para ligar. Quase em prantos, mas perseverando obstinadamente, ela colocou mais moedas e discou o número. Depois, de maneira insana, ela estava falando com outra telefonista, que a colocou em espera novamente. Aquele momento se inflou em um limbo infinito de existência sem sentido.

■ LAPD
DIVISÃO DE RAMPART
10:28 P.M.

—

—

A treze quilômetros de distância, Ed Traxler estava acabando de passar pela porta com seu vigésimo sétimo copo de café quando Vukovich, curvado em sua cadeira, estendeu o braço e atendeu o telefone que estava tocando. "Homicídios", anunciou enfadonhamente o sargento magro. Em seguida, ele se esticou e virou ansiosamente para seu chefe. "É ela, Ed."

Traxler tomou o telefone. "Sarah Connor? Aqui é o tenente Traxler."

Sarah estava a ponto de chorar. O medo que havia tomado conta dela nos últimos minutos, a frustração de ser jogada para lá e para cá e ignorada pelas mesmas pessoas que deveriam protegê-la haviam começado a pesar. Ela gritou desesperadamente no bocal do telefone.

"Escuta... Tenente, não me bota em espera, por favor, não me transfere pra outro departamento."

Sua voz imediatamente adotou um tom de preocupação. "Não precisa se preocupar, não vou fazer isso", disse ele. "Agora relaxe. Você pode me dizer onde está?"

Pela primeira vez naquela noite, Sarah sentiu que alguém se importava com o que estava acontecendo com ela. A voz tranquilizadora de Traxler era como um cobertor que ela podia colocar sobre os ombros e se aquecer do pesadelo que estava vivendo.

"Onde você está?", repetiu ele.

"Estou em uma boate", disse ela. "O nome é... Tech Noir..."

"Eu conheço", Traxler respondeu rapidamente. "Na Pico."

"Isso, mas eu não quero sair daqui", exclamou Sarah. "Acho que tem um cara me seguindo."

"Tudo bem. Agora escute, srta. Connor", disse Traxler, deixando as cordas vocais calmas. "E escute com atenção. Você está em um lugar público. Você estará a salvo até chegarmos aí."

"Quando vocês vêm?", perguntou Sarah ansiosamente.

"Agora. Estamos a caminho", respondeu Traxler prontamente. "Fique em um lugar visível. Não saia daí, nem mesmo vá ao banheiro. Um carro a apanhará em um minutinho."

"Ok", respondeu Sarah. Traxler desligou.

■ TECH NOIR
10:31 P.M.

—

—

Houve um pequeno indício de movimento em frente à boate, o que atraiu alguns olhares momentâneos perto da porta. Mas as cabeças logo se viraram novamente, intimidadas em uma intensa despreocupação.

Um homem passou pela porta da frente. Um homem grande, usando uma jaqueta cinza justa, um tamanho menor, e botas de motoqueiro. Ele se movimentou suavemente, observando os rostos das pessoas à sua volta, apenas passando os olhos sobre elas por um instante. O rosto que ele queria não estava ali.

Ele passou direto pela bilheteria e a mulher lá dentro se inclinou e olhou para aquelas costas impassíveis se afastando.

"Ei!", gritou para o segurança. "Esse cara não pagou."

"Ei, camarada", disse o segurança, colocando a mão pesada sobre o ombro do grandão.

O Exterminador nem se virou. Ele pôs a mão esquerda na região do ombro onde sentiu a pressão do aperto, agarrou a mão do outro homem e a apertou. Os ossos se partiram fazendo um estalo. Em seguida, ele soltou aquela coisa mole e continuou. Ninguém ouviu o grito abafado do segurança. Se alguém ouviu, fingiu que não.

Ele entrou na pista de dança, olhando, empurrando as pessoas para longe, como um caçador empurra para o lado os galhos no meio da trilha. As luzes dos estroboscópios não afetaram a visão do homem. Ele simplesmente as ignorou e começou uma busca sistemática por um rosto específico.

Sarah pôs o telefone de volta no gancho e se virou, já sentindo falta da voz suave de Traxler. Mas tudo acabaria em breve. "Um carro a apanhará em um minutinho." As "autoridades" estavam a caminho. Para buscá-la. Ela estaria salva. Sarah se apegou a isso, como um colete salva-vidas, e se afastou do telefone.

Ela voltou à sua mesa perto da pista de dança. A mistura de pessoas flutuava ao seu redor como em um sonho. Rostos distorcidos por risadas. Corpos voando em um orgasmo de dança. Uma loira alta usando um macacão colado ao corpo cambaleou para uma mesa, bêbada, conversando animadamente com suas amigas. Pessoas se divertindo. Pessoas bem perto dela, em um mundo diferente. Mas o homem do casaco comprido não estava entre elas. *Talvez ele tenha se assustado*, pensou ela. *Talvez ele não quisesse ser visto por essa gente toda. Talvez ele esteja esperando eu sair. Talvez.* Ela tentou não pensar sobre isso.

Eu vou ficar bem, Sarah disse a si mesma. *Só cinco minutos. Só isso. Cinco minutinhos*. Ela estava começando a acreditar naquilo. Então olhou para o bar e não acreditou mais. O tal sujeito do casaco estava sentado ali, olhando para o espelho em frente a ele. Direto para ela.

Reese desviou o olhar o mais casualmente possível, mas dentro de sua cabeça os pensamentos estavam acelerados, quase na velocidade da luz. Ela o vira novamente. Ele percebeu que agora realmente havia assustado o alvo; dava para ver pela expressão nos olhos de Sarah. Pode ter estragado a emboscada. Ele queria ir até ela agora. Afaste-se! Atenha-se ao plano, soldado. Ele esperaria.

Ao ver Sarah entrar na boate, Reese continuou a caminhar até ter certeza de que ela estava lá dentro. Depois deu meia-volta e rondou a entrada. Os acordes graves e vibrantes de uma banda de new wave vazaram pela frente do prédio. Ouvira falar de lugares assim. Eram chamados de *casas noturnas*. Um nome lhe ocorreu das profundezas escuras de sua memória: Sinatra.

Reese sentiu a explosão do ritmo pulsante da música assim que abriu a porta. O som era estrondoso. Luzes coloridas piscantes transformavam o movimento frenético dos homens e mulheres de pele rosada em uma coisa mais sentida do que vista. Ao passar por uma jovem entediada atrás de uma tela metálica, em uma jaula perto da porta, ela estendeu a mão e agarrou a manga de seu casaco. Ele rodopiou, com os olhos atentos, e rapidamente pôs a mão sobre o .38 em seu bolso.

"Quatro e cinquenta, ô doidão", ela logo exigiu. Reese olhou para ela, intrigado. Cabelo azul – isso era novidade. Finalmente, a mulher inclinou-se na direção dele em uma demonstração dramática de condescendência.

"Quatro dólares e cinquenta centavos", ela repetiu, com a fala arrastada. Reese pôs a mão no bolso, pegou um bolo de notas amassadas e empurrou para ela. Não esperou o troco.

Rapidamente, ele fez o reconhecimento do frenético terreno interno – *entrada de vidraça, porta de saída de aço ao fundo, duas janelas de vidro na parede esquerda, uma na direita* –, ignorando os olhares dos frágeis habitantes da boate, atraídos por sua estranha figura, mas conferindo seus rostos. Ele encontrou Sarah quase de imediato, pendurada em um telefone ao fundo. Reese se abaixou quando ela se virou, olhando nervosamente sobre o ombro.

A longa fileira de bancos à frente do bar espelhado dava o melhor ponto de vantagem para observação discreta. Ele se sentou no centro e, de frente para o espelho, analisava o salão às suas costas. Perfeito. Todos estavam na zona de morte.

Quando Sarah se sentou à sua mesa, Reese estava focado nela. Ela olhava em volta, como um animal assustado que sente algo perigoso no ar. E então seus olhos se encontraram no espelho.

Por um segundo, Sarah não conseguiu se mexer. Um alarme delirante estava soando em seu cérebro. Era ele. Ele estava *aqui*. Agora. Vigiando-a. Quando olhou para os olhos perturbadores do homem de casaco, ela deixou de acreditar que algum dos cinquenta caras no salão faria alguma coisa para ajudá-la. Ela estava repentina e completamente sozinha outra vez. Aprisionada.

O homem sinistro do casaco de chuva calmamente desviou o olhar. Sarah tentou se acalmar. O tenente Traxler estava vindo. Estava a caminho. Apenas alguns minutos – não foi isso o que ele disse? *Só mais alguns minutos, querida*, ela disse a si mesma. *Nada irá acontecer. Vai ficar tudo bem. Por favor, faça-o vir logo!*

Os corpos ondulantes continuaram a se movimentar diante dela, bloqueando sua visão do homem no bar. Ele não se mexera. Ele ficou sentado ali, feito pedra. Sarah olhou nervosamente para seu relógio enquanto a música surrava seus nervos e os reduzia a frangalhos.

O Exterminador vagava lentamente, metodicamente, atravessando o mar de pessoas, movimentando a cabeça em uma varredura contínua, primeiro para a direita, depois para a esquerda, ajustando o foco para cima ou para baixo conforme o objeto, catalogando tudo ao seu redor, verificando cada rosto com sua memória.

Nervosa, Sarah pegou uma Coca-Cola na mesa em frente, sem nem perceber que fora deixada por outra pessoa. Seus olhos estavam grudados nas costas do casaco de chuva sentado próximo ao balcão do bar. Seus dedos estalaram o topo da lata e a derrubaram de cima da mesa. Por reflexo,

Sarah se abaixou para pegá-la na mesma hora que o grandalhão de jaqueta cinza se aproximou de sua mesa.

Os olhos do Exterminador passaram sobre a mesa e a cadeira vazia. Nada significante registrado. Ele descartou os dois objetos e prosseguiu.

Quando ele virou para o outro lado, Sarah se sentou de volta e pôs a lata sobre a mesa.

Ao chegar na parede, do outro lado da pista, o Exterminador ainda não avistara o alvo. Ele estava no local correto. A informação que havia recebido era, por determinação dele, altamente confiável. Logicamente, ela deveria estar por ali. Talvez não a tenha visto. Ele se virou para reexaminar o salão. E lá estava ela.

A boca de Reese ficou seca como areia. Mecanicamente, ele levou o copo de cerveja aos lábios, permitindo-se um gole para umedecê-los. Do canto de seu olho esquerdo, avistou um homem grande se afastar da parede e seguir uma linha reta que ia direto para Sarah, empurrando as pessoas para fora como se fossem grama alta, e com a mão direita no bolso de sua jaqueta. *Ele* era o tal. Reese sabia. Lentamente, abaixou o copo de cerveja e deixou sua mão vagar de forma casual até o botão superior de seu casaco, desabotoando-o. Seus dedos deslizaram sobre o metal liso da Remington 870 e desativaram a trava de segurança.

Estava acontecendo. Era agora. Naquele microssegundo antes da ação, quando os músculos se contraem – ávidos pelo próximo microssegundo – e a onda de adrenalina leva o coração a cem BPMS, sobrecarregando todo o sistema, Reese pôs a mão esquerda na beirada do balcão cromado do bar para pegar impulso e levou a mão direita até o cabo da

Remington 870. Em seguida, lançou o corpo na direção de seu oponente e o banco do bar girou.

Sarah tomou um gole de sua Coca e olhou para o relógio. Três minutos se passaram desde que ela falara com o tenente Traxler. Quando olhou para cima, alguém estava se aproximando. Um cara grande e assustador, de jaqueta cinza, pegando sua carteira. Parou bem na frente dela, enorme – uma cadeia de montanhas que havia acabado de se mudar para a vizinhança.

Traxler?, pensou Sarah. Ele não tinha nada a ver com o que imaginara. Não com olhos como aqueles. Não era uma pessoa amigável. Então ela percebeu, instintivamente, que alguma coisa ruim logo aconteceria.

O Exterminador ficou ali, parado, por uma fração de segundo, olhando atentamente para ela, com a mão ainda dentro da jaqueta. Comparou o rosto dela com sua memória e teve identificação positiva. Ele calculou alternativas possíveis. Em seguida, em um instante, a .45 saiu, engatilhada e brilhando, em um movimento que terminou com o ponto vermelho da mira a laser perfeitamente no centro da testa de Sarah.

Ela olhou para cima, aterrorizada com a incompreensão, olhando diretamente para o cano do maior e mais negro buraco no espaço que já vira em toda a sua vida. Todo o recinto pareceu desaparecer e tudo mais que ele continha.

A mão livre do Exterminador puxou para trás o ferrolho de aço da arma e a deixou voltar com um estalo, colocando o primeiro cartucho na câmara. Apesar do barulho martelando, o estalo da arma pareceu, de alguma maneira, ser o único som nos ouvidos de Sarah.

Mil pensamentos gritaram dentro dela em um microssegundo. *Oh, meu Deus, isso não é brincadeira. É de verdade. Eu vou morrer aqui, bem na frente de todo o mundo. Acabou que não era o outro cara. É esse aqui. Por que isso tá acontecendo? Por quê, por quê, por quê?*

Reese ainda estava girando na banqueta do bar, com seu casaco se abrindo, erguendo a Remington com ambas as mãos, quando o Exterminador sacou a .45 automática. Foi bem rápido. Muito rápido. Mais rápido do que Reese esperava. *Será que ele é um setecentos ou um oitocentos?* Reese esperou que fosse setecentos. Ele estava se afastando do bar quando um homem e uma mulher entraram em seu caminho, com os olhos se abrindo como flores quando viram o cano da escopeta no ar diante deles. Havia gente demais no caminho! Merda! Ele achou que não fosse conseguir. Reese vorazmente empurrou o homem para o lado e continuou avançando, derrubando as pessoas, pegando a Remington e mirando. As pessoas à sua volta agora se afastavam, sentindo o movimento, sem entender, mas saindo rapidamente do caminho, abrindo espaço para o que quer que aquele homem estivesse perseguindo. Reese estava em pleno ar quando uma janela, emoldurada por corpos que se abaixaram, se abriu diante dele. Ele apertou o gatilho e a Remington rugiu.

Cento e trinta e sete pequenos universos independentes ficaram instantaneamente paralisados quando os clientes reagiram à explosão de som.

Reese disparou um centésimo de segundo antes de o Exterminador apertar o gatilho. A explosão da escopeta teria arrancado o braço de um homem comum. Mas tudo que havia feito com seu adversário foi estragar sua mira. O chumbo grosso calibre 00 de três polegadas da Remington bateu no cotovelo do Exterminador, fazendo-o girar cerca de vinte graus.

Reese continuou se aproximando, deslizando a mão sobre o ferrolho para trás e ferozmente soltando-o, colocando mais um cartucho na câmara da arma. O Exterminador começou a se virar para a ameaça, ajustando as prioridades. Reese disparou outra vez, atingindo o alvo bem no peito. Apesar de seu tamanho e força, o Exterminador começou a cambalear devido ao impacto.

E então todos começaram a gritar.

Novamente, o ruído do ferrolho indo para trás, depois o estalo dele batendo para a frente e outra explosão de fogo conforme Reese avançava, decidido, como um rolo compressor, seu mundo reduzido a um único e claro objetivo: mandar seu grande adversário para a morte.

O Exterminador tentou erguer a .45 automática ao se afastar. Reese disparou de novo, fazendo-o perder o equilíbrio. Ele viu que o Exterminador estava caindo agora, com a .45 apontada para o teto, irrelevante.

Reese se aproximou da mesa de Sarah. Ela estava gritando, abaixada em sua cadeira, sem acreditar no que estava acontecendo. Reese ainda tinha um pente na escopeta e o disparou na direção do Exterminador, que estava caindo.

O Exterminador atingiu o chão como um prédio desabando na rua. Ele ficou bem quieto sobre o piso de cerâmica. Imóvel. Nem mesmo uma contração. A frente de sua jaqueta era um campo retalhado de padrões de buracos perfeitamente ajustados, com jorros escarlates que rapidamente ensoparam sua jaqueta. Ele parecia bastante morto.

Ele deve ser um setecentos, pensou Reese consigo mesmo. Ele permaneceu ali por um segundo, com a adrenalina ainda martelando dentro de si, fazendo tudo parecer mais lento, sentindo a onda como se estivesse surfando no topo dela. Ninguém no recinto havia se mexido nos seis segundos e meio desde que o primeiro tiro fora disparado. Agora estavam boquiabertos, sem acreditar no estranho quadro diante deles. A música parou. O chiado rítmico do disco girando, estupidamente amplificado, ecoava pelo salão.

Em choque, Sarah olhou para o corpo ensanguentado estatelado no chão a menos de dois metros de distância. Depois olhou para o homem do casaco de chuva que derrubara o outro sujeito. Ele se virou para ela. Sarah viu apenas seus olhos e a escopeta reluzente em suas mãos. Deu um passo na direção dela e alguma coisa chamou sua atenção.

E a de todo o mundo também. O Exterminador havia aberto os olhos. Um minúsculo espasmo percorreu a extensão de seu corpo. Em seguida, pôs-se de pé sem problemas, agachando-se defensivamente, e retirou a submetralhadora uzi do coldre de ombro De Santo sob sua jaqueta. Ele virou a arma, puxando o ferrolho, e mirou em Reese.

Reese rolou como um gato e deslizou do lugar que havia ocupado um segundo antes das primeiras rajadas da uzi baterem no balcão rugoso de aço inoxidável do bar, lançando pedaços de metal pelos ares atrás dele.

O Tech Noir explodiu em uma orgia de violência e corpos desabando. Todos acordaram do choque que havia tomado conta deles e correram desesperadamente, tropeçando, caindo, em direção às portas e janelas. Muitos não se moveram rápido o suficiente. Uma jovem, que já estava tendo uma noite especialmente ruim, passou na frente de Reese, que cruzou por trás dela na direção oposta. O cartucho de nove milímetros da uzi perfurou sem esforço a caixa torácica da mulher.

Sarah saltou de sua cadeira e pulou na corrente de braços e pernas que se arremessavam em direção à entrada da boate. Ela estava apenas reagindo agora, como um animal, instintivamente se afastando da morte.

O Exterminador estava parado calmamente no meio do recinto e viu Sarah também correndo para a entrada, rodeada por outros clientes. Ele começou a disparar mais uma saraivada de balas quando Reese chamou sua atenção, indo em direção ao bar.

Ele mergulhou por cima do balcão do bar assim que a uzi varreu a barricada de metal polido, começando de baixo para cima, indo até o topo e voltando, a centímetros de atingir as panturrilhas de Reese, desintegrando o espelho no fundo. Cacos de vidro voaram em mil direções diferentes, espalhando-se pelo recinto e caindo pelas costas de Reese enquanto ele se curvava atrás do bar.

Sarah estava na metade do caminho até a porta quando o Exterminador voltou ao seu alvo primário. Ele viu o alto da cabeça de Sarah balançando no meio da multidão aterrorizada.

Ele ergueu a uzi, estendendo-a em uma das mãos, e mirou pelo cano como se fosse uma pistola. Esperou até a cabeça dela aparecer e depois puxou o gatilho.

As balas de nove milímetros estavam gritando em direção a um ponto no centro do cabelo ondulado de Sarah, quando a garota atrás dela tentou, de maneira egoísta, tirá-la de seu caminho – e foi baleada em seu lugar. Os projéteis entraram nas costas da garota e a impulsionaram para a frente, fazendo Sarah tropeçar e levando as duas ao chão.

Atrás do bar, Reese pôs a mão no bolso, enfiando cartuchos na Remington o mais rápido que conseguia. *Mais rápido, mais rápido!* Suas mãos voavam.

Sarah estava presa debaixo daquele corpo morto pesado. Ela olhou para trás, apavorada, enquanto o enorme brutamontes assassino avançava, firme, calmo, quase de maneira casual, na sua direção. Sarah tentou se libertar. A garota era pesada demais. Sarah estava desesperada. Ela empurrava e puxava com toda a sua força, mas já era tarde.

O Exterminador estava chegando para matá-la, soltando o carregador usado da UZI, buscando outro com sua mão ensanguentada e enfiando-o na arma – uma ilha de movimentos lentos e precisos em meio à confusão e ao pânico. E então ele estava bem acima de Sarah e mirando à queima-roupa.

Impotente, Sarah olhou para aqueles olhos frios e sem vida. Não havia nada ali a não ser morte. E estavam focados nela.

De repente, a Remington explodiu de novo. O tiro atingiu o Exterminador no ombro e o fez girar completamente. Reese havia atirado em pleno ar ao saltar de uma das cabines revestidas de vinil para a outra. Ele aterrissou agilmente e saiu atirando. Ele atirou novamente – *Morre, filho da puta!* – e carregou outro cartucho. A Remington continuou explodindo, brutalmente, um tiro após o outro, de forma bárbara, implacável, empurrando o Exterminador para trás, em direção à vidraça. O quinto tiro o ergueu do chão e o atirou contra o vidro, que se espatifou para fora, em uma cascata de fragmentos de vidro temperado.

Sarah rolou a tempo de ver a vidraça se abrindo como um portão brilhante e aceitando o corpo que explodia através dela.

O Exterminador bateu na calçada como um avião abatido, deslizando sobre o concreto antes de parar. Havia sangue escorrendo por cada centímetro visível de suas roupas rasgadas.

Reese pegou a UZI no chão e a examinou. Estava inutilizada. Um dos cartuchos havia atravessado o receptor superior. Ele a jogou fora e olhou para Sarah ali embaixo. Devia estar entrando em choque, pensou ele. Hora de ir embora.

Ele puxou a garota morta para fora e pegou a mão de Sarah. Ela se encolheu como um animal aterrorizado. Depois Reese olhou para fora da vidraça da frente e percebeu que as coisas eram ainda piores do que pensava – não era um sete-centos. Rapidamente, ele se ajoelhou ao lado de Sarah e pegou o braço dela. Sua voz estava cheia de urgência. "Venha comigo se quiser viver", disse ele.

Sarah balançou a cabeça, resistindo. Então ela viu o que Reese já sabia. Do lado de fora da vidraça, o Exterminador estava se levantando, instavelmente, ficando de pé. Estilhaços de vidro caíam dele como água. Ela nunca vira um homem morto antes. Mas Sarah sabia que eles não deviam se levantar.

Um raio de terror, maior do que qualquer coisa que pudesse imaginar, pulsou no seu peito. Ela olhou, estupefata por um momento, para aquela torre da morte fumegante, ensanguentada, e que se erguia à sua frente, fixando os olhos sobre ela como uma sentença.

"Meu Deus", ela sussurrou.

"Venha!" Reese puxou Sarah para ficar de pé, pegou sua mão e a segurou com força. Ela não estava mais resistindo. Não importava que provavelmente fosse um louco assassino ou que cinco minutos atrás ela estivesse morrendo de medo de pensar em estar no mesmo recinto que ele. Agora ele era alguém que queria afastá-la daquela coisa na vidraça e quando Reese puxou a mão de Sarah ela estava pronta para ir.

Com Reese abrindo caminho, eles correram feito loucos para os fundos da boate, tropeçando sobre os corpos esparramados de dois dançarinos que não foram rápidos como deveriam. O barulho rítmico e inconfundível dos pés do grandalhão ecoou atrás deles.

Reese chegou à porta da cozinha a toda velocidade, abrindo-a com um estrondo e arrastando Sarah sem parar. A porta do outro lado da cozinha bagunçada estava escancarada, como a deixara o cozinheiro coreano que a usara quando ouviu o primeiro tiro. Reese fez Sarah passar por ela, depois se virou e a bateu, colocando o trinco no lugar, e em seguida encarou Sarah de novo e a puxou com brutalidade.

Um instante mais tarde, o Exterminador chegou à porta. A chapa de metal fraquejou, as dobradiças quase pularam para fora, mas o trinco se segurou. O homem enorme deu um passo para trás e se chocou novamente contra ela. Desta vez, o trinco de aço de meia polegada se curvou como se fosse um alfinete e o Exterminador prosseguiu para o corredor.

Reese e Sarah já estavam do outro lado, correndo em direção à porta que dava para o beco traseiro. Sarah escorregou, mas Reese a puxou de pé ferozmente e continuou a correr.

A porta do beco se abriu e eles saíram para o asfalto molhado. Sarah começou a ficar mais lenta, sem fôlego. Reese brutalmente bateu a palma aberta nas costas dela e a empurrou para a frente. "Continue!", gritou ele.

Então ouviram as batidas dos pés do Exterminador sobre o chão cheio de vidro.

Velozmente chegaram ao primeiro cruzamento de becos; Sarah estava sem fôlego, desesperada, agarrando-se a Reese. Eles viraram a esquina do outro lado.

Enquanto corria com tudo, Reese pegou um cartucho em seu bolso, soltando a mão de Sarah, e tentou carregar a Remington. Sarah começou a ficar para trás. Reese grosseiramente a empurrou para a frente. "Vai logo, porra!" Ele colocou outro cartucho no carregador.

Ainda em seu encalço, o Exterminador virou a esquina e avançou na direção deles, ganhando terreno. Sarah o ouviu se aproximar; em algum lugar dentro de si ela conseguiu encontrar algumas gotas de energia reserva e as utilizou para movimentar as pernas. Cartuchos da escopeta caíram no asfalto e Reese desistiu de recarregar a arma. Quando Sarah chegou perto de um LTD cinza, o último carro da fileira,

Reese deu um tapa nas costas dela, arremessando-a de frente para o chão áspero. Depois, girando para trás, ele abriu a porta do LTD e se agachou atrás de Sarah, apontando a escopeta para o tanque de gasolina de um Impala 1967 mais para trás. Assim que o Exterminador estava prestes a chegar ao Chevrolet, Reese disparou.

O tiro apenas resvalou no tanque de gasolina, sob a traseira do carro, tirando faíscas da mola do amortecedor traseiro. *Merda! Resta um cartucho. Segura firme.* O Exterminador estava lado a lado com o carro, encurtando a distância em passos largos e poderosos. O ângulo era ruim. Reese moveu a escopeta, abaixando a coronha quase até o chão. Se isso não funcionasse, o Exterminador enfiaria o fuzil vazio em sua garganta em aproximadamente dois segundos. Ele puxou o gatilho. Estilhaços do chumbo grosso, em brasas, atingiram o tanque frio. Ele entrou em erupção, uma explosão tremenda de gás em expansão. A bola de fogo imediatamente preencheu o espaço entre os becos vazios e em seguida subiu ao céu da noite. O Exterminador escorregou até parar diante da muralha viva de calor e luz. Ele sabia que sua presa estava segura do outro lado e que precisava agir rápido. Por uma fração de segundo, ele analisou suas opções.

Reese não queria perder tempo. Ele enfiou Sarah no banco da frente do LTD cinza, depois passou por cima dela até o lado do motorista e bateu a porta. A bola de fogo ainda estava bloqueando o beco quando ele pegou os fios da ignição e fez o motor do sedã despertar.

De repente, a silhueta de uma figura surgiu em meio ao fogo e se atirou, em chamas, por cima do teto do carro. O Exterminador, com os cabelos e as roupas consumidos pelo fogo, caiu sobre o capô do LTD de Reese fazendo um estrondo. Reese pôs o carro em marcha a ré e enterrou o pé no acelerador. Os pneus gritaram e soltaram fumaça conforme o veículo se movimentava para trás pela ruela. Sarah ficou sentada, boquiaberta, em choque; o homem no capô olhava diretamente para os olhos dela através do para-brisa, os punhos cerrados.

Reese lutava com o volante do carro quando o Exterminador esmurrou o para-brisa. Vidro quebrado foi lançado no interior do veículo. Sarah abriu os olhos e viu a mão ensanguentada surgir através do buraco, aproximando-se de seu pescoço. Ela gritou quando o Exterminador a puxou pela blusa em sua direção. Aquela mão estava prestes a arrastá-la por cima do painel e pelo vidro quando o LTD saiu da ruela e avançou, ainda de ré, para a Pico Boulevard.

Reese girou o volante com força e o grande sedã derrapou de lado, os quatro pneus fumegantes, e em seguida continuou a atravessar a rua na direção da outra calçada.

O oficial Nick Delaney, que havia acabado de passar por Crescent Heights, indo na direção leste da Pico, recebeu um chamado a respeito de um tiroteio no Tech Noir e estava pegando o rádio da viatura para responder quando viu o LTD sair com tudo do beco. Algum babaca estava agachado no capô, usando-o como prancha de surfe, o que já era bastante esquisito – mas o babaca também estava em chamas. Ele observou, espantado, o sedã bater de lado em um carro estacionado e o surfista flamejante voar por cima do teto para bater com força na calçada. Morreu na hora, Delaney soube instintivamente. Ele travou os freios de sua viatura e derrapou até parar de frente para a calçada. O motor do LTD acelerou e o veículo girou cento e oitenta graus na rua, depois saiu cantando pneu pela Pico, em direção ao oceano.

Delaney saiu do carro rapidamente, gritando pelo rádio enquanto olhava para o corpo imóvel na calçada.

"Aqui é 1-L-19. Estou com um delito de atropelamento e fuga!" Tentando obter uma descrição do sedã que estava rapidamente desaparecendo, desviou o olhar do corpo inerte fumegante. Ele não o viu tremer, depois lentamente ficar de pé e olhar em volta. Quando terminou de dar a descrição do carro de Reese e finalmente se virou, a visão que ele teve tirou alguns anos de sua vida. O grandalhão estava caminhando em sua direção. Delaney largou o rádio e foi pegar seu revólver de serviço. A arma nunca havia saído do coldre. O Exterminador bateu com força a porta atrás da qual Delaney estava. O oficial escutou seu braço direito se quebrar e soube que algo muito ruim estava prestes a lhe acontecer. *Morreu na hora*, ele disse a si mesmo instintivamente. No segundo seguinte, o Exterminador bateu a cabeça do policial na janela e atirou o corpo sem vida na rua. Depois ele se pôs ao volante e saiu pela rua.

Lá na frente, na Pico, passando pela La Cienega, Sarah estava paralisada no LTD. Seu rosto estava pálido. Ela começou a tremer, sem compreender os acontecimentos dos últimos minutos nem o borrão do mundo que estava do lado de fora de sua janela. O sedã se movia como um demônio da noite, de faróis apagados, e Reese afundou o acelerador até eles estarem atravessando as sombras a 140 km/h.

Os olhos dele olhavam para o espelho, depois de novo para a estrada, e então sobre o ombro para depois voltar. Sem olhar para Sarah, Reese gritou "Segure-se!" e lançou o sedã em uma exímia derrapada controlada, dobrando a esquina da Oakhurst Avenue. Ele correu até a Whitworth e virou à esquerda, enfiando o LTD entre um Toyota lerdo e uma picape que estava vindo, e depois mergulhou para a Rexford, deslizando para vencer mais uma esquina. O trânsito lento feito uma lesma fez Reese, sem hesitar e sem a menor preocupação, subir no meio-fio e correr pela calçada a cem por hora.

Felizmente não havia pedestres.

Em um único movimento, gracioso, impressionante e completamente horripilante, ele saltou direto da calçada para a faixa rápida da Olympic Boulevard antes que alguém pudesse reagir.

Parecia não haver mais ninguém na sua cola agora. Provavelmente não seria possível se tentasse. Ele olhou para Sarah e percebeu que ela estava entrando em choque.

"Você está ferida?", gritou ele, secamente, em tom militar. "Você foi baleada?" Sem resposta. Ela olhava fixamente para a frente. Reese passou a mão pelos braços, pernas e tronco de Sarah. Ele foi direto, impessoal, como um médico no campo de batalha. Procurou indícios de ferimentos, metodicamente. Ela parecia estar intacta.

Sarah se retraiu. A vaga sensação de estar sendo tocada ficou mais clara. Percebeu que a mão de Reese estava em cima dela e o ressentimento dessa violação repugnante a energizou. Ela empurrou a mão de Reese e procurou a maçaneta da porta em uma reação cega de pânico. A porta então se abriu fazendo um enorme barulho.

Reese a puxou de volta e fechou a porta. Depois, sem tirar os olhos da estrada, deu um tapa no rosto dela com as costas da mão. Com força. Ela ficou completamente imóvel enquanto sua mente voltava à consciência racional. Em seguida, Reese falou: "Faça exatamente o que eu disser. Exatamente. Não se mova, a menos que eu mande. Não faça um som sequer, a menos que eu mande. Você está entendendo?" Com o velocímetro marcando 136 km/h, ele calmamente passou o braço sobre Sarah e travou a porta, depois afivelou o cinto de segurança dela, ajustando-o bem-apertado, com os mesmos movimentos metódicos da sua busca corporal. Sarah não respondeu, não balançou a cabeça, não se mexeu.

"Você está entendendo?", repetiu ele, gritando.

"Sim", respondeu Sarah, com a voz trêmula. "Por favor, não me machuque."

"Eu estou aqui para ajudá-la", ele lhe informou. Sua voz estava menos ameaçadora, mas ainda assim seca e firme. "Meu nome é Reese. Sargento/Tec Com DN38416." Houve um momento de silêncio atrapalhado. Então Reese fez a única coisa que lhe veio à mente naquele segundo. Sarah olhou atordoada para sua mão estendida. Com entusiasmo zero, ela a apertou automaticamente.

"Eu fui designado para protegê-la", disse Reese. "Você é alvo de extermínio."

Catorze quadras atrás deles, viajando tranquilamente pelo trânsito noturno, estava a viatura do LAPD 1-L-19. O Exterminador vasculhou a rua em uma série contínua de varreduras perfeitamente simétricas. Ele escutou o falatório do rádio, filtrando transmissões irrelevantes, procurando alguma coisa sobre o sedã cinza roubado. Finalmente ouviu o que estava procurando. "Veículo suspeito avistado na esquina da Motor com a Pico, sentido sul", disse o rádio. "Unidades 1-A-20 e 1-A-7, tentem interceptar. Unidade 1-L-19, responda."

Tendo registrado o número da unidade quando dito pelo antigo proprietário do carro, o Exterminador entendeu que o chamado precisava ser respondido. Ele reproduziu as poucas sílabas que havia gravado e armazenado na hora e sintetizou digitalmente uma resposta. Com uma voz da qual nem a mãe do policial Delaney desconfiaria, o Exterminador calmamente disse: "Aqui é 1-L-19. Sentido oeste na Olympic perto da

Overland". Ele não estava, na verdade; estava correndo pela Pico, na direção da Motor. Na direção de Sarah.

"Isso não tá acontecendo", disse Sarah, tentando tornar aquilo real ao dizê-lo. "É um erro. Eu não fiz nada."

"Não. Ainda não", respondeu Reese, "mas fará." Ele a olhou nos olhos. "É muito importante que você viva." Sarah desviou o olhar e fez tudo que pôde para rejeitar tudo aquilo, mas toda vez que abria os olhos ela ainda estava no LTD.

"Não é verdade. Aquele homem. Ele estava morto. Como ele pôde levantar após você ter..."

"Não é um homem", interrompeu Reese. "É uma máquina. Um Exterminador. Da Cyberdyne Systems. Série oitocentos. Modelo um zero um."

"Uma máquina?", repetiu Sarah, incrédula. "Tipo um robô?"

"Não um robô. Um ciborgue." Reese esticou o pescoço para trás e viu dois pares minúsculos de faróis lá embaixo na rua atrás deles. "Organismo cibernético."

"Não!", gritou Sarah. "Ele estava sangrando."

"Só um segundo", disse Reese. "Abaixe a cabeça."

Os pares de faróis deram um salto na rua e se aproximaram deles. O primeiro carro do LAPD surgiu ao lado deles e ligou seu holofote, iluminando o sedã surrado, verificando-o, e os rostos de Reese e Sarah.

Reese bateu na porta da viatura. O policial tentou desviar, mas a 100 km/h um carro simplesmente não se comporta direito. A viatura derrapou de lado, rodou e atravessou uma banca de revista, batendo em um táxi estacionado. Fim da história.

Sarah olhou para a viatura do LAPD parada e depois se abaixou em seu assento, tentando desaparecer.

Reese entrou em um beco perto da Glendon. A outra viatura de polícia foi atrás, bem na cola do LTD, a centímetros do para-choque, e juntos os dois carros percorreram o corredor estreito e escuro. Faíscas voavam como fogos de artifício conforme eles raspavam as paredes e ziguezagueavam pelas caçambas protuberantes. Reese, de repente, tirou o pé do acelerador e pisou no freio; o policial também tentou frear a viatura, mas vacilou e virou o volante – só uma fração de um centímetro, mas o bastante para bater de frente em uma parede de tijolos. Instantaneamente, o carro ficou de lado e emperrou no corredor estreito.

Reese parou abruptamente, deu marcha a ré no LTD e pisou fundo, arrastando o sedã danificado para trás na direção do carro preto e branco. Ele bateu na viatura a 60 km/h, transformando-a em uma parte permanente do beco. Em seguida, Reese acelerou de volta para a Pico.

Sarah se sentou e olhou em volta, e em seguida para Reese, ainda digerindo a última informação que recebera. Eles estavam fugindo de um ciborgue?

Ela deu uma boa olhada em Reese. Barbudo e imundo, tinha um olhar intenso e perigoso – muito provavelmente de um louco.

Reese suavemente entrou em um edifício-garagem de quatro andares na Colby. A grade do LTD atravessou a cancela de madeira pintada que bloqueava a entrada e o sedã subiu para o primeiro andar.

Tudo estava quieto agora. Sarah desviou o olhar de Reese, com medo da nova calmaria e do que ele poderia lhe fazer. A imagem daquele homem grande, o homem que *tinha* de estar morto, levantando-se e correndo atrás deles havia se cristalizado para sempre em sua mente. Não importava quão louco o cara ao seu lado fosse – pelo menos não era *aquele homem*.

Reese ainda estava alerta, passando pelos corredores de carros estacionados com cuidado. Ao longe, ouviu o som de sirenes de dúzias de carros de polícia à sua caça.

Ele precisava tirá-la da cidade. Algum lugar seguro. Seria melhor se ela o ajudasse. Se entendesse. Ele a protegeria contra a própria vontade dela, se necessário. Mas seria melhor de outra maneira.

Reese olhou para Sarah. Só de ficar tão perto dela, tudo dentro dele se agitou até parar por completo. Por um segundo, ele não conseguiu falar. Estava impressionado com o fato de a presença dela, bem ali no assento ao lado, fosse tão casual. Ali estava ela. E tão normal. E assustada. De alguma maneira, não havia lhe ocorrido que ela estaria assustada.

Reese virou para outro corredor, permanecendo no andar de baixo, e continuou rondando o estacionamento, procurando sinais de problemas, sem encontrar nenhum.

"Ok, agora me escuta", disse calmamente, ainda olhando para os dois lados. "O Exterminador é uma unidade de infiltração. Parte homem, parte máquina." A intensidade de suas palavras indicava que estava dizendo, infelizmente, a mais pura verdade. Sarah virou-se na sua direção e escutou.

"Por baixo", continuou ele, "há uma estrutura de combate de hiperliga metálica. Controlada por microprocessador. Totalmente blindada. Muito resistente. Mas do lado de fora é tecido humano vivo. Carne, pele, cabelo... sangue. Tudo produzido para os ciborgues..." Ele começou a falar mais rápido. Ouvia as palavras, mas elas não faziam sentido. Aquela explicação só estava piorando as coisas.

"Olha, Reese, eu sei que você quer ajudar, mas...", disse Sarah, tentando fazer sua voz ficar calma para que ele não se irritasse. Não deu certo.

"Presta atenção!", ele gritou, virando a cabeça na direção dela.

"A série seiscentos tinha pele de borracha. Nós as identificávamos facilmente. Mas a oitocentos é nova. Eles parecem humanos. Suor, mau hálito, tudo. Se tocá-los, você sentirá o calor do corpo. Só que a essa altura você já estaria morta. Muito difíceis de identificar. Todas as pessoas naquele lugar..." Reese hesitou, pego em uma emoção paralela. "Tive de esperar que ele fosse pra cima de você antes de reagir. Só assim consegui identificá-lo. Eu não sabia que aparência ele tinha."

Sarah percebeu que ele estava se referindo a pessoas que foram feridas ou mortas no Tech Noir. Havia insegurança no jeito com que falou delas. Depois disse em voz alta um duro pensamento que então lhe ocorreu: "Elas teriam morrido na guerra, de qualquer maneira".

Reese não estava fazendo o menor sentido agora e Sarah pensou que ele talvez estivesse enlouquecendo completamente diante de seus próprios olhos. *Guerra? Que guerra? E ciborgues que suam?*

Sarah balançou a cabeça. "Eu não sou burra, sabia? Eles não conseguem fazer essas coisas ainda."

Reese assentiu. "Não", disse ele, "ainda não. Não nos próximos quarenta anos."

Não grite, disse uma das Sarinhas em sua mente maltratada.

"Eu preciso me livrar deste carro", disse Reese com a voz distraída. Ele colocou o ltd em uma vaga vazia.

Algo muito ruim estava inegavelmente acontecendo. Uma história de terror sobre dois pés estava andando pela cidade, obcecada por matá-la. Mesmo se Reese não tivesse todos os parafusos no lugar, ele havia salvado sua vida. Ela queria acreditar nele. Queria mesmo. Mas isso era demais.

"Você está me dizendo que ele é do futuro?", perguntou Sarah, enfim, quase incapaz de formar a palavra.

"Um futuro possível, do seu ponto de vista", disse Reese pausadamente, como se lidasse com um conceito para o qual nem ele tinha as palavras para descrever. "Eu não sei coisas técnicas", acrescentou ele, um pouco na defensiva.

"E você é do futuro também?"

"Isso mesmo."

"Certo", respondeu Sarah. Ela decidiu que ele não estava só sem alguns parafusos – não havia parafuso, porca, nada. Um segundo depois, ela destrancou a porta do passageiro, puxou a maçaneta e já estava com metade do corpo para fora quando Reese percebeu. Ele se inclinou e pegou o braço dela, apertando-o até a pele ficar branca, e a puxou, resistindo aos chutes, de volta para o LTD.

Em pânico, Sarah recorreu a seus instintos animais. Com toda a sua força, ela enterrou os dentes no pulso de Reese. Ela mordeu com força, o máximo que conseguiu, mas ele não a largou.

Lentamente, ele passou o braço por ela e fechou a porta do passageiro. Sarah olhou para cima, com os dentes ainda presos, e olhou para o rosto de Reese. Não havia reação ali. Nada de dor. Nenhuma raiva. Nada. Calmamente ela recuou. Havia sangue em sua língua. Ela olhou para o pulso dele. Um pequeno filete de sangue saía das marcas, em formato de meia-lua, que ela deixara ali.

"Ciborgues não sentem dor", disse Reese friamente. "Eu sinto. Não... faça isso... de novo."

"Por favor", implorou Sarah, "me deixa ir embora."

Reese balançou a cabeça. Aquilo não estava indo bem. Nada bem.

"Escuta", disse ele, tentando outra vez, com a voz lenta, determinada, intensa. "Por favor, vê se entende. O Exterminador está lá fora. Não dá pra argumentar com ele. Não dá pra negociar com ele. Ele não sente pena, nem remorso, nem medo." Chegou bem perto do rosto dela. Ela sentiu aquela respiração quente em sua pele. Suas palavras martelaram dentro da cabeça de Sarah.

"E ele não vai parar de maneira alguma. Jamais. Até você estar morta."

Sarah sabia que tudo aquilo que acabara de ouvir era uma enorme bobagem. Mas e aquele massacre bem nítido do qual ela havia acabado de ser arrancada? E aquele homem que havia saltado pelo fogo com olhos de demônio morto vidrados nela, que com os cabelos em chamas deu um soco no vidro do carro e tentou tirá-la dali de dentro? *Ela*. A pequena Sarah Connor. E aquelas outras Sarahs Connors que alguém esteve matando o dia inteiro. Tinha de haver uma explicação racional e perfeitamente razoável para toda aquela loucura. Mas a lógica e a racionalidade foram jogadas pela janela e estavam bem lá atrás, abandonando-a. Porque...

...Ele estava morto e se levantou calmamente...

Pense, Sarah, obtenha uma resposta.

...jorrando sangue dos buracos de bala...

Porque se não conseguir

...ele veio atrás...

você é que vai ficar louca...

...atrás de você, Sarah.

Como ele pôde fazer aquilo a não ser que... a não ser que... Talvez Reese não fosse tão louco quanto parecia.

Sarah se recostou no banco. Houve um momento de silêncio; depois perguntou com muita calma: "Você pode detê-lo?"

"Talvez", respondeu Reese. "Com estas armas, eu não sei."

■ **WESTWOOD**
1 1:03 P.M.

—

—

A unidade 1-L-19 passou lentamente pela Sepulveda e virou à direita na Massachusetts. O Exterminador estava sentado, impassível, ao volante, focando seus dois olhos de câmeras infravermelhas nas sombras escuras da rua quase vazia. O ciborgue rapidamente examinou o interior dos carros estacionados ao longo da calçada, lançando sua visão sobre cada um deles, metodicamente procurando seu alvo.

De repente, os padrões abstratos da estática que saía do rádio da viatura foram interrompidos pela tranquila voz feminina da policial.

"Todas as unidades, todas as unidades. Veículo suspeito localizado em edifício-garagem na Colby com La Grange..."

Instantaneamente, o Exterminador virou a patrulha da polícia para o outro lado, no meio da rua, quase atingindo um Fusca vermelho que carregava cinco adolescentes muito chapados a caminho de casa após um show do Van Halen.

O Volkswagen subiu na calçada e bateu de frente em um antigo carvalho, amassando a frente do carro como papel alumínio.

"Merda!", gritou o jovem motorista do Fusca. Ele viu a viatura da polícia saindo e gritou novamente, batendo no painel com fúria e frustração. Os guardas estavam sempre fodendo a vida das pessoas e agora haviam fodido seu amado Fusca.

OESTE DE LOS ANGELES ■
11:06 P.M.

—

—

Reese ergueu a coronha de sua Remington 870 e a bateu contra o conjunto de ignição na coluna de direção do Cadillac Eldorado. Quando o cilindro da trava se soltou no terceiro impacto, ele deslizou o mecanismo para fora entre dois dedos e o examinou. Simples. Ele havia feito esse tipo de coisa muitas vezes. Reese jogou o cilindro acionado por chave no chão e reinseriu o interruptor de arranque no buraco. Ao girá-lo no sentido horário, ele ouviu o som recompensador da partida. Quando o carro pegou, Reese acelerou o grande motor do Eldorado, deixou-o parado e em seguida desligou o veículo. Ele se virou para Sarah. Ela estava agachada sob o painel, parecendo diminuída pelo grande banco dianteiro. Eles haviam deixado o LTD e se esconderam juntos entre os carros estacionados até Reese encontrar o Eldorado.

Abaixo deles, no primeiro piso, meia dúzia de viaturas doLAPD circulavam feito um enxame em volta do LTD cinza abandonado. Duas viaturas subiram a rampa para o segundo andar, rondando com lentidão, piscando seus holofotes em volta, metodicamente conferindo cada veículo, indo de forma contínua em direção ao topo do prédio.

Ninguém percebeu quando a unidade 1-L-19, conduzida por alguém que obviamente não era policial, entrou na estrutura e se juntou às outras patrulhas na busca.

Reese fez sinal para Sarah se manter abaixada sob o painel ao perceber a aproximação de um par de faróis percorrendo a fileira de carros perto deles.

Um holofote atravessou o para-brisa do Eldorado. Quando Reese e Sarah se abaixaram ainda mais, suas posições os aproximaram em uma intimidade forçada que nenhum deles previu. Ela sentiu o calor da bochecha dele e a aspereza desconfortável de sua barba. O ronco grave do motor da viatura parecia próximo, como se estivesse no banco de trás. Eles se amontoaram, muito quietos. Depois o holofote se afastou e o som do motor diminuiu.

"Por que eu?", Sarah perguntou baixinho. "Por que ele me quer?"

Os lábios de Reese estavam quase pressionados à sua orelha. Quando ele falou, sua voz era um sussurro rouco. O problema era por onde começar. Quarenta anos de história que ainda não haviam acontecido.

"Tem tanta coisa", disse ele.

"Me conta."

Reese recuou alguns centímetros – o cheiro do cabelo dela o distraía. "Houve uma guerra daqui a alguns anos. Nuclear." Ele fez um gesto com a mão para incluir o carro, a cidade, o mundo. "Tudo isso desapareceu. Tudo. Sumiu."

Sarah soube, pela intensidade dos olhos dele, que era verdade. Aquilo havia acontecido. Ou iria acontecer. A simples menção da palavra "sumiu" em conjunção com a resignação de Reese a atingiu como um bloco de concreto no estômago.

Sarah não se mexeu. Reese continuou, com a voz seca, com leves toques militares. "Houve sobreviventes. Espalhados. Ninguém soube quem começou a guerra." Reese olhou para ela. "Foram as máquinas", disse ele.

"Não estou entendendo."

"Computador da Rede de Defesa. Novo. Potente. Conectado a tudo – mísseis, indústria de materiais bélicos, design de armas, tudo – e programado para fazer tudo funcionar.

Dizem que ele ficou esperto; uma nova ordem de inteligência. Em seguida, o sistema considerou todas as pessoas do mundo uma ameaça, não só aquelas do outro lado. Decidiu nosso destino em uma fração de segundo. Extermínio."

Reese fez outra pausa. Ele olhou novamente para Sarah. Nos olhos dela. Quando tornou a falar, sua voz havia perdido a rispidez. Uma mudança sutil acontecera, de um resumo imparcial para lembrança pessoal.

"Eu não vi a guerra. Nasci depois. Nas ruínas. Cresci nelas. Morrendo de fome. Me escondendo dos CAS."

"Os quem?", perguntou Sarah sussurrando.

"Caçadores-assassinos. Máquinas de patrulha. Construídos em fábricas automatizadas. A maior parte de nós foi arrebanhada pelas máquinas ou seus colaboradores e posta em campos para ser eliminada ordenadamente."

Reese puxou a manga de sua jaqueta para trás até o cotovelo e estendeu o braço para Sarah ver. Ela ficou perplexa com o que viu ali – um número de dez dígitos gravado na pele. Por baixo dos dígitos, havia um padrão de linhas, como os códigos de barras dos pacotes do supermercado. Hesitando, ela tocou a marca com o dedo.

"Queimado com laser", disse Reese sem rodeios. Aquele homem, abaixado ao seu lado, vivera em algum purgatório inimaginável. Um lugar de pesadelo onde máquinas te marcavam para acelerar a identificação, como uma lata de molho, como parte da Solução Final para os homo sapiens.

"Alguns de nós foram poupados... para trabalhar. Carregando corpos. As unidades de eliminação funcionavam noite e dia. Nós estávamos bem perto de acabar para sempre." Ele ergueu o polegar e o indicador, deixando apenas um espaço muito pequeno entre eles.

Reese desdobrou a manga do casaco e começou a carregar cartuchos na Remington.

"Aí veio um homem... um grande homem", acrescentou ele com reverência, "que nos manteve vivos. Maltrapilhos e com fome, mas vivos. Nós nos fortalecemos e ele nos ensinou a lutar. A invadir os campos. A transformar aqueles filhos da puta de metal em sucata. Ele virou o jogo e nos trouxe de volta do precipício."

A voz dele se tornou um sussurro rouco, trêmula de emoção. Ela o observou tentando formar as palavras.

"O nome dele é Connor. John Connor. Seu *filho*, Sarah. Seu futuro filho."

A mente de Sarah travou, com a última frase dele ecoando em seu cérebro como uma explosão. Não era verdade. Não podia ser verdade. Ela percebeu que as mãos dele haviam chegado até seus ombros e já os apertavam com bastante força havia um bom tempo. Quando ela abriu os olhos, ele ainda a observava. Havia tanta dor gravada naquele semblante, a emoção em seus olhos era tão real, que Sarah se sentiu inexoravelmente propensa a acreditar em toda aquela história. Mas isso! Não tinha sentido ou substância alguma para ela. De repente, ser a mãe de um filho que existiu em outro tempo e lugar não tinha realidade. Até mesmo a enxurrada de imagens apocalípticas, civilizações destruídas, cidades desmoronando em rios de concreto derretido – até isso parecia, de alguma maneira, mais razoável em comparação.

O cérebro dela simplesmente parou de funcionar. Ela só conseguia olhar para ele, boquiaberta.

"Não", Sarah finalmente disse. "Não é verdade. Não pode ser..."

A janela traseira do Eldorado ficou branca como uma estrela.

Reese se virou e olhou para o holofote por um microssegundo. A luz estava vindo de um carro da polícia. Mas a coisa atrás do volante não era um membro do LAPD. Reese empurrou Sarah categoricamente, enfiando-a no minúsculo espaço sob o painel, quando a janela traseira explodiu para dentro com o tiro da SPAS-12 do Exterminador.

Freneticamente, Reese deu partida no Cadillac e ao mesmo tempo fez o motor despertar. Outro tiro de escopeta atravessou a janela traseira, removendo os cacos remanescentes. Alguns fragmentos dispersos de chumbo zuniram no interior do veículo, batendo no para-brisa.

Sarah fechou os olhos e gritou, cobrindo a cabeça com os braços. Reese engrenou o Eldorado e o carro saiu de sua vaga.

O Exterminador previa os movimentos do alvo quase ao mesmo tempo que Reese pensava neles. A viatura seguiu em frente, correndo pela faixa seguinte, paralela ao veículo em fuga de Reese.

Eles estavam avançando em direção à saída, quase lado a lado, em pistas opostas, separados por uma fileira de carros estacionados. Reese estava dirigindo às cegas, mantendo a cabeça abaixo do nível da janela. Ele já estava a 70 km/h e ganhando velocidade. A rampa chegava cada vez mais perto. O som de oito pneus cantando e de dois motores em máxima aceleração ecoou freneticamente pelas paredes de concreto.

Reese sabia que a rampa estava apenas a segundos de distância. Ele olhou rapidamente por cima da porta e viu que o Exterminador estava à frente, livre da fileira de carros, indo em diagonal para cima dele.

O cano da escopeta do Exterminador deslizou para fora da janela aberta da viatura e Reese viu que estava apontada na sua direção. Ele então se abaixou novamente e o vidro acima de sua cabeça se desintegrou. Reese se levantou e pôs o cano da 870 na janela do lado de Sarah, segurando-a como uma pistola. A calibre doze disparou a dez centímetros do ouvido dela. O tiro perfurou a porta traseira do Exterminador, bem no centro, e Reese viu que o ciborgue iria disparar mais uma vez. Ele virou o volante e o carro desviou na direção da viatura com um grito.

Reese bateu o pesado Eldorado no carro do Exterminador e os dois veículos ficaram grudados, ainda seguindo para a rampa de saída.

A viatura, ao bater na traseira de uma picape Chevrolet, foi arrancada do Cadillac e rodou.

Todos os policiais no edifício ouviram os tiros. Alguns até viram Reese saindo da rampa de acesso e pulando para a Colby Avenue. Eles sentiram uma leve sensação de alívio e orgulho ao ver que, no segundo seguinte, uma unidade deles, a 1-L-19, estava bem na cola do suspeito.

Todos os dezesseis carros-patrulha rapidamente foram para a saída.

Quando o Eldorado chegou à rua, Reese estava a mais de sessenta. Um quarteirão depois ele já estava a cento e vinte.

Sarah saiu de baixo do painel e espiou pelo buraco vazio onde ficava o vidro traseiro. Ela viu o Exterminador sair derrapando do edifício, lançando para trás um rabo de cometa de faíscas e, atrás do ciborgue, a polícia de verdade com as sirenes ligadas.

O Exterminador logo ganhou velocidade, chegando ao lado de Sarah. Os carros civis ao redor da dupla veloz davam guinadas e rodavam, tentando sair do caminho dos dois colossos que costuravam pelas quatro pistas.

Outro disparo explosivo da viatura do Exterminador atravessou a lateral do Eldorado. Reese estava fazendo a

melhor manobra de fuga possível, mas o Exterminador continuou fazendo buracos na porta e nos painéis da carroceria.

Enfim, Reese se cansou de ser alvo de tiros. Ele pegou a Remington no chão.

"Dirija!", ele gritou para Sarah, e depois tirou as mãos do volante e se virou. Ele passou a escopeta pela janela aberta, bateu-a no teto do Cadillac e colocou o corpo para fora. Sarah olhou para o volante por um milésimo de segundo enquanto o carro roncava a mais de cento e vinte e depois o segurou com as duas mãos, por reflexo. Reese havia acionado o piloto automático e ela não conseguiu achar o botão, então não teve escolha a não ser guiar e esperar pelo melhor.

Reese, com metade do corpo para fora da janela, estava mirando a escopeta, por cima do teto do carro, na direção de seu perseguidor. O Exterminador se desviou, mantendo-se colado ao Eldorado, enquanto Sarah lutava para controlar o veículo em alta velocidade.

O vento batia em Reese, que alinhou a arma e atirou. Seu primeiro disparo abriu um buraco no para-brisa da viatura.

O segundo atingiu o capô. O Exterminador nem diminuiu a velocidade. O tiro seguinte entrou direto pela janela do motorista e o ciborgue abaixou a cabeça, jogando a viatura contra a barra de proteção da estrada, deslizando como um trem elétrico e lançando uma onda de faíscas quentes em seu rastro.

Horrorizada, Sarah percebeu que eles não estavam mais em uma rua principal, mas em uma estrada utilitária da cidade que terminava em uma enorme parede de concreto. Ela gritou para Reese, mas só conseguia vê-lo da cintura para baixo, e o vento levava embora suas palavras antes que elas pudessem chegar aos ouvidos dele. A parede rapidamente se aproximava.

Depois ela nem se lembraria do que fez, mas Sarah pegou a alavanca de câmbio e a colocou em marcha a ré com tanta força que quase quebrou o pulso. Reese atirou ao mesmo tempo que a transmissão virou sucata e as rodas do carro travaram, formando uma estridente nuvem de fumaça.

O tiro de Reese estilhaçou o para-brisa e jogou o Exterminador para trás em seu assento, baleado no ombro. Atordoado por uma fração de segundo, ele passou rapidamente o Eldorado, com sua visão só clareando a tempo de ver a parede.

Sarah puxou Reese de volta para dentro e virou o volante totalmente para a direita numa arriscada derrapagem. O Eldorado se arrastou até parar a trinta centímetros da parede.

O Exterminador bateu de frente a 130 km/h. A viatura se dobrou em volta do ciborgue como uma sanfona barata. A visão do Exterminador se apagou primeiro. Depois todos os sistemas em seu microprocessador ficaram off-line devido ao terrível impacto em sua rígida estrutura.

Sarah olhou por cima da moldura da porta e viu cerca de vinte viaturas do LAPD pararem em semicírculo. Os policiais se agacharam atrás dos escudos das portas abertas dos carros, apontando um arsenal de pistolas e escopetas para eles.

Reese foi pegar sua Remington, mas Sarah o empurrou de volta, agarrando o braço dele.

"Não, Reese! Não! Não faça isso", ela gritou desesperada, "eles vão matar você."

Reese olhou para os canos das armas, mais numerosas do que ele poderia esperar silenciar. Todos os instintos lhe disseram para se movimentar. Para lutar. Já. A última coisa que Reese queria fazer era entregar Sarah para as autoridades. Ele se perguntou se o Exterminador estava morto – não dava para ver os destroços de onde estava.

Ele olhou novamente para Sarah. Os olhos dela estavam cheios de medo e preocupação. Surpreendeu-se ao perceber que a preocupação era por sua causa.

"Por favor", implorou ela.

Lentamente, Reese soltou a escopeta. Sarah logo a jogou pela janela.

"Muito bem, você aí no Cadillac", gritou um policial, "quero ver suas mãos. *Agora!*"

Resignado, o sargento Kyle Reese levantou as mãos. Um instante depois, elas foram bruscamente puxadas do carro. Enquanto ele era algemado e levado dali, dois policiais se aproximaram do que restara da viatura 1-L-19.

"Não acredito", um deles disse. "Está vazia."

O que isso quer dizer?, Sarah se perguntou. Ela viu Reese se virar, resistindo a seus captores, tentando observar os destroços – ver com seus próprios olhos.

Em seu rosto estava a resposta de que Sarah precisava – seus lábios se pressionaram de maneira sombria, dizendo a ela que ainda não havia terminado.

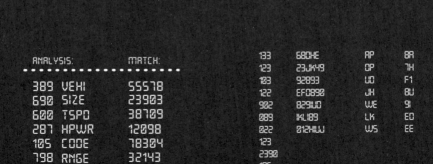

ANALYSIS:	MATCH:						
389 VEHI	55578	133	680HE	AP	8A
690 SIZE	23903	123	23JK49	OP	7H
600 TSPD	38709	103	92893	UO	F1
287 HPWR	12098	122	EF0890	JH	8U
105 CODE	78304	902	829IUO	WE	9I
798 RNGE	32143	089	IKL189	LK	EO
		022	012HIUU	WS	EE
		123			
		2390			
		105			

DIA2

**■ LAPD
DIVISÃO DE RAMPART
1:06 A.M.**

—

—

Sarah olhava atentamente para o tecido que cobria o braço do sofá em que estava sentada na sala de Traxler. Ao fundo, ela ouvia o tráfego de pés e o falatório ao telefone que vinham do restante da delegacia. Os objetos da sala pareceram brilhar momentaneamente quando outra rodada de lágrimas brotou e derramou sobre seus cílios.

Ela não queria pensar no que o tenente Traxler lhe dissera uma hora atrás. Mas secretamente ela sabia que iria pensar naquilo pelo resto de sua vida.

Traxler entrou, precariamente segurando dois copos de café. Atrás dele estava outro homem. Um homem gordo, careca e rosado, cujos olhos brilhavam com uma observação minuciosa, distante e perturbadora.

Traxler se dirigiu lentamente a Sarah. Ele podia ver, mesmo do outro lado da sala, os olhos vermelhos e a expressão de choque que ainda pairavam em torno dela.

"Como você está, Sarah?"

Sarah fez um pequeno aceno com a cabeça, tentando não olhar para ninguém. "Aqui, tome um pouco", disse Traxler.

Ela obedientemente bebeu um gole de café e depois olhou para o nada.

"Tenente", perguntou ela com a voz vazia, "você tem certeza de que são eles?"

Agora foi a vez de Traxler assentir silenciosamente. Sarah olhou nos olhos dele, procurando algum sinal que lhe dissesse que ele estava na dúvida.

"Talvez eu devesse ver os... os corpos. Sabe... talvez não seja..."

"Eles já foram identificados." Traxler não gostava dessa parte. Não gostava mesmo. "Não há dúvida", acrescentou ele, como sempre fazia.

Por trás de seus olhos, na janela de cinema da sua imaginação, Sarah viu os corpos brutalizados de Ginger e Matt, seus únicos amigos, "sua família", deitados em um oceano de sangue no chão da sala de casa. Eles estavam mortos. Horrivelmente arrancados dela, para sempre. O impacto total daquilo ainda estava sendo absorvido e então ela sentiu uma dor física.

"Meu Deus... Ginger... garota." Sua voz parecia sair de muito longe. "Eu sinto muito."

Traxler pegou o copo de café da mão de Sarah quando seu braço ficou mole, ameaçando entornar o líquido fumegante em seus joelhos.

"Sarah", ele disse suavemente, apontando para o homem careca e corpulento perto da porta, "este é o doutor Silberman."

"Oi, Sarah", disse Silberman, com uma cadência amigável que lhe pareceu muito superficial. Sarah olhou para ele com os olhos turvos.

"Eu gostaria que contasse a ele tudo que Reese lhe disse", continuou Traxler. "Você poderia fazer isso por mim?"

"Acho que sim." A voz dela estava quase inaudível. "Você é médico?"

"Psicólogo criminal", respondeu o homem. Sarah o observou ali, se balançando perto da porta, e decidiu que não gostava nem um pouco dele. Mas talvez ele soubesse o que estava fazendo, pensou ela, e o que mais precisava no momento era de respostas. Ela precisava saber por que sua vida normal e tranquila tinha ido pelos ares. Por que Ginger e Matt estavam mortos no chão da sala. Por que alguém estava tentando matá-la. Ela precisava saber se era possível que Reese estivesse certo, se era realmente por causa dela e não por uma intromissão aleatória da insanidade.

"Reese é louco?", perguntou Sarah, com os olhos atentamente analisando o rosto inócuo de Silberman.

"Bem", ele disse pausadamente com a voz distante, "é isso que nós vamos descobrir, não é mesmo?"

Os braços de Reese estavam puxados para trás com força e algemados às pernas traseiras da cadeira. À sua frente, havia uma mesa simples de madeira sobre a qual jazia um cinzeiro de plástico preto. Atrás dele, um grande espelho falso na parede o observava de volta.

A dor estava se acumulando entre as escápulas de Reese já havia bastante tempo então. Ele não ligava. Na verdade, até gostava. A dor não era insuportável e o ajudava a concentrar seus pensamentos longe das perguntas que lhe eram feitas pelo homem alto e esguio andando pelo recinto.

Vukovich parou bem atrás do prisioneiro. Olhou para a nuca de Reese, sabendo que ele devia estar com dor, mas sem ver o menor esforço nos músculos do pescoço, que indicaria sua existência. *O filho da puta é resistente*, pensou Vukovich. Ele continuou lentamente em volta da mesa até encarar o jovem carrancudo. Não havia nenhuma expressão no rosto de seu prisioneiro. Nada. Zero. Isso era um pouco estranho. *Nossa, como eu odeio os esquisitos*, pensou Vukovich.

"Ok, garoto", disse ele, "vamos começar do início. Há quanto tempo você conhece Sarah Jeanette Connor?" Reese olhou para a parede atrás da cabeça de Vukovich, contando os buraquinhos em um dos azulejos. Havia 138 até agora.

"Reese, Kyle A.", ele repetiu de maneira monótona e pausada, "sargento Tec/Com DN38..."

"...416", disse Vukovich, terminando em uníssono.

"Tá certo, cara, eu já sei a porra do número." Ele se sentou na cadeira oposta a Reese e se inclinou sobre a mesa até ficar a centímetros do rosto do rapaz.

"Vamos parar com essa merda de guerra. Nós sabemos que você não é militar – não há nenhum registro seu em qualquer ramo do serviço. Não há registro seu em lugar algum... Até agora."

Vukovich acendeu um Camel. "Eu não estou gostando disso. Não estou mesmo. Isso quer dizer que nós vamos passar muito tempo nesta sala e quando isso acontece eu fico de mau humor."

Reese estava apenas escutando pela metade o discurso de Vukovich. Sua mente estava em outro lugar. Na missão. Em Sarah. Ele podia ver que esses caras iriam fazer merda até que só restasse enterrá-la. Isso era inadmissível.

"Onde está Sarah Connor?", perguntou Reese repentinamente. Foi a primeira vez que ele disse alguma coisa que não fosse para se identificar.

"Não se preocupe com ela. Preocupe-se com você", disse Vukovich em sua melhor voz de cara durão. Mas era óbvio para ambos que o cara mais durão naquele recinto estava algemado a uma cadeira.

"Onde... está... ela?", rosnou Reese.

"Ela está segura."

"Ela está morta", disse Reese, sem rodeios, e se virou novamente para o azulejo atrás da cabeça de Vukovich. Vukovich sentiu que havia acabado de perder alguma coisa, mas não tinha certeza do que era. A raiva tomou conta de suas emoções.

"Escuta aqui, babaca...", começou ele. Mas parou abruptamente quando a porta se abriu.

Era Silberman. O psicólogo olhou para os dois homens na sala, sentindo a hostilidade, e estampou um sorriso no rosto.

"Estão se divertindo, senhores?", perguntou ele, e depois olhou para Vukovich. "Eu continuo daqui em diante, sargento."

"É todo seu", disse Vukovich, com desgosto, e saiu da sala.

Traxler estava esperando por ele no corredor.

"Como foi?", perguntou Traxler.

"Difícil pra caralho."

"É?", respondeu Traxler, sem surpresa. Ele colocou outro chiclete na boca e acendeu um Pall Mall. "Vamos ver o que acontece."

Eles entraram em uma sala anexa, escura e minúscula feito um armário. No canto, havia um velho videocassete em um carrinho, ligado a uma câmera apontada para Reese e Silberman através do espelho falso. Aquilo era usado para gravar confissões e depoimentos, mas com esse tal de Reese provavelmente seria um desperdício de fita. Os dois detetives pararam diante do espelho e começaram a assistir ao espetáculo.

Por fora, Reese deu pouca atenção ao homem gordo. *Ele deve estar no comando*, pensou Reese, sabendo que nunca se vê de imediato o homem mais importante em uma cadeia hierárquica.

Silberman sentou-se pesadamente na outra cadeira. Ele pegou um maço de Marlboro e bateu a caixinha ruidosamente na mesa três vezes, que era o sinal para começar a gravar. Vukovich ligou o videocassete.

"Reese, Kyle A.", ele pensou em voz alta. "Posso chamá-lo de Kyle?"

Reese não respondeu.

"Eu sou o doutor Peter Silberman." Ele fez uma pausa e em seguida sorriu comiseradamente. "Você teve uma noite agitada. Quer que eu lhe traga alguma coisa?"

Ele ofereceu um cigarro a Reese, segurando-o na frente dos seus olhos. Nada. Nem mesmo um piscar de olhos. *Interessante*, pensou Silberman. Ele desviou o olhar para a ficha.

"Estou vendo que você é militar. Sargento Tec/Com. Número de série DN38416..."

"Não me subestime, imbecil!", vociferou Reese.

Silberman rapidamente levantou o olhar. Havia muita raiva nos olhos do garoto. Talvez fosse esse o caminho.

"Ok. Vamos começar de novo. Todas as pessoas aqui parecem pensar que você é louco."

"Isso é problema delas."

"Não, seu idiota. Isso é problema seu."

Reese lançou uma pequena bola de ódio para Silberman. *Ótimo*, pensou Silberman. "O que você queria?", disse ele. "Coloque-se na situação dessas pessoas."

"Eu não estou na situação delas", Reese respondeu calmamente. "Estou na minha."

"Tudo bem", disse Silberman racionalmente, "convença-me de que elas estão erradas."

Reese se virou e começou a contar os buracos no azulejo outra vez.

Silberman tentou novamente. Tentaria trabalhar com um pouco da história que aquela menina, Connor, havia lhe contado; talvez puxá-lo por esse lado.

"Ok", disse ele, "vamos falar sobre sua missão. Eu diria que você fracassou. Em alguns minutos ela sairá daqui. Mas você não. Você fica aqui. Você está fora do jogo." Ele fez uma pausa e olhou para o rosto soturno que não o olhava de volta. "É melhor você pensar um pouco nisso."

"Qual o propósito?", perguntou Reese friamente.

"O propósito, meu amigo, é que você não pode ajudá-la amarrado a uma cadeira."

Silberman viu que estava tendo sucesso. A chave era trabalhar dentro do contexto do delírio do garoto. Ele lançou uma expressão de preocupação paternal em seu rosto e se inclinou na direção de Reese.

"Fale comigo", disse ele. "Talvez eu possa fazê-los tomar as precauções certas. Se você me ajudar, eu posso te ajudar."

"Você não pode protegê-la", anunciou Reese, de forma categórica.

"E você pode?"

O rosto de Reese ficou vermelho ao voltar o olhar para o psicólogo gordo outra vez. Lentamente, a raiva se transformou em culpa. Reese percebeu que o que o homem dissera era verdade – ele realmente havia estragado tudo. Silberman continuou a perseguir sua presa como um falcão treinado.

"Se você me esconder alguma coisa, poderá arriscar a única chance dela. Ajude-nos."

Reese assentiu lentamente. Era lógico que tinha de concordar; se ele conseguisse convencê-los, talvez o ajudassem a deter o Exterminador.

"Eu vou contar o que posso", disse ele, resignado.

"Então. Você é um soldado", disse Silberman com um sorrisinho de vitória. "Lutando por quem?"

"Com o 132º, sob o comando de Perry. De '21 a '27."

Silberman interrompeu. Ele estava ficando animado. Isto era melhor do que ele esperava. "O *ano* 2027?", perguntou ele.

Na sala de observação, do outro lado do espelho, Traxler estava absorto em pensamentos, tentando colocar todas as peças do quebra-cabeça em uma espécie de ordem. Vukovich estava apenas se divertindo; era como se estivesse olhando para o chuveiro das garotas. "O *ano* 2027?", eles ouviram o psicólogo perguntar pelo monitor.

Traxler parou de mastigar seu chiclete e inclinou-se na direção do vidro. "Isso é bom pra caralho!", disse Vukovich, rindo.

Reese olhou para o espelho, de onde ele sabia que estava sendo observado, e depois se voltou para Silberman.

"Sim", respondeu ele. "Até o fim dos ataques de Oregon e Novo México. Depois fui designado para Reconhecimento/Segurança, nos últimos dois anos, sob John Connor."

"E quem era o inimigo?", perguntou Silberman.

"Skynet. Um sistema de defesa computadorizado. Construído para a Sac-Norad pela Cyberdyne Systems."

"Entendo." Silberman assentiu seriamente, rabiscando anotações. *Isso era melhor que ótimo*, pensou ele. Isso era um bilhete premiado.

"Eles mandaram de volta uma unidade de infiltração, um Exterminador, para impedir John Connor", explicou Reese.

"De fazer o quê?", perguntou Silberman.

"De nascer."

Silberman coçou a bochecha, pensativo. Ele olhou para o relatório e revisou os pedaços fragmentados da história que Sarah lhe contara.

"E este... computador pensa que pode vencer matando a mãe de seu inimigo. Matando-o, na verdade, antes mesmo de ser concebido. Uma espécie de aborto retroativo?"

"Sim."

Atrás do espelho, Vukovich riu baixinho.

"Esse Silberman me mata de rir." Balançando a cabeça maravilhado, ele se virou pensativo para seu chefe.

"Ele estava com um cara aqui semana passada que tacou fogo no próprio cachorro. Trepou com o bicho primeiro, depois ateou..."

"Cala a boca", resmungou Traxler, desembrulhando um novo chiclete. No outro recinto, Reese continuou sua história.

"Ele não teve escolha", ele dizia. "A rede de defesa foi destruída. Nós explodimos os mainframes. Nós vencemos. Acabar com Connor ali não faria a menor diferença. A Skynet precisava dizimar toda a sua existência."

Reese fez uma pausa. Silberman levantou o olhar de suas anotações, alarmado. *Não pare*, ele suplicou em silêncio. Mas por fora ele sorriu e gentilmente disse: "Continue".

"Nós apreendemos o complexo de laboratórios", prosseguiu Reese com a voz cansada, lembrando-se dos segundos efêmeros de vitória, "encontramos o – sabe-se lá como se chama – o equipamento de deslocamento temporal."

"O Exterminador já havia atravessado. Eles me mandaram para detê-lo e depois detonaram o complexo todo."

"E como você vai voltar?"

"Não posso voltar", respondeu Reese com uma intensidade calma. "Ninguém volta pra casa. Ninguém mais atravessa. Somos só eu e ele."

HOTEL PANAMÁ ■
1:09 A.M.

—

—

Como uma sombra entre as sombras, o Exterminador subiu com passos lentos e pacientes pela saída de incêndio até sua janela no segundo andar. Ele evitou usar seu punho direito debilitado até determinar a extensão total do dano que sofreu no combate inicial.

O ciborgue levara quase uma hora do local do acidente até chegar ao seu quarto de hotel.

Ele se locomoveu a pé pelos primeiros três quilômetros, permitindo que os sistemas ficassem completamente conectados para poder avaliar suas condições. Além do punho, houve oclusão visual quase total do olho esquerdo. O olho propriamente dito parecia estar funcionando adequadamente. Era o tecido em volta que estava prejudicando o desempenho.

O Exterminador abriu a janela do quarto do hotel e entrou.

Ele examinou rapidamente o breu do interior. Nada havia sido tocado. Nenhum intruso. Com um só passo, ele atravessou o minúsculo aposento e acendeu a única lâmpada acima da pia encardida. Com a luz acesa, ele olhou para si mesmo.

As sobrancelhas haviam sumido, completamente chamuscadas. O que restou do cabelo era pouco mais do que uma penugem carbonizada. A órbita em torno do olho esquerdo era uma polpa vermelha de fiapos de carne grudados aleatoriamente. Cacos de vidro estavam incrustados por toda parte. Sete ferimentos de bala e lacerações cobriam os ombros, tórax e braços, crateras cheias de sangue coagulado e fragmentos de chumbo calibre 12. Leituras do estado interno indicavam que o dano à estrutura por baixo era superficial.

O único problema real era o punho. Um tiro de escopeta havia atravessado a camada externa de pele e perfurado o sistema de controle servoacionado embaixo dela.

Cuidadosamente, ele espalhou suas ferramentas em uma mesa dobrável perto da pia. Os restos queimados da jaqueta foram rapidamente retirados e jogados em um canto. O Exterminador se sentou e cautelosamente pôs o braço danificado sobre a mesa.

O braço parecia mal. Muito pior do que realmente estava. Sangue jorrava por cima e em volta dos restos de pele esburacada que cobriam o ferimento.

O Exterminador não demonstrou qualquer reação. O termo dor era irrelevante. Apenas a diminuição funcional da eficiência de combate lhe interessava. Com uma expressão de leve concentração, ele pegou um estilete e tranquilamente fez uma incisão de quinze centímetros ao longo do interior do antebraço. Atou os retalhos de pele com pinças hemostáticas e olhou para a cavidade exposta.

Ao mexer os dedos, ele podia ver o problema com clareza. Um dos cabos de controle havia se rompido no complexo emaranhado de mecanismos e sistemas hidráulicos.

O ciborgue enxugou o sangue e, usando seu olho bom, começou a desmontar pacientemente a parte danificada com uma chave de fenda de joalheiro. Se o Exterminador fosse programado para cantarolar, a imagem estaria completa.

Em alguns instantes, o cabo foi desconsiderado e a função atribuída a um sistema hidráulico redundante. A incisão, então, foi costurada para impedir que a pele do antebraço ficasse se deslocando de maneira grosseira. Isso levaria a uma necrose prematura do tecido, gangrena e a um índice inaceitável de atenção social.

De pé, acima da pia suja, o Exterminador examinou o olho lacerado. A lente estava boa. A diminuição da visão se devia à pele esfarrapada em volta. Desobstruí-la não levaria muito tempo.

O estilete se enfiou na órbita ensanguentada e em alguns cortes suaves retirou a esclera destruída e a córnea. Com um pequeno estalo, ela caiu na bacia da pia e lentamente boiou na água até o fundo, deixando um rastro rosado.

O Exterminador mexeu na órbita ocular, absorvendo o excesso de sangue. A esfera de liga metálica ficou claramente visível, suspensa dentro da órbita de metal por minúsculos servomotores, com seu tubo de vídeo de alta resolução brilhando atrás da lente à prova de choque. Tudo funcionava de forma aceitável. No entanto, não havia como explicar facilmente aquela aparência radical. Em todo caso, o Exterminador não era muito de conversa.

Ele pegou um par de óculos de sol da pequena pilha de roupas e equipamentos que havia coletado e os colocou. Seu olho quase não era visível por baixo das lentes escuras, que tinham um design curvado e escondiam os estragos até mesmo de lado.

O Exterminador se pôs a trabalhar nos ferimentos do peito e do abdome, puxando o tecido ventilado por cima da carapaça dentada de sua estrutura torácica de hiperliga, fechando-a e em seguida suturando grosseiramente com linha doméstica. Foi preciso cavar um pouco nos interstícios do conjunto do ombro, entre o encaixe do motor de acionamento axial e a conexão clavicular. Ele retirou a maior parte dos fragmentos de chumbo que impediam o movimento na região. O tecido muscular estava partido e solto, mas, já que era apenas uma camuflagem superficial e não era responsável pela locomoção, o Exterminador o enfiou de volta na ferida e a costurou, sem se preocupar muito com destreza cirúrgica.

Com uma nova camiseta, um par de luvas de couro e a gola da jaqueta de couro preto levantada, o ciborgue parecia quase normal, embora um pouco pálido e lúgubre.

Começando com a letra A, o Exterminador discou rapidamente para todas as delegacias de Los Angeles até chegar à Divisão de Rampart.

Agora era hora de sair. O alvo estava esperando. O Exterminador virou no chão o colchão manchado e pegou as ferramentas necessárias para completar a missão – a escopeta automática SPAS-12, um fuzil de assalto AR-180 de 5,56 mm, com a trava lixada para ficar totalmente automática, e um .38 Special. Só o essencial.

Com a elegância da precisão servomotora, o Exterminador juntou as armas e desapareceu pela janela na noite de Los Angeles.

LAPD ■
DIVISÃO DE RAMPART
2:10 A.M.

—

—

Sarah se inclinou para a frente, sentada na beirada de uma cadeira giratória, e olhou para a imagem no monitor de vídeo diante dela.

Traxler estava de pé ao lado de Sarah. Ele estava constantemente medindo a reação da moça. Ele queria que ela visse aquilo. Talvez ela se lembrasse de algo que houvesse se esquecido de lhe contar.

Silberman estendeu a mão e aumentou o volume do monitor preto e branco.

"Somos só eu e ele", disse Reese pelo monitor de vídeo.

"Por que você não trouxe nenhuma arma", perguntou a imagem gravada de Silberman, "ou alguma coisa mais avançada? Vocês não têm armas de raios?"

"Armas de raios", repetiu Vukovich, rindo. Na tela, Reese não estava se divertindo nem um pouco. Ele olhou de volta, desafiador. Silberman fez uma pausa. "Vamos lá", disse ele, "mostre-me uma *única* peça de tecnologia do futuro e nós resolvemos essa coisa toda."

"Você vai nu... algo ligado ao campo gerado por um organismo vivo. Nada morto atravessa."

"Por quê?"

"Não fui eu que construí aquela porra", retrucou Reese. Ele estava começando a perder a paciência.

"Tudo bem, tudo bem. Mas esse, hã..." – Silberman olhou para suas anotações – "esse ciborgue... Se ele é de metal, como..."

"Coberto de tecido vivo."

"Claro", assentiu Silberman compreensivamente na tela de vídeo. O Silberman verdadeiro se levantou da mesa de Traxler e apertou o botão de pausa no monitor. Quando ele se virou para Sarah e Traxler, sua voz estava autocongratulatória.

"Isto é um ótimo material", disse ele. "Eu poderia construir uma carreira inteira em cima desse cara. Você vê como essa parte é inteligente? Ela não requer a mínima prova."

Sarah olhou para ele, ainda sem certeza. Confusa.

"A maioria dos delírios paranoicos é complexa", continuou ele, "mas isso é brilhante." *Assim como eu*, ele pensou para si mesmo enquanto reiniciou a fita.

"Por que as outras duas mulheres foram assassinadas?", perguntou Silberman em preto e branco.

"A maioria dos registros foi danificada ou perdida com a guerra", disse Reese. "A Skynet não sabia quase nada sobre a mãe de Connor, porque o arquivo dela estava incompleto. Só se sabia o nome dela e onde morava – apenas a cidade, não o endereço. O Exterminador estava sendo sistemático."

"E as incisões nas pernas delas?"

"Era a única identificação física que restava nos registros dela. Sarah teve um pino de metal implantado cirurgicamente na perna. O que a Skynet não sabia, o que o Exterminador não sabe, é que ela ainda não tem o pino. Isso só vai acontecer mais tarde."

"Como você sabe?"

"John me contou."

"John Connor?", perguntou Silberman.

"Sim."

Silberman batucou com o lápis no bloco, pensando, com um pequeno sorriso inconscientemente nos lábios. "Você sabe que também não há comprovação física disso."

"Você já ouviu o suficiente", disse Reese com raiva na voz. "Decida-se. Agora. Você vai me soltar?"

"Infelizmente, isso não depende de mim", respondeu Silberman, mantendo a voz amigável e racional.

"Então por que eu estou falando com você?", Reese começou a se levantar, ainda algemado à cadeira. "Quem é a autoridade aqui?"

"Eu posso ajudá-lo." Silberman tentava ficar no controle da situação, mas estava perdendo.

Reese ficou de pé, olhando diretamente para a câmera, diretamente para Sarah, gritando: "Vocês ainda não entenderam, não é? Ele a encontrará. É isso que ele faz. E só o que ele faz..."

Os olhos de Sarah se arregalaram. Traxler fez sinal para Silberman, que estava mais próximo do monitor, para desligá-lo. Mas Silberman estava olhando para a tela, fascinado com o espetáculo.

"Vocês não podem detê-lo. Ele vai passar através de vocês, enfiar a mão pela garganta dela e arrancar a porra do coração dela!"

Reese estava tentando entrar pelo monitor quando Silberman saiu de seu transe e apertou o botão de pausa.

Sarah ficou hipnotizada pela determinação desesperada gravada no rosto de Reese congelado eletronicamente. Ela ficou pálida. Tantas perguntas estavam passando por sua cabeça que ela não conseguia organizá-las.

"Eu não tenho um pino na perna", disse ela.

"Claro que não", respondeu Traxler. "Reese é um homem muito perturbado."

Sarah queria acreditar naquilo. Ela se virou para o psicólogo para obter uma opinião mais profissional, uma em que ela pudesse acreditar. "Reese é louco?", perguntou ela.

"Na terminologia técnica", respondeu Silberman, sorrindo, "ele é lelé."

"Mas..."

Antes que Sarah começasse a protestar, Traxler a interrompeu. Ele lhe entregou algo que parecia as proteções acolchoadas de um árbitro de beisebol.

"Sarah, isto é uma armadura corporal. Nossos caras da SWAT usam. Ela detém um tiro de calibre doze. Esse outro indivíduo devia estar usando a mesma coisa sob o casaco."

Ela queria acreditar que a explicação fosse essa, mas de alguma maneira não era suficiente. "Mas e quando ele perfurou o para-brisa?"

Vukovich deu de ombros. "Provavelmente estava chapado. Quebrou todos os ossos da mão e só vai sentir daqui a algumas horas. Teve um cara, uma vez..."

Traxler o interrompeu jogando o colete à prova de balas nas mãos dele. Obedientemente, Vukovich se calou e saiu.

Sarah lera a respeito de pessoas drogadas fazendo coisas inacreditáveis com uma fúria frenética. *Talvez*, pensou ela. *Deve ser isso*. Não que tenha acreditado, mas é que ela *precisava* acreditar. E esses caras pareciam tão seguros. De repente, ela se sentiu ingênua, ruborizando de vergonha por sua própria estupidez – por ter sido levada a acreditar naquela história demente de Reese. Mas ele fora tão convincente e sua descrição do futuro era tão detalhada. Até mesmo a tatuagem em seu braço. Feita por ele mesmo, sem dúvida. *Existem alguns malucos cinco estrelas por aí*, pensou ela, *e eu acabei de encontrar dois deles*. Ainda assim, embora ela se recusasse a admitir, havia um persistente ruído de fundo com dúvidas não respondidas.

Traxler pôs a mão no ombro de Sarah. "Você vai ficar bem", disse ele. Apesar de sua aspereza cansada da vida, Sarah detectou uma preocupação genuína.

"Eu liguei pra sua mãe e contei a ela sobre a sua situação. Isso ainda não chegou aos noticiários, então ela não ouviu nada a respeito."

"Como ela reagiu?"

"Muito bem. Ela disse apenas 'Estou a caminho' e desligou."

Essa é minha mãe, pensou Sarah. *A especialista em gestão de crises. Dezessete anos como enfermeira fazem isso com você.* Sarah queria ter um pouco mais dessa dureza pragmática. Descobriu que sua filha foi abduzida por um terrorista louco e se envolveu em uma perseguição com tiros, e que sua melhor amiga foi assassinada por engano em seu lugar? Sem problema. Simplesmente pegue as chaves do carro.

"Ela vai demorar pelo menos uma hora e meia para chegar aqui de San Bernardino. Por que você não se estica aqui nesta sala e dorme um pouco?"

Ele fez um sinal para a porta de uma pequena sala anexa e um sofá torto encostado à parede.

"Não consigo dormir", disse ela.

Embora arrasada até o limite pela exaustão física e emocional, Sarah sabia que dormir estava fora de cogitação. Seu cérebro girava com pedaços de imagens de destruição que levariam anos para desaparecer e lembranças claras e amargas pela perda de Ginger e Matt.

Ela cambaleou como uma sonâmbula e depois se sentou no sofá, com Traxler se ajoelhando ao seu lado.

"Pode não parecer, mas esse sofá é muito confortável. Eu mesmo já passei algumas noites aqui. Agora deite-se e não se preocupe."

Sarah realmente se deitou, mas seus olhos permaneceram abertos, sem quererem se isolar da segurança iluminada da sala.

"Você estará totalmente segura aqui", disse Traxler suavemente. "Há trinta policiais neste prédio. Não dá pra ficar mais segura que isso."

Ele sorriu e afagou o braço dela, e depois se levantou. Ela ouviu o coldre de ombro ranger quando ele se levantou e viu o aço azulado de seu revólver de serviço. As mãos dele eram delicadas, mas seus braços eram grossos e seus ombros largos. Ela se confortou com as imagens: a .357 debaixo do braço dele, o distintivo pregado no cinto, os sapatos de sola grossa dos policiais que ela sempre achara fora de moda. Eles não pareciam bregas agora.

Ela soltou a respiração lentamente e sua força pareceu sair junto. Seus olhos se fecharam.

Traxler saiu pela porta e a fechou sem fazer barulho, deixando a luz acesa.

Ele ficou do lado de fora da porta, com a mão no queixo. Seus olhos, focados no nada, pareciam grandes e vazios atrás das lentes bifocais. Vukovich conhecia aquela cara.

"O que foi?", perguntou ele.

"Tem alguma coisa acontecendo aí."

"Besteira", disse Vukovich. "Dois malucos, só isso."

"Certo. Tendo o mesmo delírio. Com que frequência isso acontece?"

Vukovich suspirou de frustração. "Cara, você tá pirando. Toma outro café. Bota mais um Juicy Fruit pra dentro. O garoto é pirado, Ed."

"É melhor que seja", disse Traxler, com o olhar ainda distante. O rapaz era inteligente e durão, como se fosse feito de ferro, diferente de todos os vagabundos de rua que já vira. Alguns caras das forças especiais do Vietnã tinham aquela expressão, mas Reese era novo demais para ter lutado no Vietnã. Dezenove, vinte anos. Ele teria quatro anos na época da ofensiva do Tet. As contas não estavam batendo e alguma coisa estava deixando seu radar ligado.

"Pirado", disse Vukovich, entregando um cigarro para ele. Traxler olhou em seus olhos.

"Pense em uma coisa por um segundo. Apenas pense um pouco", disse Traxler.

"Em quê?"

Traxler acendeu o cigarro.

"E se ele não for?"

DIVISÃO DE HOMICÍDIOS ▧
2:33 A.M.

—

—

Sarah vagou intermitentemente pelas fronteiras do sono. Ela viajava até a promessa quente da inconsciência e depois se afastava, nervosa demais para se render ao cansaço.

Tanta morte a cercava. Ginger e Matt. Todas as pessoas inocentes que estavam andando e respirando ainda pela manhã e que então não estavam mais, pareciam se estender em seu futuro como uma acusação. Tudo aquilo pertencia à vida de outra pessoa, não à dela.

Por que duas mulheres com o mesmo nome dela foram assassinadas em seu lugar? Por que havia um louco em seu encalço cidade afora e outro, agora na cadeia, protegendo-a? E a pergunta que ofuscava todas as outras – por que eu?

Por que Sarah Connor? Por que não Mertyle Cornwaithe? Ou John Smith?

Ela pensou na estranha história de Reese. Computadores começando a Terceira Guerra Mundial. A humanidade acabando. Uma revolução de humanos correndo no meio das pernas de máquinas colossais. E um homem conduzindo-os à vitória desesperada. Seu filho.

Um arrepio percorreu seu corpo e ela ficou séria. Seu bebê. Um bebê que ela criaria a fim de liderar uma batalha para salvar o mundo. Não. Ridículo. Algumas horas atrás ela estava pensando em sua própria mortalidade e na insignificância que sua morte teria. Em seguida, um homem insano lhe diz que a vida e a morte da humanidade dependem da vida e da morte dela. Era demais... demais. Mas por que um homem insano iria atrás *dela* e criaria essa natividade bizarra?

Imagens fragmentadas de uma criança surgiram em sua mente; uma coisinha gordinha e rosada arrulhando em seus braços. Seus olhos *realmente* eram escuros e os fiapos de cabelo na cabeça quase careca eram acastanhados. Quase podia sentir o cheiro da pele do bebê. Teve uma sensação estranha, algo como uma saudade, mas distante demais para senti-la diretamente, apenas um eco dissipado dela enquanto desaparecia; mas Sarah estava ciente de que as lágrimas quentes agora não eram apenas por seus amigos mortos. Eram em parte inspiradas por uma emoção inexplicável que ela não sabia definir – ainda.

Não conseguia nem chegar perto de uma resposta. Ela precisava não pensar por um tempo. Não sobre Reese e suas visões psicóticas. Nem em Ginger e Matt. Ou em como seria ser mãe.

Seu último pensamento consciente foi um arremedo de oração para que Reese *de fato* fosse louco.

Uma oração que não seria atendida.

Silberman bateu na divisão de acrílico ao lado da cabine de vidro à prova de balas que rodeava o sargento do plantão noturno. O sargento, Eddie Rothman, olhou para o psicólogo e pressionou o pequeno botão vermelho sob o balcão. Houve um ruído irritante e um estalo quando as travas elétricas da porta de segurança de aço bateram de volta. Silberman entrou no saguão, murmurando um boa-noite distraído para o sargento. Ele estava quase do lado de fora quando sua fantasia foi perturbada pelo bipe-bipe-bipe-bipe de seu pager. Ele olhou para o número no leitor digital. Seu telefone de casa. Deveria ser Douglas querendo saber que horas ele chegaria em casa. Silberman, bastante desperto e se sentindo agressivo, esperava que Douglas ainda estivesse de pé quando ele chegasse.

Se não tivesse olhado para baixo e desligado o bipe, ele teria visto o grandalhão que passou pela porta. E teria percebido que o sujeito estava usando óculos escuros às duas da manhã. Talvez percebesse que o olho do homem por trás dos óculos estava muito danificado. E que havia um leve brilho vermelho nas pupilas, do tipo que se espera de um ciborgue do futuro. Silberman poderia ter salvado muitas vidas se tivesse olhado para cima antes de sair da delegacia.

Mas ele não olhou. Apenas saiu pela porta.

Decidido, o Exterminador caminhou na direção do sargento na recepção e esperou pacientemente o homem erguer o olhar da pilha de papéis à sua frente.

"Posso ajudá-lo?", perguntou o sargento Rothman com a voz muito entediada. Ele percebeu a palidez desagradável do grandão. Rothman tinha certeza de que por trás daqueles óculos estavam olhos muito dilatados. *Outro drogado*, ele pensou consigo cinicamente.

"Sou amigo de Sarah Connor", disse o Exterminador sem rodeios. "Me disseram que ela está aqui. Posso vê-la, por favor?"

"Não, ela está dando um depoimento."

"Onde ela está?", o Exterminador perguntou lentamente, para o caso de o homem do outro lado do vidro não ter entendido o pedido.

O sargento Rothman jogou o lápis sobre a mesa e olhou laconicamente para o grandão. *Por que será que eles sempre vêm no meu turno?*, pensou ele.

"Escuta, meu chapa", disse Rothman como um professor primário impaciente, "vai demorar um pouco. Se quiser esperar, tem um banco aí."

Ele ajustou os grossos óculos no nariz e retornou à pilha de papéis.

O Exterminador deu um passo para trás, sem a menor perturbação com a recusa do sargento. Nem um pouco.

Ele examinou a cabine, percebendo o vidro grosso e provavelmente à prova de balas. Ao lado, havia uma pesada porta de aço – a entrada. Atrás dela, várias salas. E, em algum lugar lá dentro, estava Sarah Connor.

O Exterminador educadamente voltou para a cabine e bateu de leve no vidro.

"Eu voltarei", disse ele.

Com isso, ele se virou e saiu sem pressa pela porta da frente.

Atrás da recepção, no fundo do labirinto de corredores e salas, Reese estava sendo escoltado por Vukovich e outro detetive à paisana até uma sala de espera onde aguardaria a transferência para a ala psiquiátrica do hospital para outras avaliações.

Seus piores medos estavam se tornando realidade. Ele dera tudo de si, mas não recebera nada em troca. Burrice tática. O preço seria a vida de Sarah e as vidas de milhões que ainda nasceriam.

John estava certo – não confie em ninguém; não dependa de nada. Era hora de tirá-la dali.

Nos instantes seguintes ao encontro com o Exterminador, o sargento Rothman se concentrou na meticulosa tarefa de preencher relatórios de serviço. Se fosse mais alerta, teria visto um par de faróis rapidamente se aproximando da entrada da delegacia. Assim como Silberman, ele permitiu que suas pequenas preocupações o distraíssem dos dados essenciais da vida. Mas, ao contrário de Silberman, ele não sobreviveria para se arrepender.

Quando os faróis do Chevrolet Impala roubado pelo Exterminador foram com tudo em direção à entrada de vidro, Rothman cerrou os olhos por conta do clarão. Ele escolheu como seu último ato dizer as palavras "Ah, merda". Estatisticamente, as últimas palavras mais utilizadas em mortes violentas.

Duzentos e setenta quilos de placas de vidro explodiram em uma tempestade opaca, conforme o monstro sobre rodas avançou pelo lobby, lançando vigas partidas e outros destroços como uma onda diante dele.

O carro atacou a cabine de Rothman e a atingiu a 80 km/h. Tanto a cabine quanto o sargento foram esmagados juntos em uma massa indistinguível e arrastados até a parede lá atrás.

Do outro lado do prédio, Sarah foi acordada abruptamente pela colisão distante. Ela piscou os olhos embaçados e tentou localizar o som.

O Chevrolet do Exterminador, arrastando metade do saguão consigo, derrapou até parar cerca de seis metros dentro da área principal da delegacia.

Rapidamente, o Exterminador chutou para fora o para-brisa estilhaçado e saltou sobre o capô do Impala. Em uma mão estava a AR-180; na outra, a SPAS-12. Brandindo as duas como pistolas, o Exterminador desceu para o chão do corredor e começou a caçar.

As primeiras vítimas foram dois veteranos que saíram para o saguão para ver o que diabos estava acontecendo; um deles ainda estava segurando o copo de café que tomava.

O Exterminador tranquilamente fez alguns disparos com o fuzil de assalto AR e deu fim à vida dos dois homens; uma chuva de gesso e sangue.

Sarah ouviu o som distante, mas inconfundível, dos tiros que ecoaram de volta até ela. A ponta de apreensão que ela sentira ao acordar agora estava se transformando em um alerta total.

O Exterminador passou por cima dos dois policiais mortos e continuou em frente, sem diminuir o passo. Ele olhou para a sala da qual haviam saído – vazia.

Ao chegar à porta seguinte, o ciborgue tentou a maçaneta. Trancada. A enorme máquina deu um passo para trás e a arrombou com um chute.

Quando a porta de sua sala saiu voando, o homem atrás da mesa pulou da cadeira e tentou desesperadamente pegar seu revólver.

A um metro dali, havia outra porta. Uma porta aberta. *Se eu puder apenas alcançá-la*, pensou o policial. Abaixado, ele viu o Exterminador apontar a AR-180 enquanto atravessou a porta.

A salvo..., pensou ele.

A visão computadorizada do Exterminador rastreou o policial quando ele correu para o outro lado da parede. Por trás de seus olhos infravermelhos, o microprocessador do Exterminador ainda via o alvo como um contorno animado – um cálculo probabilístico do movimento do policial baseado em sua trajetória e velocidade.

O Exterminador alinhou o cano da AR-180 com um ponto na parede a dois metros da porta e atirou. As balas de

5,56 mm atravessaram a divisória e fizeram buracos grandes no peito e pulmões do policial. O jovem morreu bastante surpreso.

Os tiros ainda estavam ecoando quando Traxler abriu a porta de sua sala, assustando Sarah. Ela instintivamente deu um pulo para trás antes de reconhecer o tenente.

Traxler e Sarah se entreolharam por um segundo. Ele fez uma expressão como se dissesse *Eu sei o que você está pensando, mas está errada*. No entanto, ele soube pela expressão de Sarah que ela não estava a fim de acreditar nele.

Tudo que ele disse foi "Fique aqui".

Traxler trancou a porta por dentro e a bateu, deixando Sarah sozinha.

Por todo o prédio, policiais corriam, de armas em punho, lançando olhares assustados uns para os outros e gritando perguntas.

Um pânico controlado havia tomado conta deles. O barulho de tiros de armas automáticas em uma delegacia de polícia era o pior pesadelo de qualquer oficial. E agora todos eles estavam tendo o mesmo pesadelo ao mesmo tempo.

O Exterminador passou distribuindo morte até o fim do corredor e virou à esquerda. Ele abria portas e atirava em policiais em um ritmo regular e constante.

Na metade do corredor, o ciborgue encontrou o quadro elétrico principal da delegacia e arrancou a tampa. Analisando rapidamente o interior, viu os fios da linha de entrada de 440 volts e ferozmente os arrancou. Uma miniexplosão de faíscas e correntes elétricas envolveu o ciborgue, formando um arco voltaico pelo corredor.

Ele casualmente abriu uma pequena caixa de passagem e alimentou os 440 volts diretamente no circuito de iluminação. Todas as lâmpadas do prédio, 134 tubos fluorescentes suspensos, explodiram simultaneamente, jogando a já caótica delegacia na escuridão.

Por acaso, Sarah estava diretamente sob uma lâmpada na sala de Traxler quando ela se desintegrou com um estrondo de arrasar. A sala ficou escura e isso não ajudou em nada as tentativas de Sarah de manter a calma. Os disparos cresciam em quantidade e em volume. Ela conseguiu traçar com total precisão o movimento da batalha – que estava indo para cima dela.

Na sala de espera, Reese ainda estava algemado quando os primeiros tiros foram disparados. Sua mente de soldado absorveu instantaneamente a situação. Ele não ficou surpreso. Ele sabia quem havia chegado.

Vukovich ficou rapidamente de pé e correu para a porta, sacando sua pistola. Ele se virou para o outro detetive à paisana e falou prementemente: "Vigie-o". Depois desapareceu pelo corredor.

O outro detetive assentiu e se levantou para fechar a porta. Ao fazer isso, deu as costas para Reese. Uma burrice.

Ele ouviu a corrente de ar e estava começando a se virar quando Reese se chocou contra ele. A cabeça do detetive bateu na porta e ele sentiu o joelho de Reese batendo em seu peito uma, duas vezes, golpeando-o contra a parede. Ele caiu no chão, sem ar, e Reese ficou de pé, procurou a chave, retirou suas algemas e pegou o revólver do policial.

Traxler já estava dentro do arsenal quando Vukovich chegou. Ele e seu parceiro trocaram olhares sombrios. Secretamente, estavam pensando a mesma coisa: o coleguinha de Reese havia chegado. Mas nenhum dos dois estava pronto para admitir que só um homem pudesse causar todo aquele estrago.

Em silêncio, Traxler pegou um fuzil de assalto M-16 e jogou outro para seu parceiro. Sem dar uma palavra, eles correram para o corredor na direção do barulho dos tiros e gritos.

A busca do Exterminador levou a outro corredor. A SPAS-12 atirou pela primeira porta aberta. Rapidamente, o homem-máquina examinou o interior, não localizou o alvo e prosseguiu.

Próxima porta. Exploda a fechadura. Examine. Nada. Prossiga. O padrão era fixo, mas fluido o suficiente para reagir a qualquer obstáculo ou ameaça inesperada.

Um grupo de policiais uniformizados entrou pelo corredor e mirou no alvo que vinha lentamente na direção deles. Seis pistolas atiraram ao mesmo tempo, fazendo buracos no tórax, braços e pernas do ciborgue. O Exterminador olhou para eles, casualmente ergueu a AR-180 e os mandou pelos ares com disparos precisos e discretos.

Os tiros pareciam estar do outro lado da porta, de acordo com os ouvidos não treinados de Sarah. Ela não estava tão errada.

Seus olhos percorreram a minúscula sala, procurando um lugar para se esconder. *Não entre em pânico*, ela ordenou a si mesma. *Faça alguma coisa*. Uma lembrança de sua infância surgiu em sua mente consciente. Toda vez que queria se esconder da voz raivosa de seu pai, ela corria para o seu quarto e se agachava sob sua pequena...

Mesa! Embaixo da mesa. Sarah correu até a grande mesa de trabalho de metal e se enfiou no espaço apertado onde ficava a cadeira.

O Exterminador recarregou rapidamente a AR-180. O ciborgue havia grudado dois pentes banana com fita adesiva, fundo com fundo, e simplesmente virava o carregador de cabeça para baixo e o reinseria. Chamas dançavam pelas paredes; o corredor estava aceso com raios de luz amarela pulando para um lado e para o outro.

Na sala anexa, Traxler ouviu o clique metálico inconfundível de um fuzil sendo recarregado. Ele ficou paralisado, escutando os passos. Um homem pesado estava passando por ali, com suas botas ecoando pelo longo corredor. Traxler abriu a porta da sala e mirou sua M-16 nas costas da larga jaqueta de couro. Ele cuidadosamente alinhou os visores do cano com um ponto exatamente entre as escápulas do homem e apertou o gatilho.

A M-16 rugiu ferozmente enquanto metade de seu pente saía pelo cano. Traxler viu a jaqueta de couro ser retalhada, viu as balas entrando e ficou estarrecido.

Ele ficou estarrecido porque o homem simplesmente se virou, sem nem piscar, apenas se virou casualmente e ergueu a pesada AR-180 como se fosse de plástico. E aquilo não era de brinquedo.

As balas atingiram Traxler no ombro, estômago e peito, e o lançaram contra o batente da porta. Ele viu seu próprio sangue espirrar na parede em frente.

Lentamente, ele escorregou até o chão. As explosões em seu peito começaram a diminuir de intensidade. Havia um zumbido alto em seus ouvidos.

A última coisa que Traxler percebeu foi que Reese não era nada louco.

Vukovich se abaixou e olhou incrédulo para os restos destroçados de seu chefe. A revolta ferveu dentro dele, fazendo-o saltar até o corredor, tolamente, e apontar seu fuzil para a figura do agressor de Traxler.

"Ei, você!", gritou ele furiosamente.

O homem se virou e ficou ali parado, aceitando o fogo de Vukovich como se fosse um agradecimento.

Para sua grande surpresa, o grandalhão segurava uma pesada escopeta com uma mão e o explodiu para o além.

O Exterminador prosseguiu.

Sarah deu um pulo quando um barulho alto quebrou o novo silêncio. Era a maçaneta. Alguém estava tentando entrar.

Seus dentes estavam batendo de medo quando ela olhou por cima do tampo da mesa. Uma silhueta grande estava visível atrás do vidro opaco da porta. Era ele. Ela sabia.

Sarah se abaixou de volta sob a mesa. O pavor puro estava tomando conta dela. Seriam seus últimos momentos de vida.

Houve um grande barulho de vidro se quebrando. Alguém deu um soco no vidro da porta para destrancá-la por dentro.

A porta se abriu e um único par de passos ecoou. Sarah fechou os olhos. Nada aconteceu.

"Sarah?", gritou uma voz.

Era Reese.

Sem um segundo de hesitação, Sarah saiu de baixo da mesa e correu para ele.

Reese estava ainda mais aliviado do que Sarah. Ela estava viva; a missão ainda estava viva. Pegou a mão dela e saíram juntos em disparada pelo corredor.

O incêndio que havia começado em uma única sala, na frente do prédio, se espalhou, ameaçando engolir a delegacia inteira.

No corredor por onde Reese e Sarah estavam passando, surgia fumaça por todos os lados, acompanhada dos gritos dos homens morrendo.

Reese segurou a mão de Sarah bem forte enquanto zunia pelas salas destruídas por balas. Ele estava se mantendo longe dos corredores abertos – era onde estavam todos os corpos.

E era por onde o Exterminador rondava.

Reese estava acostumado a lutar daquela forma, se esgueirando por pequenos túneis infestados de ratos. Era a sua especialidade.

O fogo então estava furioso, devorando a delegacia inteira. Reese sabia que, em alguns segundos, todos que ainda estavam ali dentro morreriam só por conta do calor.

Ele atravessou uma porta trancada com cadeado, entrou em um almoxarifado e viu o estacionamento pela janela. Reese a esmurrou para abrir, agarrou Sarah, quase inconsciente por causa da fumaça, e a empurrou através da janela.

O Exterminador sentiu a temperatura subindo. Muito em breve, sua pele começaria a criar bolhas e a cair, embora isso não importasse muito, já que seu disfarce fora abandonado.

O tiroteio havia parado. Não havia mais coisas a matar e mesmo assim ele não conseguira localizar o alvo primário.

O ciborgue começou a considerar os vários cenários da possível fuga dela, quando o barulho ao longe do motor de arranque de um automóvel atravessou o crepitar das labaredas.

Instantaneamente, o Exterminador soube onde o alvo estava. Largando a escopeta vazia, ele correu até a porta de saída dos fundos.

Quando o Exterminador chegou ao estacionamento, Reese já havia feito ligação direta no Ford 70 vermelho e estava voando na direção da saída. Ele viu o Exterminador parado, iluminado pelo fogo atrás dele, com a porta aberta. "Abaixe-se!", gritou ele para Sarah.

O Exterminador cuidadosamente mirou o fuzil de assalto AR, levando em consideração a velocidade do carro e seu curso tangencial. Ele disparou três tiros rápidos antes de a arma se esvaziar e o alvo sumir de vista, virando a esquina do prédio.

Reese e Sarah tiveram sorte. A primeira bala atingiu o lado esquerdo do para-choque, logo atrás do farol. A segunda passou por cima do motor; dois centímetros a menos e o carro teria morrido. A terceira bala perfurou a porta do motorista e atravessou alguma coisa macia antes de se enterrar inofensivamente no tapete.

Durante a hora seguinte, Reese dirigiu com total concentração, interrompendo a vigília da estrada apenas rapidamente para verificar o estado de Sarah.

Ela chegou perto da histeria quando eles deixaram o estacionamento e desceram a alameda com tudo na direção da Interestadual 10.

Reese queria sair da cidade. Para ganhar um pouco de tempo. Para retomar o controle da situação.

Rumaram para o leste na 10, longe do litoral. Longe dos corpos fumegantes e do pesadelo ambulante que Reese sabia que iria atrás deles.

Reese estava viajando às cegas, meramente se distanciando da carnificina na delegacia. Mas, após os primeiros minutos, reduziu a velocidade, ligou os faróis e começou a imitar os outros poucos motoristas da estrada. Sarah, que estivera se segurando com força ao painel, esperando outra corrida de demolição pela calçada, permitiu-se relaxar um pouco. Mas ainda estava atordoada demais para falar e ficou em silêncio enquanto Reese se concentrava em escapar e evadir-se.

"Que bom que você está viva", disse Reese sem se virar. Seu tom de voz era muito sincero. Ela ouviu e silenciosamente concordou, relaxando mais um pouco conforme o choque e a adrenalina diminuíam.

"Aonde estamos indo?", ela conseguiu balbuciar.

Reese percebeu que não tinha destino. Olhou pelo retrovisor, procurando alguma atividade que parecesse suspeita, e então parou o carro e abriu o porta-luvas. Atrás dos fusíveis sobressalentes, do Pepto Bismol e das dúzias de pacotinhos de ketchup e mostarda de fast-food, ele encontrou um guia de mapas. Estava velho e desbotado, muito provavelmente desatualizado, mas era melhor que nada. Ele procurou uma área aberta. Encontrou. "O sul é a melhor opção. Talvez o México."

Eles viajaram em silêncio, cada um perdido em seus próprios pensamentos. Sarah estava tentando deixar Ginger e Matt descansarem. Isso ainda levaria muito tempo.

Reese virou para o sudeste na rodovia de Pomona e vinte minutos depois pegou a direção sul na 57.

A gasolina estava acabando. Àquela hora da madrugada, nada ficava aberto; todos os postos de gasolina que podiam ver da estrada estavam escuros.

Atravessando os morros ao norte de Brea, onde a estrada cortava as colinas verdes como uma fita prateada, o motor do carro começou a engasgar.

Reese costeou até a primeira rampa de saída que encontrou, para a Brea Canyon Road, e foi descendo por ela até rolarem para a beira macia da rodovia sem iluminação.

Ele e Sarah desceram, cansados, com Sarah protestando de leve. Ela não via motivo para dormir ao ar livre quando tinham à mão um carro em perfeitas condições.

Mas Reese sabia que era melhor assim. E Sarah sabia pelo menos que não devia discutir com ele.

Reese pegou um kit de primeiros socorros e uma lanterna no porta-malas; depois ela o ajudou a empurrar o veículo até a beira de um grupo de árvores pontilhando uma encosta suave. Com grande esforço, eles lançaram o carro para baixo da encosta, na escuridão, onde ele não pudesse ser visto da estrada.

BREA CANYON ROAD ■
3:31 A.M.

—

—

Sarah estava observando Reese atentamente. A maneira como ele se agachava à frente dela, como um dançarino esfarrapado de hipercombate, equilibrando seu corpo enquanto passava por entre os arbustos. Seus olhos perscrutavam quase como uma câmera de segurança, sem piscar, virando em movimentos rápidos, olhando para os arredores dos objetos, em vez de diretamente para eles, absorvendo o terreno caótico.

Ele era como um gato à espreita, a elegância em ação, seu corpo agredido era duro, porém flexível, com os músculos machucados deslizando sob a pele.

Reese *era* um soldado. Ela enfim pôde perceber. Ele havia feito esse tipo de coisa tantas vezes que já era natural. Foi uma revelação anticlimática, mas agora Sarah acreditava piamente na história dele. Tudo que havia acontecido até então – o massacre na delegacia, o turbilhão maníaco das ruas, a explosão totalmente incompreensível de realidade no Tech Noir – foi super-real. De alguma maneira, na delegacia, a mente de Sarah se desconectara de seu corpo e desta vez foi uma observação simples e tranquila do profissionalismo de Reese no campo que a fez se reconectar e aceitar a verdade.

Um robô do futuro estava tentando matá-la. *Desculpe: ciborgue*, corrigiu Sarah mentalmente, como se fizesse diferença. Uma máquina de matar em forma de homem havia passado por cima de trinta policiais armados como uma daquelas colheitadeiras que passavam pelos campos de trigo. Ele fora atingido por inúmeras balas e continuou em frente.

E tudo que parecia estar entre ela e essa monstruosidade era este soldado, talvez muito jovem e, mesmo que agisse com a precisão da prática, parecia tão amedrontado quanto ela.

Chegaram a uma galeria de drenagem de concreto sob a rodovia 57, formando uma escura caverna de superfície lisa para eles se aconchegarem.

Reese apontou a lanterna que pegara no carro para o interior. O chão estava molhado com uma água salobra e esverdeada. Sarah franziu o nariz por causa do cheiro de umidade, mas acabou deslizando pela parede oposta à de Reese mesmo assim, exausta. Reese se acocorou, com os olhos acompanhando o raio da lanterna, ainda examinando seu abrigo improvisado, lentamente desacelerando da noite frenética. Ele enfim olhou para Sarah, agora com os olhos surpreendentemente ternos. Sua voz era um sussurro áspero que cortou o silêncio com uma eficiência militar, mas parecia haver também uma preocupação real ali.

"Está ferida?"

Sarah riu abruptamente e, em seguida, ficou séria ao perceber que poderia facilmente ter sido baleada. Ela olhou para baixo. Sem sangue. Sem dor em nenhum ponto específico.

"Estou bem", respondeu ela, e depois sentiu necessidade de acrescentar: "Reese... é real. Quero dizer, a guerra... tudo que você disse". Era uma aceitação, não uma pergunta, então Reese não respondeu. Ele estava olhando para ela com a mesma intensidade que dedicara anteriormente à paisagem. *Será que ele está me olhando para ver se eu estouro?*, imaginou Sarah. *Se eu fico histérica?* Ela não iria fazer isso. Ela se impressionou por não ter pirado, mas não, não iria, apesar de a histeria ainda pairando por ali, não muito longe. Só havia um único problema e isso já era bastante confuso. Não conseguia chorar agora. E ela achava que deveria, considerando-se que no futuro próximo o mundo ficaria tão louco que milhões de pessoas agonizariam aos pés de algum descendente horrível de um computador da Apple. Como aquele pequeno "organizador" do Chuck. Mas ela não conseguia chorar, porque nada daquilo ainda havia acontecido. Mas então de onde aquele homem diante dela havia saído? E aquela... coisa, tão decidida a destruí-la a ponto de matar dúzias de inocentes. Ao encostar-se no cimento frio, um arrepio profundo a atravessou. Se Reese não tivesse conseguido atravessar o deslocamento temporal para protegê-la, ela estaria morta. E ninguém teria descoberto o porquê. Ela estava sozinha nisso, sem nem mesmo o luxo de se sentir segura com a proteção da polícia. Sozinha e tremendo em um buraco úmido no meio da madrugada, com um estranho – um valentão das ruas, com cara de maluco, com as roupas rasgadas, um adolescente marcado e muito sábio, para a idade, sobre como lidar com a morte. *Ele* a salvara.

Sarah olhou nos olhos dele e tentou um sorriso trêmulo. "Reese... hã, qual é o seu primeiro nome?"

"Kyle."

"Kyle", prosseguiu ela com a voz oscilando, "eu não estaria viva agora se você não estivesse aqui. Eu... quero... lhe agradecer."

Reese se permitiu olhar nos olhos dela. *Apenas uma garota*, continuava repetindo mentalmente para si mesmo. *Um alvo que precisa de proteção*, acrescentou ele. E depois, para ajudá-lo a sustentar, ele disse em voz alta: "Só estou fazendo meu trabalho".

Sarah assentiu, satisfeita com aquilo, por ora. Reese voltou a escutar. Um carro estava se aproximando. Talvez a mil metros dali. Hostil? Improvável. Esperou, posicionado entre tenso e relaxado, e deixou outro som chegar até ele;

o vento soprava tão suave e vastamente ali que parecia ser possível ouvir o mundo todo respirando. Aquilo o fazia se sentir honrado. Ele podia sentir o cheiro de animais no vento, talvez cachorros, não tinha certeza.

O carro passou correndo acima deles fazendo um *zuuumm*. A mão de Reese se enrijeceu sobre o revólver da polícia em sua cintura e em seguida relaxou quando o carro prosseguiu sem hesitação.

Sarah estava se segurando e tremendo incontrolavelmente agora, uma combinação de choque posterior e ar frio. Ele veio do outro lado do túnel com um movimento fluido e eficiente e pôs o braço em volta do ombro dela. A princípio, Sarah recuou. Suas roupas fediam a suor velho. Mas seu corpo estava ardente de calor. Mesmo através do casaco de chuva, ela pôde sentir e logo ficou mais aquecida. Ela olhou para Reese com gratidão, mas agora ele estava olhando para a noite lá fora, com a expressão intensa e concentrada, porém distante. Não houve emoção em sua ação, apenas obrigação. Apesar disso e do fedor, ela passou os braços em volta do tronco dele e o abraçou. Ela sentiu o corpo dele se contraindo com as respirações controladas. Seus músculos pareciam tiras de metal aquecido sob a pele. Talvez ele fosse um ciborgue também.

Um ciborgue de um futuro inimaginável de dor e horror.

"Kyle, como é viajar no tempo?"

Por um momento, ele parou de respirar, pensando naquilo como se fosse a primeira vez. "Luz branca. Dor. Como fazer força para atravessar... alguma coisa. Não sei. É como nascer, talvez."

Nesse momento, ela sentiu algo que parecia um café grosso e quente escorrendo em seu braço e o puxou para trás. Ela pegou a lanterna e apontou para sua mão. Sangue.

"Meu Deus!"

Reese olhou para o sangue saindo de seu braço como se estivesse se lembrando de um sonho desagradável. "Eu levei uma lá."

Sarah não entendeu por um instante. "Levou uma? Você quer dizer que foi baleado?"

Ele assentiu. "Não é sério. Não precisa se preocupar."

Ela apontou a luz para o braço ferido. Havia um pequeno buraco no casaco, como uma queimadura de cigarro, mas a parte superior do braço toda estava ensanguentada.

"Ficou louco? Nós precisamos ver um médico!"

"Deixa pra lá."

Sarah delicadamente abriu o casaco dele e o tirou dos ombros. "Me dá isso aqui."

Reese cuidadosamente removeu o casaco e olhou para o ferimento com um alívio reprimido. Ele pensara que era grave, na verdade, e não queria nem ver. "Viu", disse ele, "passou direto pela carne."

Sarah olhou para o pequeno buraco perfurado em seu tríceps, ainda com sangue escorrendo em volta de um pedaço de tecido azul-marinho do casaco que entrou na ferida. Reese cuidadosamente virou o músculo, sob a luz bruxuleante da lanterna, e Sarah viu o buraco de saída, maior e mais irregular. Apesar de toda a violência das últimas horas, esta foi a primeira vez que ela realmente viu o que uma bala fazia na carne humana. Era ao mesmo tempo apavorante e fascinante; principalmente apavorante.

O ferimento precisava de um curativo e ela foi a escolhida. Foi por isso que Reese lhe entregara o kit de primeiros socorros. *Ponha-se a trabalhar*, pensou ela. *Tente não pensar a respeito*. Ela precisava limpá-lo primeiro. Isso significa ter de tocá-lo. Minha nossa, isso estava ficando real demais.

Sarah abriu o kit de primeiros socorros. Ataduras. Pomada. Comprimidos. Gaze. Água oxigenada. Cotonetes. Essas coisas eram para joelhos arranhados, não buracos de balas. Ela pegou o cotonete e chegou mais perto dele, que a observava, fascinado e entretido.

"Jesus... isso vai me fazer vomitar. Fale sobre alguma coisa, por favor. Qualquer coisa, não tem importância."

"O quê?"

Sarah quase riu. Tinha um bilhão de perguntas para as quais queria respostas. Como... seu filho. Tinha um filho, como ele dissera. Ou teria. Terá. Teria tido. Não havia tempo verbal para essa situação.

"Fala sobre o meu filho. Ele é alto?"

"Da minha altura, mais ou menos. Ele tem seus olhos."

Ela começou a limpar o sangue do ferimento e ele se encolheu, mas depois fez sinal para ela continuar. Da maneira mais delicada que podia, Sarah voltou ao trabalho, mordendo o lábio e se concentrando nas palavras para não botar os bofes para fora em cima do braço de Reese.

"É difícil explicar. Ele... Você confia nele. Ele tem aquela força de vontade. Você sabe que ele pode fazer qualquer coisa, quando decide que é isso que precisa ser feito. Meu pai, eu não me lembro dele. Eu sempre o imagino como John. Ele sabe como liderar as pessoas. Elas o seguem a qualquer parte. Eu morreria por John Connor." Falou a última frase com a voz baixa, passional, e ela acreditou que ele estivesse falando a verdade. Agora Sarah sabia que ele *era* capaz de sentir emoção. Aquele fanatismo puro, duro e sem filtros dos jovens, uma paixão que ela nunca conseguira sentir por nada nem ninguém.

"Pelo menos agora eu já sei que nome dar a ele." Ela riu. Foi uma piada, certo? Reese não sorriu e ela percebeu que não foi muito engraçada. Havia dor demais por trás dos olhos dele.

Ela tentou novamente. "Você sabe me dizer quem é o pai? Só pra eu não mandar o cara dar o fora quando o conhecer."

Reese deu de ombros. "Não, John nunca falou muito a respeito dele. Eu sei que morreu antes da guerra e..."

"Não", interrompeu Sarah. "Eu não quero saber."

Ela se voltou ao curativo improvisado. Ele estava em silêncio, observando os dedos dela ficarem mais seguros conforme trabalhava. Em seguida, Sarah perguntou: "Foi John que enviou você?"

Reese desviou o olhar, ficando sério e tenso novamente. "Eu me ofereci."

"Se ofereceu?"

Ele a encarou novamente. "Claro. Uma oportunidade de conhecer a mãe de John Connor. Você é uma lenda. A heroína por trás do herói."

Retraiu-se quando ela amarrou a gaze.

"Não precisa ter receio, pode apertar bem", disse ele, e depois continuou. "Você o ensinou a lutar, a se esconder, a se organizar... desde quando ele era pequeno, quando vocês estavam se escondendo antes da guerra."

Sarah levantou a mão, com uma expressão confusa chegando em seus olhos. "Você fala no passado sobre coisas que eu ainda não fiz. Isso tá me enlouquecendo." Ela puxou o final da gaze e deu um nó, esquecendo-se de si mesma por um momento, e Reese abafou um gemido. Mais delicadamente, ela terminou de amarrar o curativo. "Desculpa, mas você tem certeza de que eu sou a pessoa certa?"

Os olhos dele se fixaram nos dela. Sarah viu aquele olhar de novo. E não tinha nada a ver com a obrigação dele. Era ele olhando diretamente para dentro dela, a Sarah dentro daquele corpo. As Sarinhas se encolheram sob seu olhar desnudante.

"Tenho certeza", disse ele. E ele estava... fisicamente certo, pelo menos. Suas dúvidas estavam em outras áreas.

Sarah se levantou, exasperada. "Tá legal... Eu tenho cara de mãe do futuro? Eu sou forte? Sou organizada? Não consigo organizar nem meu talão de cheques!"

Reese ouviu o tom da voz dela, mais do que as palavras. Era o mesmo tom choramingão, derrotista, que muitas pessoas usaram quando John pediu que elas se arriscassem pela causa. Era um tom de voz que ele detestava, porque foi essa mesma atitude que impediu que os homens derrotassem as máquinas anos antes. Aquela aceitação cega do que quer que o "destino" houvesse lhes reservado. Religiões inteiras e filosofias elaboradas haviam sido desenvolvidas para dar respaldo àquele tom de voz repugnantemente fraco. Até John sair das cinzas com uma granada e explodir um CA. Até John arriscar a vida ficando no meio dos destroços em chamas, sugando o combustível não queimado para usar em seu carro blindado.

Por causa de seu exemplo, o pedido de John foi atendido. As pessoas se mobilizaram com ele e continuaram a se mobilizar. E, quando Reese tinha idade suficiente, ele se separou do grupo da rua e se alistou também, feliz por se afastar daquelas lamentações patéticas de "Por que eu?" que tanto detestava.

Desde que vira Sarah na rua, pela primeira vez Reese estava dividido entre admiração e desgosto.

Ele se lembrou das informações que recebera. Sarah Connor era simplesmente uma garçonete de meio-expediente, de 20 anos, que ainda estava estudando e não havia até então exibido qualquer habilidade ou talentos incomuns. Ela era o equivalente a uma daquelas pessoas que viviam remexendo os entulhos cegamente, sem se dar conta de sua capacidade de resistir e mudar seu destino. Ele havia conhecido muita gente assim. E, quando alguém lhes mostrava o caminho, essas pessoas se tornavam bons soldados. Talvez fosse esse o caso de Sarah. Mas ele não era recrutador. Ele só sabia de sobrevivência. Ele havia se voluntariado para aquela missão esperando ser preterido por um lutador mais velho e mais experiente. Quando John o convocou pessoalmente, ele ficou lisonjeado ao perceber a enorme responsabilidade que estava assumindo. Seu desempenho afetaria profundamente toda a história da humanidade. John lhe dissera isso.

Antes de se voluntariar, Reese só pensava na chance de cumprir a ordem mais importante que John já dera e na gloriosa honra de conhecer a linda mãe de John pessoalmente. A maior parte do impacto da missão ainda não havia lhe atinado. Tudo acontecera tão rápido... tão rápido. Depois que as forças de John tomaram conta do laboratório de deslocamento temporal, ele foi notificado da missão especial e imediatamente se ofereceu. Minutos mais tarde, ele se apresentou ao bunker de comando de John e recebeu rapidamente as instruções. Ele se lembrou agora do que John havia enfatizado – a enorme importância de que ele tivesse sucesso na missão e a certeza espantosa de que Reese *teria* sucesso. Aquele olhar de confiança, mais do que a euforia das drogas que os médicos estavam injetando nas veias de Reese, foi o que o prontificou para o combate. E nesse momento, quando Reese fez continência, John o abraçou. Aquilo pegou Reese totalmente de surpresa. John Connor era um homem difícil de se chegar perto. Após a morte de sua mãe, ele se tornou um solitário taciturno que não se abria com ninguém. Era adorado por seus seguidores porque nunca lhes pedia que fizessem nada que ele não faria e porque sabia o que fazer. Nunca fora realmente íntimo de ninguém. Mas John disse a Reese que ele era o agente do destino e depois o abraçou como se fossem velhos amigos. Quando John se virou para tratar de outros assuntos técnicos, havia um olhar de tristeza profunda que Reese sabia que não deveria ver. Talvez a confiança de John fosse um fingimento para dar coragem a Reese. Esse outro olhar o perturbou. Agora, enquanto pensava no que ele e Sarah deveriam fazer para sobreviver, ele se lembrou dos dois olhares de John e da pouca informação que havia recebido antes que o empurrassem por aquele instante interminável da viagem no tempo. Até onde Reese sabia, ele foi o primeiro homem vivo a ser temporalmente deslocado. A Skynet desenvolvera o equipamento como parte de sua ambiciosa pesquisa de desenvolvimento, um repertório de novas tecnologias geradas por computador que crescia de forma exponencial.

Os invasores humanos tomaram conta do local intacto e os técnicos rapidamente baixaram os arquivos do sistema para análise. Ao perceberem o que a Skynet havia feito em seu desespero friamente racional, John decidiu usar a mesma tecnologia como força contrária. Mas, quando Reese entrou na plataforma biaxial do gerador de campo, ninguém sabia se era possível sobreviver ao deslocamento temporal. Ele poderia chegar a 1984 já como um saco de carne fria, com o coração paralisado por energias incomensuráveis.

"Olha, Reese", Sarah estava dizendo, "eu não pedi nada disso. E eu não quero ter parte alguma nisso." Ela ia chorar. Seu cabelo estava opaco pelo suor seco. Suas roupas estavam imundas e rasgadas. Ela não era uma lenda. Ela era uma resmungona prestes a chorar incontrolavelmente a seus pés e agora, além de mantê-la viva, ele tinha de mantê-la sã e forte. Algo que mal sabia fazer para si próprio.

E então ele se lembrou da última coisa que John lhe dissera para fazer. Ele fez sua voz ficar alta e calma. "Sarah."

Ela parou de vagar feito um animal encurralado e o encarou.

"Seu filho me deu uma mensagem para entregar a você. Ele me fez decorar."

Ela ficou paralisada, piscando, sem saber o que esperar. Reese continuou, com a voz suave, com um leve toque do amor do locutor original por trás da repetição mecânica.

"'Eu nunca tive chance de agradecê-la devidamente por seu amor e coragem durante todos os anos escuros. Eu não posso ajudá-la com o que precisará enfrentar em breve, a não ser dizendo que o futuro não está escrito em pedra. Eu vi a humanidade se levantar da derrota e fui privilegiado em estar na liderança e mostrar o caminho. Você deve preservar nossa vitória. Você deve ser mais forte do que imagina que possa ser. Você deve sobreviver ou eu nunca existirei.'"

Reese pôde vê-la se acalmando. As palavras estavam sendo absorvidas por ela. Ele não queria que os seus próprios sentimentos transparecessem, mas ficou tudo bem, pois Sarah parecia estar reagindo.

Reese flexionou a mão. Não havia tanta dor agora. Nada que ele não conseguisse suportar, em todo caso, e sua mão já havia recobrado mais de setenta e cinco por cento da mobilidade.

Talvez, apenas talvez, eles tivessem uma chance de vitória. Se pudessem ficar a salvo, sem deixar dados rastreáveis, eles poderiam ficar escondidos por tempo indeterminado. Para encorajá-la, Reese disse: "Belo curativo de batalha".

Sarah sorriu, cansada. "Gostou? Foi meu primeiro."

Ela sentiu a ironia de suas palavras. Ainda rejeitava o manto de responsabilidade que haviam jogado sobre ela, pelo menos emocionalmente. Mas algum componente muito lógico bem dentro de si já havia aceitado que ela um dia faria aquelas coisas, assim como aceitava agora a iminente incineração da civilização dali a alguns anos e todos os horrores do mundo por conseguinte.

Haveria muitas feridas, muitas ataduras. Tragédias e perdas inimagináveis. Sarah estremeceu conforme a paisagem sombria infinita parecia se estender diante de seus olhos. Uma palavra lhe ocorreu. Destino.

Era como fazer parte de uma peça. Você podia mudar a atuação, mas não podia mudar o final. Lembrou-se de uma peça em que atuara no colégio. Gostava de um dos personagens, mas ele morria no terceiro ato, todas as noites. E ela se lembrou de como ficara ingenuamente amargurada. Só uma vez queria que a doença do personagem não fosse fatal. Ela não gostou mais de atuar depois disso e não estava gostando muito do conceito de destino também.

Outro veículo passou ruidosamente lá em cima. Uma caminhonete de caçamba estendida e motor a diesel martelando um ritmo estrondoso. Reese percebeu que ela estava morta de cansaço. "Durma um pouco. Vai clarear logo."

Ela se sentou ao lado dele, com as costas no concreto frio. A tensão entre os dois ainda pairava no ar e ele pôs o braço em volta dela.

Por um momento, pensou que estivesse sofrendo um choque pós-deslocamento temporal, pois pareceu que sua vida sempre fora ficar amontoado ali e que ela sempre estivera com ele.

Sarah estava exausta. Ela precisava dormir e estava quase conseguindo, quando Reese se esticou ao ouvir o som dos grilos. Aquilo a fez se sentir mais segura. Percebeu que, embora Kyle devesse estar muito cansado, ele acordaria caso alguém ou alguma coisa se aproximasse. Ele era um garoto estranho, assombrado. Ela pensou que Reese talvez nunca tivesse escutado um grilo. Estar ao lado dele naquela intimidade necessária a fez se sentir serena, apesar do pesadelo psicótico que havia acabado de atravessar. Quando ele fez uma voz suave, ela se sentiu calma e protegida. Ela queria ouvir mais.

"Fala mais um pouco sobre a sua terra. Qualquer coisa que você quiser. Vai me ajudar a dormir."

"Ok", disse ele. "Você se esconde durante o dia, mas à noite dá pra sair. Os CAS usam infravermelho, então você ainda precisa tomar cuidado. Especialmente com os aéreos. Eles não são tão inteligentes. John nos ensinou maneiras de acabar com eles. Ficou difícil quando os infiltrados começaram a aparecer. Os Exterminadores foram os mais recentes. Os piores."

Ela se sentiu flutuando, fundindo-se a Reese, enquanto ele falava de um lugar de barulho e fogo, de cinza branca e ruínas, embarcações de patrulha sob a luz da lua, enviando feixes cruéis e explosões de plasma na direção de sobreviventes maltrapilhos – vasculhando as cidades destruídas em busca de latas não queimadas de comida –, ossos enegrecidos e máquinas reluzentes caçadoras de humanos, arrastando seus corpos cromados ensanguentados sobre os sobreviventes, como tubarões num frenesi alimentar.

Reese ainda estava falando quando as pálpebras de Sarah tremeram até se fecharem. A cabeça dela caiu sobre o ombro dele. Só conseguia ver a parte de cima da cabeça e não sabia se Sarah estava dormindo. Ele continuou seu relato, que não tinha nenhuma estrutura narrativa e consistia em imagens fortes soltas dentro de sua cronologia pessoal – trechos de sabedoria de combate e dicas de sobrevivência, anedotas e exemplos da vida no século XXI.

O último pensamento consciente de Sarah foi curioso e ela só se lembraria dele depois. Pensou que ele soava poético, como um poeta das ruas que consegue claramente expressar imagens com uma sobreposição bruta e não estruturada de palavras. Se houvesse nascido em outra época, com outra vida, ele poderia ser um artista ou compositor, mas esses impulsos de antissobrevivência estavam praticamente erradicados e seus raros vestígios agora se manifestavam apenas na crueza vívida de sua descrição.

Seu pensamento de que Reese era um soldado com coração de poeta ressurgiria mais tarde e então teria tons de tristeza desesperada.

As palavras de Reese ainda chegavam até ela, enquanto entrava no sono REM, e desencadeavam imagens tão deslumbrantes quanto surreais na catacumba profunda de seus sonhos.

Havia uma luz. Uma luz clara, ofuscante como o sol. Ela cortava a paisagem noturna e passava sobre as formas destruídas de concreto, proporcionando sombras muito nítidas. Havia vento também, descendo bem forte, e um som rascante, como um metal morrendo, que ela percebeu ser um motor a jato ou vários.

A explosão levantou uma nuvem de poeira, revelando uma pilha de ossos, como se fossem varetas. Saíam cinzas das órbitas dos crânios e as sombras dos holofotes passavam sobre elas como uma paródia da vida. A máquina era como uma enorme vespa cromada, só que no lugar das asas, no centro do tórax, havia dois turbojatos apontados para baixo. A coisa flutuava e descia, analisando frequências visuais e infravermelhas. Em seguida, ela se inclinou de lado, caindo de frente e ganhando velocidade, como um helicóptero Aircobra. Sua arma suspensa disparou uma vez para um prédio queimado e depois se retraiu, enquanto a aeronave continuou sua patrulha.

A um quilômetro de distância, do outro lado da paisagem destruída, outra máquina estava aterrissando, com pernas hidráulicas, como as de um inseto, sobre o que parecia uma estação ou área de testes. Vários CAs de chão, como tanques, estavam estacionados sob as luzes dos refletores infravermelhos. Em pilones afunilados de concreto, canhões automatizados de vinte metros de comprimento montavam guarda, com minúsculas metralhadoras antipessoais girando embaixo deles. Holofotes varriam a escuridão.

Depois que o CA voador passou, era seguro se levantar. Com suas camuflagens de dois tons de cinza, os soldados se misturavam perfeitamente ao ambiente. Cinza sobre cinza. Preto sobre preto.

O líder jazia sob uma laje inclinada de concreto e estava olhando através de um visor acoplado a seu fuzil, uma tela de vídeo de imagens intensificadas na qual a paisagem se revelava clara como o dia. O brilho verde iluminava seu rosto. Era Reese. O suor escorria, deixando filetes claros na camada de cinza de seu rosto. Ele estava sujo e com a barba por fazer, mas nenhum dos outros soldados tinha uma aparência muito melhor. Todos eles usavam fones e havia um ruído constante de comunicação das outras unidades na região.

"LRRP equipe Yankee um-três para base de fogo Eco-nove."

"Prossiga, Yankee um-três. Qual é sua posição?"

"Varredura concluída até a linha de três mil metros. Não vi muita coisa. Encontrei alguns sobreviventes no shopping center. Eles não têm registro, mas têm algumas coisas para trocar."

"Que tipo de coisas?"

"Comida enlatada, algumas ferramentas e gasolina. Eles precisam de abrigo e de munição dois-dois-três."

"Entendido, um-três, traga-os aqui."

"Estamos indo. Nosso olheiro está com a pata ruim, então vamos encerrar a patrulha cedo."

"Entendido, um-três."

As vozes murmuravam incessantemente. Relatos de patrulhas em todos os setores próximos, equipes de sapadores procurando cas para desativar e pegar as partes, uma equipe de reconhecimento de longo alcance correndo de um novo Aéreo do Marco Oito – estava bem na cola deles e não parecia nada bom. Uma unidade em cima dos morros, perto do Bunker 23 na antiga Mulholland Drive, pedia uma equipe de mecânicos para ajudar a desembarcar o canhão de um CA recuperável. Alguém lá na praia havia encontrado dois exterminadores série 600 vestidos de soldados camuflados. O resultado foi um morto, três para a evacuação médica, e duas estruturas de exterminador queimadas. O olheiro deles, um beagle, também se deu mal e o líder da equipe ficou desconsolado.

E assim por diante.

Reese sinalizou uma movimentação e a unidade desceu por uma escada através de um buraco, escondido por detritos. O olho da mente de Sarah se moveu com eles conforme marchavam para dentro da terra, descendo nível após nível, guiados pelo facho de uma lanterna. Quatro níveis abaixo da superfície, Reese bateu em uma porta de aço, grosseiramente soldada, com a coronha de seu fuzil. Uma vez. Duas vezes. E mais uma vez. Uma placa de aço deslizou para o lado e os olhos de uma sentinela apareceram pela abertura.

"Reese. Kyle. DN..."

A porta ressoou e se abriu antes de ele terminar. Reese entrou. Calor, fumaça e cheiros enjoativos de corpos humanos o tomaram de assalto. Três sentinelas armados estavam lá dentro, com as armas em riste. Reese estendeu a mão para ser cheirada por dois cachorros sentinelas, um pastor e um dobermann. Provavelmente, as criaturas mais bem-alimentadas da base de fogo. Os rabos dos cães abanaram e Reese passou. Ainda era humano.

As sentinelas recuaram, relaxando as mãos em volta das Westinghouse M-25. O esquadrão de Reese entrou, registrando-se no posto de serviço montado em uma velha mesa de carteado, e em seguida se separou pelo labirinto.

Base de fogo E-9. Antigamente, fora o nível D do estacionamento sob o Centro de Entretenimento ABC, em Century City. Agora estava destruído, parcialmente desabado, e era o lar de soldados, crianças, sobreviventes, os doentes e os moribundos, e muitos ratos.

Sarah parecia estar se deslocando com Reese, como se ele fosse seu guia. Eles passaram por rostos emaciados, assombrados, cujos olhos piscavam, mal registrando sua passagem. Vestiam farrapos, camadas de roupas sem nexo, de tamanhos maiores ou pequenos demais, capas ou coletes feitos de tapetes, lonas, plásticos pretos presos com pedaços multicoloridos de fios. Seus rostos eram pálidos e cansados, os olhos vazios. Apenas as crianças pareciam ter vida enquanto corriam pelas sombras, pegando ratos para o cozido.

A catacumba tremeluzia com as pequenas chamas acesas para se cozinhar e por toda a parte rostos espiavam das sombras como fantasmas, homens e mulheres cujas almas desertaram. Eles estavam vivendo em destroços de carros, caçambas de lixo viradas de lado ou talvez apenas atrás de um cobertor esfarrapado pendurado em uma corda. Alguns dos rostos mais velhos exibiam cicatrizes de queimaduras das explosões nucleares durante a guerra, com a pele derretida e cheia de bolhas, como queijo queimado. Um fraco gemido veio de algum lugar da escuridão e em algum canto ali perto um choro seco se repetia incessantemente. Era um passeio pelo inferno e Sarah estava dividida entre uma avassaladora vontade de fugir e um intenso desejo de ajudar de qualquer maneira possível para aliviar o sofrimento daquela gente. Conforme andava entre eles, ela estendia a mão, como se pudesse puxá-los junto ao seu corpo e fazer tudo ficar bem. Todas as pobres crianças nucleares. Mas era como se ela fosse o fantasma, porque elas olhavam através dela. Ela não estava ali. Não ainda.

Reese e Sarah se aproximaram de um grupo de homens aglomerados em volta de uma estação de base transmissora, sob uma forte luz fluorescente. Reese bateu continência ao passar. Havia muitas patentes altas. Alguns ele conhecia; outros não. Vários capitães, dois majores e um vulto sentado de costas para eles, flanqueado por guardas. Ele usava uma boina preta com uma estrela de general pregada do lado. Apenas um homem no diversificado exército de guerrilha em todo o planeta usava uma boina preta como aquela.

John fora até a base de fogo na noite anterior para organizar um ataque às fábricas automatizadas da região. Sabia-se que a Skynet produzia os canhões de plasma automáticos usados nos Marcos Sete e Oito. Era uma invasão grande, marcada para dali a três dias. Reese estava entusiasmado. Um dos tenentes mencionara que Reese poderia ser transferido para a unidade pessoal de Connor e o próprio John falara com ele logo depois de chegar. Foi um encontro curioso, com Reese se sentindo constrangido conforme Connor o analisava lenta e cuidadosamente. Era como se Connor o estivesse medindo de alguma maneira além da avaliação comum de um oficial. Os olhos de Connor não revelaram se Reese era insuficiente. "Prossiga, sargento", disse o general, e se virou.

Era sempre assim com John e embora Reese tivesse servido no combate com ele várias vezes, o homem permanecia um enigma.

Agora, rodeado por seu pessoal, John estava coordenando uma dúzia de grandes ofensivas pelo mundo por meio de sua unidade móvel de telecomunicações.

Reese ficou sabendo que eles na verdade pirateavam canais dos próprios satélites da Skynet, sabendo que o inimigo destruiria qualquer coisa que os homens colocassem lá, mas sem poderem destruir seu próprio sistema de retransmissão. Reese não fazia ideia de como essas coisas funcionavam, mas também não era seu trabalho.

Sarah viu os homens aglomerados em uma área iluminada. Ela viu o vulto de boina preta quando dois de seus auxiliares deram um passo para o lado. Estava de costas para ela. Seus ombros largos estavam caídos, cansados, mas suas mãos se moviam com movimentos decididos, indicando ações em um mapa de batalha. Ela ouvia sua voz, mas não as palavras, e desejou que ele se virasse. Mas os auxiliares se juntaram e sua visão foi bloqueada novamente. Queria ir até ele, mas era impossível. Era algo que ela não deveria ver. Reese continuou e encontrou um lugar para descansar por algumas horas, um sofá de couro meio queimado. Ele desafivelou seu cinto, depois soltou seu fuzil e o colocou sobre os joelhos, mantendo a mão sobre o armamento. "Meu amante e meu melhor amigo", disse para ela, acariciando a coronha da m-25. "Nós sempre dormimos juntos."

Sarah se sentou ao lado dele no sofá. Ele se recostou, com o corpo pesado. Ao abrir um saco com zíper, ele retirou um retângulo de plástico pequeno, achatado. Era uma foto Polaroid amassada, mas ela não conseguia ver a imagem. Enquanto Reese olhava para a fotografia, seu olhar ficou suave e distante. Ele ficou imóvel ali por muito tempo.

Reese olhou para cima ao ouvir a porta de segurança ser destrancada e aberta. Outra patrulha estava entrando, visível ao longe sob as fracas luzes fluorescentes portáteis. Dois batedores. Os cachorros estavam farejando suas mãos. Em seguida, outro homem entrou antes que as sentinelas pudessem fechar a porta. Ele era bem mais alto que os outros e carregava alguma coisa grande debaixo de seu poncho cinza rasgado.

Os cachorros começaram a latir furiosamente para o último homem. As sentinelas já estavam pegando suas armas. Um deles gritou:

"Exterminador! Exterminador!"

Reese ficou paralisado por meio segundo, enquanto o Exterminador jogou seu poncho para trás e ergueu a RBS-80 da General Dynamics para atirar. A arma disparou e o bunker foi cortado pela luz.

Reese segurou a preciosa fotografia com os dentes para liberar as mãos e saltou com seu rifle, correndo em direção à ação.

Uma série aterrorizante de pulsações ofuscantes iluminaram o bunker conforme o Exterminador pulverizava o interior com fogo letal. Gritos pontuavam as concussões das explosões e uma sirene começou seu gemido maníaco. No meio da fumaça e do pandemônio, o Exterminador estava se dirigindo com uma precisão assustadora ao centro de comando. Connor estava vociferando ordens, tiros passavam em volta do Exterminador. Algumas munições explodiram. A cena ficou obscurecida por uma bola de fogo que rolou pelo teto baixo.

Reese foi lançado ao chão sob uma chuva de destroços flamejantes. Ele rolou, atordoado de dor, procurando seu fuzil. A foto havia caído ali perto e estava queimando em meio aos outros detritos. Sarah observou Reese olhando para a Polaroid, com os olhos vidrados de choque conforme ela se encolhia nas chamas.

Agora eram apenas impressões. Gritos. Pés correndo. Disparos de energia iluminando a fumaça como lanternas.

Uma menina de seis anos chorando no meio do caos. Os cachorros gemendo e uivando. Um deles, o pastor, rosnando e tentando morder as próprias costas, onde o pelo estava pegando fogo.

E, no meio disso tudo, uma silhueta se movia implacavelmente, com olhos vermelhos reluzentes, a arma espalhando morte. A RBS-80 se virou e seu enorme cano foi apontado bem na direção dela. Sarah sentiu seu estômago descer, pois sabia que não conseguiria se desviar rápido o bastante. Ela olhou, paralisada, durante a fração de segundo antes do disparo, o que se estendeu por um século. Os olhos vermelhos fixados nela. E em seguida uma luz branca a transformou em fumaça. O sonho não tinha para onde ir a partir desse ponto, então parou abruptamente, como o final de um filme rodando no projetor.

Sarah gemeu, meio acordada, e se segurou em Reese, virando-se para o calor de seu corpo. Depois caiu novamente no sono total. Desta vez sem sonhos.

Reese sentiu Sarah se mexer e aquilo o despertou com um susto. Ele percebeu que quase havia cochilado e fez alguns exercícios mentais rápidos, que usava em patrulhas longas, para ficar acordado. O céu do lado de fora da galeria estava começando a clarear. Ele deve ter falado durante um bom tempo. Percebeu ter dito mais palavras em uma hora do que nos dois últimos anos de sua vida. Por que motivo havia entrado em tantos detalhes sobre aquele ataque ao bunker, ele não sabia dizer de imediato. Era certamente uma ocorrência bastante comum, banal do ponto de vista militar. Ele estava tentando dar a ela um apanhado geral de seu mundo, então aquilo serviu um pouco como exemplo da vida cotidiana no ano 2029. Talvez a foto tivesse alguma

coisa a ver com aquilo. A combinação da foto, do Exterminador e de John estar presente – de algum modo, esses ele-
mentos tornavam a coisa toda vívida.

John lhe dera a foto, originalmente, um ano antes, quando estavam agachados em um bueiro bem parecido com o
que ele e Sarah estavam e o chão balançava com as bombas de
plasma que lançavam luz artificial sobre eles intermitentemente. John sacou um estojo de couro do bolso de sua farda,
uma antiga carteira pré-guerra, e dali tirou a Polaroid. O que
significava ou por que Reese deveria ficar com ela nunca foi
mencionado, permanecendo ainda um mistério. Reese reco-
nhecera o rosto imediatamente, claro, pois havia muitas fotos de Sarah Connor disponíveis, e alguns soldados até as le-
vavam para a batalha a fim de atrair alguma sorte. Mas ter
uma Polaroid original tinha muito mais importância.

Levou-a consigo por toda parte depois disso, mesmo em
missões ruins onde ficaria encharcado ou coisa pior.

A foto ficou gravada em sua memória como consequên-
cia, embora a imagem ainda fosse enigmática. Ela parecia
estar sentada em alguma espécie de veículo; não aparecia
o suficiente no quadro para identificar. O cabelo dela estava diferente de agora, embora parecesse ter a mesma idade,
talvez um pouco mais velha; estava mais curto e preso com
uma faixa na cabeça. Suas feições estavam levemente can-
sadas, mas o formato de seu maxilar irradiava força e seus
olhos davam a impressão de calma interior. Seus lábios estavam curvados em um pequeno vestígio de sorriso. Talvez
um sorriso de recordação. Mas o efeito geral era quase sombrio. O céu encoberto ajudava também. Havia alguma coisa
atrás dela fora de foco. Demorou muito até Reese reconhecer o ombro e a lateral de um cachorro. Talvez um pastor
alemão, pelo tamanho e coloração.

Quando chegou à parte sobre o Exterminador entrando no bunker enquanto olhava para a foto, ele não mencionou que era um retrato dela. Sentiu uma onda de constrangimento, como se contar a ela fosse uma admissão de um estranho voyeurismo. Nem sua sinceridade pragmática conseguiu vencer isso.

Ele pensou na explosão que o aturdira e em como a primeira imagem que viu, quando seus olhos se focaram novamente, foi a foto dela se queimando ali perto. Quando uma Polaroid se queima, ela se encolhe, se enruga e se distorce, embora a imagem ainda fique visível, derretendo e se modificando.

Ele olhou para a Sarah de verdade, agora deitada em seu colo, perdida em um sono perturbado. Ele sentiu aquele estranho deslocamento e imagem dobrada quando olhou para suas feições: déjà vu. Como quando o mapa de um terreno é memorizado antes de uma missão e, mais tarde, ao rastejar pela área propriamente dita, há uma sensação do abstrato sobreposto ao real. A preparação para um evento se tornando o evento.

Ele inspirou o ar frio da manhã. A luz do sol banhava de branco o cimento cinza da galeria de escoamento.

Sarah se agitou e murmurou. Seu rosto estava virado para ele, imerso em um sono inocente. Ele acompanhou as linhas simples da geometria de Sarah. Apesar do rosto inchado de sono, a boca aberta, a bochecha imprensada contra a camisa suja dele e embora sua expressão agora não fosse nem um pouco nobre, ela era linda. Ele contornou o nariz dela com a ponta do dedo, em seguida percorrendo seus lábios carnudos. Eles cederam ao toque. Não houvera nada mais macio em toda sua triste vida. Uma sensação, como uma miniatura de lâmina de helicóptero girando em seu peito, fez sua respiração acelerar e sua mão tremer.

O corpo todo de Reese era um conjunto de dores, mas ele não se importava. Uma cãibra horrível estava se formando em sua panturrilha esquerda. Ele a ignorou. O braço que segurava Sarah já estava dormente. Ele odiou isso. Ela estava em seus braços, mas ele só podia senti-la pela metade.

Delicadamente tirou um fio de cabelo de cima da bochecha dela. Sarah enrugou o nariz e suspirou. Ele sentiu a exalação quente, sentiu o cheiro da doçura... Reese se reprimiu. Forçou sua cabeça a espairecer.

Sarah abriu os olhos e focou em Reese. "Eu estava sonhando... algo sobre cachorros", disse ela, parecendo confusa. O sonho era um borrão turbulento de sombras aterrorizantes.

"Eu lhe contei sobre eles ontem à noite", explicou Reese. "Nós os usamos para identificar exterminadores."

Com a menção de exterminadores, Sarah veio completamente para a agora plácida superfície da consciência e, de memória, olhou novamente para o turbilhão distante que atravessara na noite anterior. "Ah, Deus", disse ela. Mas não foi uma oração.

BREA CANYON ROAD ■
9:02 A.M.

—

—

Reese e Sarah subiram o terraplano até a estrada de duas pistas. Pássaros voavam no alto e em seguida mergulharam para os arbustos no fundo do charco atrás deles.

Uma leve neblina deslizava em lençóis fantasmagóricos pelo campo do outro lado do terraplano. O ar estava pesado com o cheiro almiscarado de folhas molhadas e seiva.

Reese segurou a mão de Sarah e começou a andar para o sul pelo acostamento de terra. Os morros pontilhados de arbustos que se elevavam a apenas alguns metros da estrada os fizeram se sentir protegidos. Do lado oposto, o terraplano subia até a rodovia 57, que corria paralela à estrada. O zunido subsônico de carros e caminhões chegava intermitentemente aos seus ouvidos. Eles estavam em um bolsão desabitado de chaparrais entre Diamond Bar e Brea. Lá na frente, podiam ver outra linha de colinas, cheias de torres de perfuração e bombas de vareta girando lentamente. Reese parou ao pé de uma rampa de subida e disse: "Nós precisamos de um carro. Precisamos continuar em movimento". Ele apontou para a rodovia acima deles e perguntou: "Para onde ela leva?"

Sarah consultou o mapa. Após passar de página em página para ver os cruzamentos, ela respondeu: "Nós podemos pegar a rodovia 5 e continuar para o sul".

Reese não fazia ideia de onde estavam e não se importava. Ele só queria ir para longe do 800. Quando um sedã Toyota azul-escuro começou a fazer uma curva na estrada à frente, pegou seu revólver de polícia. Antes que ele pudesse pisar na estrada, Sarah chiou: "Guarda isso". Ela puxou o braço dele para baixo, usando as duas mãos, depois se virou e esticou o braço para fora, com o polegar virado para cima.

O carro diminuiu quando se aproximou, depois virou para a rampa e acelerou. Os passageiros, dois garotos adolescentes, gritaram obscenidades, enquanto o motorista, um homem de aparência bruta usando um capacete de segurança, buzinou.

Reese quis sacar a pistola outra vez, mas Sarah assegurou: "Isso funciona, mesmo". Ele não entendeu a cerimônia com o polegar, mas decidiu dar-lhe crédito. Afinal de contas, ela era Sarah Connor.

Três minutos depois, uma grande caminhonete Chevrolet cinza fez a curva. O motorista reduziu até parar ao pé da rampa de acesso. Sarah e Reese se aproximaram da picape em marcha lenta. "Dá uma carona pra gente?", perguntou, com sua voz mais doce. Um homem de cabelos longos e opacos, barba cheia e um sorriso na boca e nos olhos se projetou pela janela. "Sim, claro, mas eu só vou até Irvine."

"Está ótimo", disse Sarah com gratidão. Reese a ajudou a subir na caçamba, entre dois pneus carecas, um saco de roupas sujas e uma surrada caixa de ferramentas. Ele ficou feliz que a abordagem dela tivesse funcionado, porque a próxima seria do jeito dele.

HOTEL PANAMÁ ■
9:22 A.M.

—
—

O Exterminador estava fazendo uma verificação das estatísticas do sistema no visor interno. A longa coluna das leituras foi reproduzida sobre a imagem infravermelha que atravessava as microlentes em suas órbitas oculares. Os danos internos foram nominais. As vedações do chassi estavam intactas, o sistema hidráulico interno estava funcionando dentro da capacidade. Somente a pele orgânica externa parecia abaixo do normal.

Um pedaço do couro cabeludo havia se desintegrado, revelando o metal cromado encrostado com uma camada de sangue ressecado. Havia pele pendurada na bochecha e os cabos de acionamento por baixo, que mexiam a mandíbula, brilhavam à luz fria.

Em todo o corpo do ciborgue havia hematomas e escoriações, algumas com putrefações e gangrenas. O sistema circulatório havia sido desativado quando a minúscula bomba pneumática que mantinha a pressão foi obstruída por um projétil calibre 12. O Exterminador já havia costurado ou colado os rasgos e os buracos de balas mais graves que vararam seu corpo. Mas a pele não estava curando. O quarto estava ficando com o fedor enjoativo de podre. Várias moscas haviam subido das latas de lixo abertas no beco lá embaixo e entrado pela janela.

O Exterminador tomou apenas um vago conhecimento do insistente ataque aéreo. Ele apenas espantava uma mosca se ela pousasse ou voasse pela órbita ocular e escurecesse a visão da máquina. O resto se regalava livremente nas lacerações que o Exterminador não se dignou a limpar ou consertar.

A verificação dos dados internos foi concluída com uma leitura da fonte de energia do Exterminador. A taxa de consumo estava baixa, abaixo de .013, menos de um milésimo da energia total disponível.

Onde ficava o coração de um homem, protegida em um subconjunto blindado dentro do tórax de hiperliga, estava a célula de energia nuclear. Ela fornecia energia para fazer funcionar o sistema hidráulico e de servomotores mais sofisticado já construído, força suficiente para iluminar uma cidade pequena por um dia. Ela foi desenvolvida para o Exterminador durar consideravelmente mais tempo, especialmente se as atividades intensas fossem alternadas com os procedimentos de conservação.

Quando o Exterminador ficou off-line no modo de economia, depósitos compactos de energia coletavam e armazenavam o excesso. Se o torso fosse violado e esse fornecimento de energia vital afetado, o Exterminador podia ser detido. Mas o tronco tinha blindagem tripla com a liga mais densa já fundida.

O Exterminador podia se manter em operação na potência máxima, vinte e quatro horas, por 1.095 dias. Durante esse período, ele certamente teria oportunidades, como agora, de ficar em modo econômico, em que a energia era cortada a quarenta por cento da função nominal. O sistema ótico mudava para apenas infravermelho. As unidades de motivação perdiam quarenta por cento de pressão hidráulica quando os bombeamentos diminuíam. A energia era desviada para depósitos e armazenada. Com condições como as encontradas na atual missão até o momento, o Exterminador podia operar por tempo indeterminado, passar por cima de toda a oposição e completar a eliminação do alvo, depois cambalear sem programa pela devastação nuclear causada pela Skynet e se dirigir a suas máquinas mestras para ser novamente programado.

O Exterminador ainda duraria muito, muito tempo.

As moscas, já se fartando da pele em decomposição do ciborgue, ficariam felizes em ouvir isso.

RODOVIA 5 SUL ■
9:57 A.M.

—

—

A caminhonete havia pegado o trevo da Rodovia 5 e estava reduzindo no crescente trânsito matinal. O estrondo mecânico dos reboques fazia Reese ficar alerta. Eles estavam cercados de carros, vans e caminhões até onde a vista alcançava.

Na entrada de Tustin, os dois lados da rodovia de oito pistas agora eram decorados com prédios de três e seis andares, de vidro e concreto, recém-construídos, a maioria bancos ou financeiras. O condado de Orange era uma metrópole próspera, empreendedora e obstinadamente conservadora. Embora as cidades tivessem nomes saborosos, como Villa Park, Orange, Placentia e Yorba Linda, elas eram todas basicamente iguais.

Reese não entendia nada de nada. Havia muito excesso... de excesso.

O trânsito começou a melhorar e o caminhão saiu de Tustin. Os prédios começaram a dar lugar aos poucos laranjais que ainda restavam no condado de Orange. Sarah viu que estavam se aproximando de um monte de árvores de eucaliptos. De repente, ela se lembrou que a base dos Fuzileiros Navais de El Toro ficava do outro lado daquelas árvores. Se ela um dia precisasse de um batalhão de fuzileiros navais – mas aí ela interrompeu essa linha de pensamento e se lembrou da delegacia.

Sarah lançou um olhar para Reese. Ele era apenas um homem, da mesma idade que ela, embora seus olhos parecessem calejados. Ele sozinho a salvara da morte certa. Várias vezes. Um rapaz durão com um puta senso de dever.

E, mesmo assim, agora, agachado como estava na caçamba da picape, ele parecia diminuído, insubstancial, um fantasma acuado e vulnerável.

O caminhão diminuiu a velocidade, pegando a pista da direita. Sarah esticou o pescoço e viu que eles estavam saindo da rodovia na Sand Canyon Road.

O caminhão virou para um posto de gasolina ao final da rampa de saída.

"Fim da linha", disse-lhes o motorista alegremente.

HOTEL PANAMÁ ■
10:05 A.M.

—

—

Rodney empurrava o carrinho barulhento, saindo do banheiro no fim do corredor, e resmungou quando sua volumosa barriga se dobrou como uma sanfona relutante, ao se abaixar para pegar a placa de EM MANUTENÇÃO que caíra da porta. Ele a jogou no carrinho, caindo entre vidros de desinfetante e limpadores. Rodney reacendeu um charuto fumado pela metade, puxou o fumo com força, soprando fumaça em torno de sua cabeça careca para abafar o odor azedo dos produtos de limpeza.

Rodney bateu perfunctoriamente a porta do 102 e a abriu. Jasmine sorriu quando ele entrou, levantando o olhar das unhas pintadas de vermelho que ainda não haviam secado. O nome verdadeiro de "Jasmine" era Bob Hertel, mas Rodney não conseguia superar a forma das pernas "dele" quando passava pela calçada na frente do Panamá. Os saltos altos realmente esculpiram suas panturrilhas. Rodney não se importava como eles pagavam o aluguel, contanto que pagassem. Jasmine, vestindo uma camisola longa, estava sentada em meio aos seus pertences no quarto de oito metros quadrados e cantou para Rodney, provocando-o como sempre.

Rodney estava acostumado; ele varreu em silêncio e depois saiu.

Quando chegou ao 103, encontrou notícias ruins. O fedor estava fraco, mas era inconfundível, e tudo que ele pensou foi "Ah, merda, outro bêbado morto não. Já vai ser o segundo este mês, com esses policiais filhos da puta por toda parte. As garotas vão reclamar e jogar suas pinças de sobrancelha em mim".

Decidindo que era melhor acabar logo com aquilo, Rodney bateu à porta. Ele ouviu as tábuas frágeis do chão rangerem, mas ninguém respondeu. Ele bateu novamente e disse "Ei, meu chapa, tem o que aí dentro, um gato morto?", esperando que fosse só aquilo mesmo.

O Exterminador estava arrumando as coisas que havia pegado no apartamento de Sarah em cima da cama infestada de insetos quando a batida à porta o fez rapidamente ficar on-line, em estado de alerta. Dentro de 1,7 segundo a Magnum automática .375 estava em sua mão, engatilhada e apontada para a pessoa do outro lado da porta.

Um leve contorno infravermelho de calor desenhou a figura de um homem parado ali. Já que ele determinou, através do tom de voz, condição física e comportamento passivo – nenhuma tentativa de entrar – que o homem não era uma ameaça, o Exterminador não atirou através da porta. Essa ação poderia ameaçar a segurança da base de operações e, portanto, não era uma opção viável. Uma lista de respostas verbais alternativas apareceram no display interno.

NÃO

SIM

NÃO SEI

POR FAVOR, VOLTE MAIS TARDE

VÁ EMBORA

VÁ SE FODER

VÁ SE FODER, OTÁRIO

A última piscou com destaque e o Exterminador verbalizou com volume suficiente para ser ouvido pela porta.

"Vá se foder, otário."

"Vai você também, meu chapa", respondeu Rodney, e empurrou o carrinho até o final do corredor sujo. Um filho da puta bêbado vivo é sempre melhor que um morto.

Dentro do quarto fétido, o Exterminador espantou as moscas que estavam depositando seus ovos na órbita ocular aberta. Limpando a lente com um pano, a máquina pegou a caderneta de telefone de Sarah e começou a escanear metodicamente as páginas conforme as virava.

Análises de probabilidade preliminares indicavam que a pista para localizar sua vítima estaria ali. Poderia demorar, mas o tempo era insignificante para ele.

SAND CANYON ROAD ■
10:48 A.M.

—

—

Após encher o tanque, a surrada picape saiu fazendo barulho pela Sand Canyon, deixando Sarah e Reese em uma nuvem de fumaça do escapamento. Sarah olhou em volta. Um posto de gasolina. Do outro lado, um camping para trailers. Ao lado, havia uma área de piquenique onde duas famílias com seus filhos brincavam na grama marrom.

Sarah viu Reese examinando um campo úmido de morangos que ladeava a área de piquenique. Ele parecia tão estranho parado ali, um homem arrancado de outra época que nunca se encaixaria nesta. Reese sentiu que ela o estava observando e a encarou com uma expressão cansada e séria. Seu rosto estava sujo e parecia que ratos tinham feito ninhos no seu cabelo. Sarah lhe deu um pequeno sorriso encorajador e apontou para os banheiros virando a esquina do posto de gasolina.

"Melhor a gente se limpar enquanto podemos." Reese assentiu e simplesmente a acompanhou em silêncio. Quando chegaram às portas, ele continuou a segui-la entrando no banheiro feminino.

Ela o parou com uma das mãos e riu ao ver a confusão nos olhos dele. Indicando a outra porta, ela disse:

"Aquele é o seu. Agora é com você".

Reese olhou da porta que dizia FEMININO para a que dizia MASCULINO. Percebendo seu erro, ele deu de ombros, estupefato, e entrou no banheiro certo.

Sarah fez o que tinha de fazer com grande alívio e em seguida examinou o rosto maltratado que via no espelho. O sabonete líquido disponível no banheiro não conseguiu remover toda a maquiagem, mas retirou a sujeira aparente. Já o cabelo era outra história. Ela não tinha nem uma escova. Enrugando os lábios, passou os dedos pelo emaranhado e fez uma careta por causa do resultado. Estava para lá de armado. Ela esperou que as pessoas achassem que era uma nova moda. Em seguida, riu sozinha por conta disso. Que importância tinha o que as pessoas pensavam agora?

Ao sair do banheiro, ela não viu Reese. Sarah bateu à porta do reservado masculino – nada.

Uma pancada de medo a atingiu. Ela deu a volta no posto e viu um bando de crianças jogando uma pequena bola de futebol verde por cima da cabeça de um grande e ofegante cão setter irlandês. Ele latia e trotava em círculos preguiçosos conforme o míssil verde voava de uma criança para outra. Um Lincoln Continental estava se empanturrando de gasolina em uma das bombas. Reese havia sumido.

Sarah piscou com um desespero crescente, percebendo instantaneamente como precisava muito da proteção dele. Todas as outras raízes de sua vida haviam sido arrancadas. Exceto sua mãe. Percebendo, com um aperto dolorido, que sua mãe poderia pensar que estava morta, Sarah correu até um orelhão no canto do posto.

Não tinha dinheiro, mas se lembrou do código de seu cartão telefônico e discou para a pequena casa em San Bernardino. Quase antes que o primeiro sinal terminasse, a voz ansiosa de sua mãe entrou na linha.

Levou pouco mais que um minuto para assegurar à mãe que ainda estava viva e bem. A polícia da Divisão de Rampart estava procurando por ela e por quem achavam que era um suspeito na chacina que aconteceu lá. Sarah estava prestes a explicar a situação e pedir a sua mãe para ir buscá-la quando viu Reese parado no campo de morangos.

O alívio levou embora o medo em um jato súbito. Sarah apertou o telefone e fechou os olhos, com o lábio inferior tremendo. Sua mãe estava exigindo que Sarah lhe dissesse onde estava para que pudesse buscá-la. Sarah percebeu que estava mais protegida com Reese, por enquanto. Ninguém mais poderia ajudar de verdade, porque ninguém mais acreditaria e tomaria as precauções que Reese sabia que seriam necessárias.

Ela se abaixou perto da quina da parede em que o orelhão estava montado, levando o fone consigo. Reese havia deixado claro que Sarah não deveria ter contato com ninguém e ela teve medo da reação que ele teria se a pegasse ao telefone.

Sarah cobriu a boca com a mão para que sua voz não se propagasse. Ela falou rapidamente e com uma urgência que a deixaria surpresa se a conversa fosse gravada e ouvida depois.

"Mãe, me ouve com atenção, por favor. Eu não tenho muito tempo para falar..."

"O que foi, querida? O que está acontecendo?"

"Só me escuta! Eu quero que você apanhe algumas coisas; faz uma mala bem rápido e vai pro chalé. Não conta pra ninguém aonde você vai, nem mesmo pra suas amigas. Nem mesmo pra Louise. Apenas vai pra lá; faz isso agora. Não dá tempo de explicar; você vai ter que confiar em mim."

"Eu preciso saber o que..."

"Só faz o que eu tô pedindo. Se não fizer, não vou poder entrar em contato de novo."

"Credo, Sarah... tudo bem. Tudo bem."

Sarah olhou para Reese, estranhamente parado e imóvel, de costas para ela. Se ele começasse a se virar, ela teria de largar o telefone e começar a andar. Isso sim deixaria sua mãe doida.

"Ok, mãe. Eu ligo pra você lá mais tarde. Não se preocupa comigo. Eu vou ficar bem."

"Sarah, me escuta. Você precisa de alguma maneira falar com a polícia."

"Você não tá entendendo. Eles não podem me ajudar. Ninguém pode. Eu preciso ir..."

"Sarah!"

"Tchau, mãe." Ela desligou, interrompendo a pequena voz. Reese estava ajoelhado agora, de costas para ela, colhendo um morango. Ele o limpou e o mordeu. Ela não podia ver a expressão dele daquela distância, mas de algum modo a linguagem corporal dele, antes rígida e precisamente controlada, agora parecia ter relaxado por completo.

Ele ficou de pé lentamente, lambendo os dedos, perdido em pensamentos. Depois a bola verde estava girando no ar bem na direção das costas dele. Logo antes de ela bater, o corpo de Reese rapidamente se agachou, ao mesmo tempo que se virou e rebateu a bola para baixo.

As crianças ficaram paralisadas e depois se aglomeraram por um instante antes de mandarem a mais nova delas, uma menina de no máximo seis anos, para pegar a bola.

Sarah ficou um pouco alarmada com a posição tensa de Reese, como se ele estivesse pensando que as crianças tentaram atingi-lo deliberadamente. Ela apertou o passo para atravessar a rua em direção ao campo, mas a menina já estava aos pés de Reese, olhando para cima e apertando os olhos de soslaio, daquele jeito cauteloso que as crianças fazem quando são repreendidas por um adulto.

Ao se aproximar por trás de Reese, Sarah reduziu o passo. A menininha dizia: "A gente não quis assustar você. Posso pegar nossa bola de volta agora?"

Reese lentamente relaxou, como uma faixa de metal se desenrolando, e olhou para a bola. Ele engoliu a tensão e se abaixou para pegá-la. Com a mesma delicadeza que havia demonstrado a Sarah naquela manhã, o soldado ofereceu a bola de espuma. A garota hesitou, olhando para aqueles olhos selvagens de outra época, talvez sentindo o pavor e o desespero neles, mas depois sentiu outra coisa, algo mais forte e bem mais benevolente. Ela começou a sorrir ao pegar a bola das mãos de Reese. Imediatamente, ela se virou e segurou o objeto de sua missão para cima, gritando triunfantemente: "Peguei. Peguei!"

Nesse exato momento, o setter completou seu salto, mirando inicialmente na bola na mão da criança, um pouco mais baixo que o desejado, derrubando a menina em cima das pernas de Reese. O cachorro saiu para pegar o prêmio caído. Um instante depois, ele foi até o grupo de crianças e largou a bola, agora babada, no meio delas.

Reese ajudou a menina atordoada a se levantar. Ele também tinha algo como um pequeno sorriso no rosto, mas era uma expressão nova demais para conseguir fazer direito. A garota cerimoniosamente puxou seu vestido para baixo e fungou com uma aversão solene. "Você tá com um cheirinho ruim, moço", anunciou ela, e em seguida saiu saltitando para se reunir a seus amigos.

"Kyle? Tudo bem?"

Sulcos, como os que havia no chão, começaram a se formar na testa dele. Ele queria falar, mas alguma poderosa força interior resistia. Enfim sua boca começou a se mexer, formando palavras praticamente inaudíveis.

"Não era pra eu ver isso", respondeu apenas. Quando ele reabriu os olhos, Sarah ficou espantada com a expressão perdida ali, quase como se ele estivesse prestes a chorar.

"Eles me instruíram. Eu vi fotos, mapas. Eu ouvi as histórias. Mas eu não esperava..."

Ele estava tendo dificuldades de falar novamente. Sarah se aproximou. "Eu estou todo errado aqui. Eu não consigo... parar de querer fazer parte disto..." Ele não tinha vocabulário para compreender o mundo dela.

Sarah fez uma tentativa de tocar o ombro de Reese. Estava vidrado no rosto dela, sem perceber seu toque. Ela tentou acalmá-lo com suas próprias palavras.

"Kyle, você *é* parte disto. Este é o seu mundo agora."

Ele balançou a cabeça com tanta violência que Sarah recuou. "Não, não, não", ele murmurava, "você não entende, Sarah. Eu não posso parar por nada. Eu não posso ser nada além de um soldado com uma..." E aqui ele engasgou novamente, mais de emoção do que por falta de palavras.

"Kyle, eu..."

"Obrigação!", interrompeu ele. Reese percebeu que não estava fazendo muito sentido. Ele agarrou os ombros dela e tentou fazê-la entender a realidade da situação. "Sarah, será que você não compreendeu? Tudo isto desapareceu! De onde eu venho, isto aqui é um terreno baldio, cheio de ossos de pessoas como aquelas!" Ele apontou na direção das famílias que se divertiam no piquenique.

Sarah olhou em volta, tentando enxergar da maneira dele. As crianças, o cachorro, os campos, tudo era tão familiar. Ela nem percebia mais aquilo, como um peixe com relação à água. Mas para ele aquilo devia ser alguma espécie de sonho idílico, o paraíso perdido, do qual apenas lembranças amargas sobreviveram em sua época. Agora que havia vislumbrado o mundo dele, ela podia começar a ter noção da dor e da desorientação que Reese devia estar sentindo apenas por caminhar pela rua.

E então ele parou, porque percebeu que as crianças estavam olhando na sua direção com uma mistura de medo e curiosidade.

Os pais estavam se esticando para olhar para ele e para Sarah. Ele estava chamando a atenção para si, fracassando em seu dever primário. Fracassando com John. Fracassando consigo mesmo. Ameaçando a preciosa vida de Sarah com sua falta de controle emocional. Ele se travou, trancando todas as portas de suas emoções, e pegou o braço dela. "Precisamos ir", disse ele, e a puxou na direção da rampa de acesso à rodovia.

■ HOTEL PANAMÁ
11:52 A.M.

—

—

Uma fina fenda de sol quente caiu sobre as costas do Exterminador quando ele se sentou na cama, considerando as opções. Difusores automáticos de calor desviaram o excesso de energia térmica, enquanto o cérebro da máquina conversava eletronicamente consigo mesmo. A probabilidade de localizar o alvo no endereço que o ciborgue analisou como sendo o da mãe de Sarah Connor era alta o bastante para dar início a um ataque.

Metodicamente, o Exterminador pegou as ferramentas necessárias. Não restavam muitas. Ao término da operação, se o resultado fosse negativo, o ciborgue teria de mudar o local da base.

OCEANSIDE ■
1:23 P.M.

—

—

Sarah e Reese desceram da boleia do reboque após agradecerem ao motorista corpulento. Conforme o caminhão se afastava com um estrondo, Sarah puxou Reese na direção do Tikki Motel, do outro lado da rua. Parecia feito de papelão, de tão frágil, com o telhado plano decorado com tubos de néon quebrados e a estrutura inteira inclinada para o lado, mas tinha camas. E chuveiros. Ao se aproximarem do lugar, Reese olhou para os fuzileiros navais uniformizados passando pela rua em bandos, saindo para um passeio longe de Camp Pendleton, ao norte da cidade. Ele teve inveja dos uniformes impecáveis, mas se espantou com a suavidade dos rostos jovens. *Os guerreiros deles eram como civis,* pensou, *descuidados e despreocupados ao passearem por aí em plena luz do dia.* Aquilo ainda parecia inacreditável para ele.

"Vem, Kyle", pressionou Sarah.

A recepção do motel havia sido fechada com tábuas e transformada em uma espécie de bilheteria de cinema, por motivos de segurança. Oceanside tinha uma vista linda do Pacífico, bastante sol e uma elevada taxa de criminalidade. A dupla enlameada se aproximou de uma grade com uma abertura. Reese vasculhou os bolsos e tirou um bolo de notas amassadas e sujas de dinheiro. "Isso dá?", perguntou ele.

"Dá sim", exclamou Sarah. "E eu não quero saber onde você conseguiu isso." Ela retirou a quantia necessária para pagar o pernoite e falou para o homem do outro lado da grade: "Queremos um quarto".

"Com cozinha", acrescentou Reese.

Enquanto Sarah lidava com o gerente entediado, Reese voltou sua atenção para um grande e empoeirado pastor alemão preso por uma corrente a uma casinha de cachorro desbotada ao lado da recepção. Ele havia acabado de beber água em sua tigela. Reese olhou nos olhos dele. O bicho era velho, talvez uns dez anos de idade. Mas Reese ainda conseguia detectar uma centelha silenciosa de luta por trás daqueles olhos castanhos. Aproximou-se lentamente, estendendo a mão. O cão hesitou apenas por um momento e depois se levantou para ir ao encontro de Reese, lambendo sua mão com carinho. Ele havia passado pela inspeção canina novamente. Velhos hábitos. Relaxou um pouco, se sentindo inconscientemente mais seguro com um cachorro por perto.

Alguns momentos depois, entraram no simplório quarto que lhes foi dado. Havia uma cama, uma cômoda, um minúsculo nicho de cozinha e um banheiro. Sarah viu da porta os azulejos manchados de ferrugem do banheiro. Não era o Waldorf. Era apenas o paraíso.

Reese perambulou agitadamente, conferindo o local com eficiência e prática. Para ele, o fator de conforto era menos importante do que a localização das janelas, que afetavam a linha de visão e de fogo ou da espessura das paredes. Bloco de concreto. Ótimo. Baixa penetração. A porta traseira, que apresentava um trinco e uma barra deslizante de ferro, também foi aprovada por ele.

A placa na porta, que dizia NÃO USE ESTA SAÍDA, não significava nada para o soldado. Mesmo que a última pessoa a pintar o quarto tivesse passado uma demão sobre a soleira, Reese a desprenderia.

Sarah caiu na cama e disse: "Tô morrendo de vontade de tomar um banho". Reese olhou para ela como se essa fosse a última de suas prioridades.

"Eu preciso sair pra comprar suprimentos", anunciou, e foi em direção à porta.

"Kyle, espera." Ela se sentou, sem gostar nem um pouco da ideia de ficar sozinha. "Preciso trocar seu curativo."

"Quando eu voltar." Então ele viu a expressão no rosto dela e percebeu o que a estava atormentando. Ele andou até Sarah e jogou o .38 na cama ao lado. "Não vou demorar." Ele se virou e chegou rapidamente à porta. Quanto mais cedo cuidasse das coisas, mais rápido voltaria.

Sarah o viu sair e ficou sentada diante da luz fatiada das persianas, ouvindo o trânsito abafado. Ela olhou para baixo, para a arma de cano curto. Parecia brutal e ameaçadora, embora soubesse por suas experiências com o ciborgue que a arma não poderia detê-lo. Talvez Reese tivesse deixado a arma para que, caso a máquina a encontrasse enquanto estivesse fora, ela pudesse usá-la em si mesma. Mas não, Reese nunca iria querer isso. Todas as suas forças estavam concentradas para a sobrevivência dela. Ele queria que ela continuasse vivendo até esse direito ser revogado à força. Então por que deixá-la? A arma com certeza não a fazia se sentir melhor. Ela a cutucou hesitantemente, depois a pegou. Havia na arma um cheiro forte de metal lubrificado que fez Sarah se sentir pequena e fraca. Mas, de alguma maneira, o .38 se encaixou bem na mão dela. Claro, a arma foi pensada para se encaixar bem na mão. Mas não era isso, havia outra coisa ali, percebeu Sarah. E então ela desenvolveu outra teoria de por que Reese lhe dera a arma.

Ele queria que Sarah se acostumasse. Com uma sensação de vazio, ela começou a compreender as beiradas de algo tão grande que esmagava completamente qualquer escala normal de pensamento. Ela talvez tivesse que usar armas como aquela pelo resto de sua vida.

Reese estava perdendo rapidamente o ímpeto de continuar. Todas as suas reservas estavam se esgotando. Mas ele precisava manter os níveis máximos de alerta apenas mais um pouco. Ele estava andando na direção de um grande supermercado, cruzando o estacionamento repleto de pessoas e veículos novos e reluzentes. Sua boca salivou ao ver os interiores magníficos, com os painéis de aparência complexa e os...

A missão, soldado. Missão, missão... Preciso equilibrar a balança... atualizar a defesa... construir uma parede de poder de fogo que nem o 800 poderá atravessar. Reese sacudiu a cabeça, cansado, e andou com os pés machucados e moídos até o Fort Knox das comidas. *É, sem estresse*, pensou Reese. Apenas mais um trabalho impossível.

O banho quase lavou todos os resíduos de sangue e estrondos que Sarah havia carregado consigo pelas últimas doze horas. Ela se esfregou com força com o sabonete branco comum e escaldou seu corpo com água quente. Mais tarde, sentada na cama, de toalha, com o cabelo agora desengordurado, ainda pingando água em suas costas, ela se sentiu quase limpa. Quase.

Ela se esticou na cama por um momento apenas para ficar quieta, para reduzir temporariamente a insistente força da gravidade, e caiu imediatamente em um sono profundo e escuro.

Sarah estava encurralada. O enorme vulto do Exterminador atravessou a porta com um sorriso lúgubre, ávido, quase lascivo de desejo, e apontou a arma para o peito dela. Sarah viu o sol vermelho em miniatura da mira a laser passar sobre seu corpo e parar em cima de seu seio direito. Antes que pudesse se atirar da cama, houve uma explosão, como se fosse o mundo em erupção, e a bola de chumbo assoviou na direção dela, cortando o ar como um bisturi. Quando a bala atingiu seu corpo, ela sentiu o estalo abafado dos ossos da costela e foi jogada para trás como se houvesse levado um soco de um gigante. Sentiu a vida quente sendo bombeada para fora de si e pensou, serenamente, que a dor estava distante demais para machucá-la muito e então o Exterminador estava de pé ao seu lado atirando, bala após bala, em seu corpo que um dia fora bonito, cada projétil um minúsculo aríete abrindo buracos em sua carne e fazendo-a baquear e saltar. Depois ela gritou, porque não havia apenas morte acontecendo aqui, mas sim uma mutilação estúpida, insana e injusta. Sentou-se para puxar ar e gritar outra vez, e percebeu que estava em silêncio, então não poderia ter acabado de gritar, e isso significava que ela não havia gritado, o que significava...

Ela estava sonhando.

Quando estava completamente consciente, percebeu duas coisas simultaneamente: havia escurecido e Reese ainda não voltara. O relógio elétrico encardido na mesinha de cabeceira indicava 6h03. Ela se sentou e imediatamente se arrependeu. Seus músculos pareciam bife batido, brutalmente abusados pelas marteladas das últimas doze horas. Ela não dormira nem de longe o suficiente para se sentir bem.

A arma estava na cômoda, apontada para a parede, atraindo seus olhos como uma intimação da Suprema Corte. *Não gosta da minha aparência?*, parecia lhe dizer. *Problema seu. Você e eu agora somos parceiras para o resto da vida. Durma sem mim para você ver só.* Sarah estremeceu e pegou o telefone. Alguns segundos mais tarde, estava falando com sua mãe.

"Acredita em mim, mãe", dizia ela, "você não pode fazer nada pra ajudar. Só fica aí, onde é seguro. Não, eu não posso contar onde eu tô. É perigoso demais."

Mas sua mãe foi muito persistente desta vez. Ela queria pelo menos um número para o qual pudesse ligar, no caso de precisar sair. Sarah não poderia entrar em contato com ela. Isso pelo menos era verdade.

"Mãe, se eu der um número, você tem que prometer não contar à polícia ou a ninguém. É sério. Provavelmente só vamos ficar aqui por pouco tempo, de qualquer maneira. Ok, ok, anota o número."

Ela deu a sua mãe o número escrito no telefone do motel e depois disse que a amava. Houve uma breve hesitação, depois a resposta esperada e calorosa. Após Sarah desligar, ela ficou olhando para o telefone. Todo esse mistério devia estar acabando com sua mãe.

Mas ela precisava se proteger. Um pensamento errante saltou em sua mente como uma pedra sobre um lago. Ele não ficou ali por muito tempo para Sarah considerá-lo significante. Mas aquela oscilação característica na voz de sua mãe havia sumido.

BIG BEAR ■
6:04 P.M.

—

—

Não era um lugar grande para um resort de chalés. Basicamente, havia três aposentos: um quarto suspenso ligado por uma escada íngreme à área de baixo, dividida entre cozinha e sala.

A porta estava solta sobre sua dobradiça como um ligamento rompido. No chão, sob uma cadeira virada, estava o corpo da mãe de Sarah. A temperatura ambiente lá dentro havia caído nos últimos dez minutos para algo próximo de um grau, como lá fora. O sangue na cabeça da sra. Connor havia engrossado. Seus olhos sem vida estavam virados para cima, na direção da coisa que a assassinara, sentada na cadeira da escrivaninha. A coisa estava segurando o telefone próximo ao ouvido, escutando.

"Eu te amo, mãe", disse a voz do outro lado da linha.

O Exterminador hesitou pelo instante mais breve, analisando suas opções. Várias réplicas verbais foram apresentadas até o ciborgue selecionar aquela que tinha o menor fator de erro, para não alertar o alvo sobre a voz sintetizada digitalmente da mulher agredida a seus pés. "Eu também te amo", disse ele, e desligou.

Ele não sorriu ao discar outro número. E também não olhou para baixo, para sua vítima recente. Ele esperou com a paciência dos mortos até alguém atender do outro lado da linha. "Tikki Motel", disse a voz.

Em seguida, falou novamente, desta vez com sua própria voz, precisa, limpa, sem consciência e, de alguma maneira, desprovida de qualquer perspectiva humana. "Dê-me seu endereço", solicitou calmamente.

◼ TIKKI MOTEL
6:27 P.M.

—

—

Quando o homem chegou à porta, o coração de Sarah parou. Ele bateu uma vez. Mais duas vezes. E depois mais uma vez. Sarah suspirou aliviada e destrancou a porta.

Sarah queria jogar os braços em volta de Reese e beijá-lo, mas ele já estava passando por ela na direção da cozinha antes que a ideia se desenvolvesse completamente.

Ela trancou a porta novamente, ainda sentindo a adrenalina em seu corpo, e virou-se para Reese. Queria dizer que estava feliz por ele ter voltado. Muito feliz. Mas ele estava colocando duas sacolas de supermercado na bancada e abrindo-as perfunctoriamente. Vários frascos rolaram sobre os azulejos manchados. Sarah olhou para eles, confusa, lendo os rótulos. "O que temos aqui? Xarope de milho, amônia, naftalina. Humm. O que teremos para jantar?"

Reese não respondeu à pobre tentativa de humor. Ele estava desembrulhando outro saco cheio de munição para o .38, sinalizadores de fumaça, fita adesiva, tesouras, uma pequena panela com escorredor e fósforos. "Plastique", respondeu ele, distraído.

"Plastique? O que é?"

"Nitroglicerina, basicamente. Um pouco mais estável. Eu aprendi a fazer quando era garoto." Sarah olhou para os frascos fedorentos e suspirou.

SAN BERNARDINO ■
8:12 P.M.

—

—

Ele estava descendo a montanha como a própria morte em uma motocicleta Kawasaki 900 cilindradas. Durante todo o trajeto, ele estava em rotação máxima, muitas vezes escapando por pouco de derrapar e sair da estrada íngreme e sinuosa para o desfiladeiro lá embaixo.

Todo esse esforço para interceptar um processo biológico tão frágil quanto a vida de uma jovem humana. Essas máquinas macias, quentes e úmidas eram tão fáceis de destruir, seus sistemas eram tão frágeis. Um pedacinho de tecido removido aqui e ali – ou uma única batida perdida do coração – era o suficiente. Se tivesse sido desenvolvido para ter emoções ou até mesmo avaliar julgamentos, o Exterminador talvez pudesse sentir certa vergonha profissional pelo processo estar demorando tanto. Mas é claro que não sentia. Ele não sentia nada e continuaria insistindo, infinitamente, até obter sucesso em sua missão ou esgotar sua célula de energia nuclear – o que ocorresse primeiro. E, de acordo com essa taxa de consumo de energia, a célula ainda duraria pelo menos mais vinte anos.

O Exterminador apertou o acelerador até o fim e costurou o trânsito leve da 215 sul. Felizmente, para a polícia rodoviária, nenhum de seus policiais viu o ciborgue viajando a 158 km/h. Ele estava navegando por uma linha, de uma morte à outra, cruzando uma sonolenta cidade deserta até a morte final, a única que importava, aquela para a qual ele havia sido criado.

■ TIKKI MOTEL
8:42 P.M.

—

—

Se você semicerrasse os olhos e não prestasse atenção aos detalhes, Kyle e Sarah poderiam ser um casal preparando o jantar lado a lado, uma comovente imagem doméstica. Em vez disso, eles estavam fazendo a receita que era um dos pilares da guerrilha – bomba caseira.

Eles estavam na cozinha, ao lado um do outro, em frente à pequena mesa de compensado, que agora estava coberta de utensílios e vasilhas.

Reese estava segurando um dos oito pedaços de cano de vinte e cinco centímetros de comprimento. Ele pressionava a massa altamente explosiva, que haviam acabado de fazer, para dentro do cano com uma colher de plástico. "Deixa um pouco de espaço, assim. Não deixa grudar nada nas roscas."

Sarah o observou raspar delicadamente o excesso e depois colocar a tampa na ponta.

"Enrosca isso aqui – assim, muito delicadamente."

Ele a ajudou a começar; depois, quando se certificou de que ela podia completar as bombas sem sua assistência, Reese se pôs a trabalhar na porta de trás.

Algum tempo depois, quando Reese já a pusera em funcionamento, ele voltou à cozinha para ajudar Sarah a fazer os estopins.

Desenhos das luzes da rua formados pelas finas cortinas balançavam suavemente nas paredes. Sarah observou as sombras na sala escura, esperando que o movimento delas a fizesse dormir. Mas não conseguia dormir, apenas olhar para o teto.

Reese era uma silhueta imóvel ao lado da janela, agachado para enxergar pela fenda entre a cortina e a parede. Ele podia ser uma estátua chamada "Vigília". Despido até a cintura, seu corpo parecia esguio e duro sob a luz da rua, com as cicatrizes em relevo como insígnias.

Sarah desviou o olhar para a mesa; as bombas finalizadas estavam organizadas em uma fileira ao lado de uma sacola de náilon, que continha um isqueiro, alguns pacotes de comida e várias outras casualidades para a sobrevivência na estrada. Do outro lado, sentado em uma cadeira ao lado da janela, estava Reese.

Ela se levantou e andou até ele. Reese olhou para Sarah apenas rapidamente, quando se sentou ao seu lado no braço da cadeira, depois continuou a espiar pela janela, observando, com o .38 no colo.

Por insistência inabalável de Sarah, Reese havia tomado banho. A sujeira de seu rosto havia sumido, revelando uma pele lisa e rosada, os cabelos limpos e úmidos. Ele estava usando a nova calça jeans que havia comprado mais cedo e tênis. Por suas costas nuas, cicatrizes irregulares marcavam a área plana de músculos contraídos. Era como um mapa de sofrimento e uma sensação de desgraça em vão tomou conta de Sarah. A carne não era páreo para a máquina.

"Você acha que ele vai nos encontrar?", perguntou ela.

"Provavelmente", disse Reese.

"Olha para mim; eu tô tremendo. Que lenda, hein? Você deve estar bem decepcionado."

Reese saiu da sombra e a encarou.

Ela não usava maquiagem. Seu cabelo estava embaraçado. Seu lábio inferior tremia. "Não estou decepcionado", disse ele com a voz mais neutra que conseguiu.

Sarah olhou nos olhos de Reese. Desviou o olhar. Ela imaginava qual deveria ser a comparação com a imagem da Sarah Connor que trazia consigo. Tinha certeza de que até as mulheres mais humildes do mundo dele estavam mais aptas à sobrevivência do que ela.

"Kyle, as mulheres da sua época... Como elas eram?"

Reese deu de ombros. "Boas lutadoras."

"Kyle...", começou Sarah, e depois hesitou, percebendo que estava olhando para um rosto jovem e doce. Bonito, na verdade, apesar da cicatriz. Ele era seu protetor, mas de alguma maneira sentia que Reese precisava dela. O que ela estava prestes a perguntar era algo novo; não tinha nada a ver com sua obrigação ou com o medo dela, ou com aquele pesadelo compartilhado por eles. "Na sua época, havia alguém..."

"Alguém?", perguntou Reese, confuso.

"Uma garota. Alguém especial. Você sabe..."

"Não", disse ele, rapidamente, lembrando-se de todas as mulheres que conhecera, especialmente as que morreram. Parecia que todas haviam morrido, pelo menos aquelas cujo nome ele sabia.

"Nunca", acrescentou ele, quase como parêntese.

Sarah fez uma pausa, surpresa. "Quer dizer que nunca..."

Reese se virou para a janela, com os dedos involuntariamente apertando a arma. "Não havia muito tempo pra isso. Eu estava em uma guerra. Se as mulheres tinham idade suficiente pra... isso, então tinham idade suficiente pra lutar. Elas eram apenas soldados – mais nada."

A solidão cinzenta e interminável da vida dele a impressionou neste momento e as Sarinhas sentiram o bafo quente de indignação e desespero, e depois algo ainda mais doloroso e, no entanto, mais maravilhoso do que o que viria em seguida – algo que as fizera mudar de ideia e ver um novo lado de

Sarah, tanto que choraram e se abraçaram. "Eu sinto muito", disse Sarah, impulsivamente tocando um corte alto e malcurado abaixo da escápula de Reese. "Tanta dor..." As lágrimas brotaram nela, escorrendo quentes por suas bochechas, lágrimas para ele enquanto permanecia rígido sob seu toque, parecendo alheio aos dedos dela acariciando uma antiga ferida.

"A dor pode ser controlada", disse ele, com a voz séria. "Dor é uma ferramenta. Às vezes, quando ela é irrelevante, você pode simplesmente desconectá-la."

"Mas aí você não sente nada."

Reese se ateve às palavras de John Connor. Ele repetia as instruções várias vezes em alta velocidade em sua memória, reprimindo suas emoções, que estavam borbulhando e saindo de si. Ele tentou bloqueá-las, tentou vedar as rachaduras, mas os sentimentos estavam sob enorme pressão e os dedos dela eram tão macios e bons.

Sarah sentiu os músculos de Reese se ondularem sob seus dedos, a respiração presa em sua garganta. Então ele falou bem baixinho, como se ela fosse um padre e ele estivesse se confessando. "Uma vez, John Connor me deu uma foto sua. Eu nunca soube por quê. Era muito antiga. Rasgada. Você era jovem, como é agora. Você tinha um olhar distante e sorria, só um pouquinho, mas de algum modo era um sorriso triste. Eu sempre me perguntei o que você estava pensando. Eu decorei cada linha, cada curva."

Ele reprimiu a última parte. Não queria continuar de jeito nenhum, mas não conseguiu parar, porque agora estava explodindo. Tudo que estava preso lá dentro jorrava pela fresta aberta e sua boca continuou, e sua voz ficou forte, com convicção, quando disse: "Sarah, eu atravessei o tempo por você. Eu te amo. Eu sempre te amei".

Pronto. Tudo dito. Agora volte para dentro e tape o buraco com cimento e tudo ficará bem. Mas ele não conseguia encontrar o caminho de volta, pois estava olhando para os olhos luminosos de Sarah. Ela estava olhando para ele, chocada, com os olhos úmidos, e ele não estava mais certo de nada – nem de seu treinamento, nem de seu dever, nem dos sentimentos dela em relação a ele, principalmente. Mas sabia que a amava e que nada jamais a mataria. Nenhum homem, nenhuma máquina, nada jamais chegaria perto de machucá--la novamente, porque ele destruiria um mundo para salvá--la. Ele se cortaria ao meio. Ele deixaria de existir para que ela pudesse viver, não mais pela humanidade, mas por ela.

Sarah viu tudo isso no rosto e nos olhos dele e foi em sua expressão, mais do que em suas palavras, que ela acreditou. O que mais a chocou foi a revelação de que ela, enfim, havia inspirado o Olhar, mais profundo e doloroso do que jamais imaginara que fosse capaz. Reese estava lhe mostrando o Olhar, tão intenso que a queimava, mas ela não queria se desviar. Ela queria que ele a olhasse daquele jeito para sempre. E, ao querer isso, o tempo começou a desacelerar e ficou tudo muito quieto no pequeno quarto escuro.

Sarah tocou o rosto dele. A pele de sua bochecha era tão macia...

De repente, Reese se lembrou do caminho de volta. Era escuro, frio e difícil, mas era importante que o tomasse agora, se realmente a amava. Levantando-se com dificuldade, ele se afastou.

"Eu não devia ter dito isso", chiou entredentes. Ele parou ao lado da mesa e começou a colocar as bombas caseiras metodicamente na sacola de náilon. Por um momento, Sarah ficou desorientada. Ele estava se mexendo como uma máquina, como um ciborgue. Ele estava na máquina se escondendo dela.

Isso ela não podia suportar. Foi até ele, puxou-o para se virar, abraçou-o, beijou seu pescoço, sua bochecha, sua boca. A onda de sensações parecia fluir através de seus braços e boca até o corpo dele, esmorecendo sua rigidez. Reese sabia que o caminho de volta se perdera para sempre.

Ele soltou um pequeno gemido quando uma parte de si morreu e outra se fortaleceu. Ele puxou Sarah mais para perto, pressionando-a contra seu peito, e bebeu de sua boca.

De alguma maneira, eles estavam no chão, ao lado da mesa. Ele não sentiu. Não havia nada ao redor dele a não ser Sarah; ele a queria e a puxava cada vez mais para perto.

Ela beijou as cicatrizes de Reese. Estava tirando a dor e alterando o propósito de sua vida. Ela era uma ladra e ele, uma vítima voluntária. Ela estava se mexendo em cima dele agora, pairando como uma delicada antítese aos CAS aéreos, e ele a puxava ainda mais para perto, embora ela já estivesse o mais perto possível sem que ele a esmagasse até a morte.

Sarah sentiu o desejo de ele atravessar seu corpo e ressoar pelo dela, até que começou a devorá-lo vorazmente. Por um tempo infinito foi assim, agarrando-se e ofegando sem pensar, sem planos, ambos se afogando na primeira e poderosa onda de seu amor.

Mas depois Sarah começou a voltar a si e viu que ele estava perdido, sem direção, chafurdando no confuso desejo por ela. Ela levou Reese até a cama.

Sarah então o ajudou a tirar a calça e depois o guiou pelo corpo dela, colocando as mãos dele nos lugares que pareciam adormecidos, pois nunca foram realmente despertados. Despertaram ao toque dele e imploraram por libertação. Os dois logo estavam nus, criando um novo ambiente de união, um ambiente que nunca existira e jamais existiria novamente. E agora o tempo realmente parou.

Juntos, eles venceram um impulso medido de tempo quando seus corpos se encontraram no centro macio e pulsante de um universo sombrio.

■ TIKKI MOTEL
11:28 P.M.

—

—

Sarah abriu os olhos e viu os desenhos de luz se agitando na parede.

Reese estava dormindo ao seu lado, com o peito subindo e descendo de satisfação profunda. Seu rosto era tão doce em repouso. Relembrando a coisa toda, percebeu como ele era infantil e quanto aquela experiência havia mudado os dois. Antes de se encontrarem, ela era uma garçonete presa em suas próprias inseguranças. Ele era uma criança-soldado, fazendo de sua vida apenas guerra. Mas agora que haviam se cruzado e se tornado um só, ambos eram pessoas novas.

A solenidade desse pensamento fez seu coração quase parar. Ela rolou para perto de Reese e o abraçou com força. Ele se mexeu, mas não acordou. Isso era uma espécie de triunfo. Ele estava seguro nos braços dela. Havia uma bolha impenetrável em volta deles agora e nada, nem mesmo um Exterminador, poderia atravessá-la.

Ela beijou delicadamente o rosto de Reese, que gemeu. Ele havia afastado a morte e ela estava lhe dando a vida. Os dois eram professores. O conhecimento era igualmente importante para a sobrevivência deles. Amor e guerra. Prazer e dor. Vida e morte. E resistência. Sim...

Mas eles não estavam sós no universo. Sarah percebeu o barulho da civilização do lado de fora. Trânsito. Murmúrios do quarto ao lado. O assovio alto de um jato militar passando ali em cima. Um cachorro latindo. Resistir era necessário quando se estava sendo perseguida por uma máquina implacável empenhada em destruí-la. Era o tipo de vida que estava diante deles. Fugir de algo que jamais desistiria de procurar, que continuaria a ir atrás deles até que ambos estivessem mortos. Aquilo dava à palavra implacável uma dimensão quase física. As dimensões de um Exterminador.

Ela sabia que tinham de mudar a estratégia. Reese evidentemente só estava ali para impedir que o Exterminador a matasse, para escondê-la bem até a guerra e ajudá-la a emergir com seu filho, reunindo o movimento de resistência para virar o jogo. Mas como eles poderiam sobreviver enquanto o Exterminador estivesse por aí? Reese havia tentado destruí-lo antes, no Tech Noir. A polícia o havia crivado de balas. E ele ainda estava atrás deles.

Agora tinham as bombas caseiras. E algo mais poderoso do que uma simples astúcia animal. Eles tinham um sentimento tão forte que impulsionaria sua determinação e talvez tornasse possível voltar e esperar o Exterminador. Preparar uma recepção especial e em seguida eliminar o desgraçado. Devia haver um jeito. Reese saberia.

Ela se sentou e começou a acordá-lo, mas os olhos dele já estavam abertos. Ele estava se concentrando em algo muito distante.

"Ouça os cachorros", disse ele, e o tom de sua voz fez um arrepio gelado a atravessar. Ela se virou para a janela e ouviu o latido distante de cães. Dois, depois três. Outro uivou. Eles estavam a quarteirões de distância, alguns talvez a oitocentos metros, soando o alarme em quintais e varandas, com a química de seus corpos à flor da pele pelo que eles farejavam no vento. Um cachorro, sentindo um mundo que nós não vemos, podia olhar nos olhos de um homem e saber se o que olhava de volta era humano. Em seguida, o pastor alemão acorrentado do lado de fora do hotel soou o alarme.

O que quer que fosse, aquilo não passou pela inspeção canina e estava vindo na direção deles. Ao saltarem simultaneamente para pegar suas roupas, o tempo começou a acelerar.

O Exterminador passou pela recepção na direção do alvo, ignorando o bicho que rosnava, contido apenas pela corrente e tentando atacá-lo, avançando a cada passo repleto de energia crescente, conforme os microprocessadores chegavam à velocidade de ataque. Os detalhes de seus arredores ficaram cristalinos e tão densos com informações que nenhum cérebro humano conseguiria reter tudo. O peso da gravidade, a textura e a temperatura do asfalto. A distância de todos os objetos em relação a ele. A velocidade do vento. O som do oceano passando por seus sensores. Os movimentos dos corpos aquecidos por trás das paredes de estuque. As dimensões exatas e características de todas as coisas dentro da área de contato do Exterminador eram medidas, cronometradas e inseridas na equação constantemente atualizada de movimento e massa.

Eles não tinham a menor chance.

O Exterminador parou em frente à porta deles e ergueu a AR-180. Com um estalo de sua perna, a porta desabou, explodindo em três tábuas grandes e pontudas.

A máquina entrou no quarto e o pulverizou eficientemente com tiros automáticos. Balas atravessaram a mesa vazia, destruindo-a, a poltrona, lançando chumaços de enchimento, e encontraram a cama, arruinando-a até que a carcaça fumegante de colchão e armação de metal não parecesse um objeto reconhecível.

O Exterminador recarregou e em seguida olhou ao redor.

Um erro havia sido cometido. Sua visão digitalizada do interior revelou o contorno de todos os objetos em relevo – todos os objetos menos o alvo. Número do quarto verificado novamente. Opção? Redirecionamento. Negativo. Examine mais.

O ciborgue rapidamente andou pelo quarto e olhou em volta. Ele viu a porta traseira aberta e ouviu os passos correndo simultaneamente.

Herb Rossmore diminuiu a velocidade do Ford Bronco e olhou sonolentamente para a placa luminosa do Tikki Motel. Ele precisava dormir um pouco, antes que apagasse como uma lâmpada na rodovia e caísse em uma cerca divisória. Por engano, havia tomado a saída anterior e parado no estacionamento traseiro, de frente para as portas dos fundos dos quartos. Praguejando em voz baixa, ele engatou a marcha a ré e estava prestes a tirar o pé da embreagem quando o que viu o fez deixar o motor morrer.

Um casal saiu pela porta dos fundos de um dos quartos e se moveu em silêncio, mas rapidamente, ao longo da parede. Os dois estavam descalços e o cara ainda estava se enfiando em um casaco longo, sem camisa por baixo. A garota estava com a malha do lado avesso e carregando uma sacola de náilon que parecia pesada.

Ao levantar a cabeça, o cara avistou Herb e começou a correr descalço pelo estacionamento na direção do Bronco. Herb reagiu rapidamente ao perceber o que aconteceria em seguida. Ele bateu o trinco da porta e lutou com a manivela da janela, tentando desesperadamente colocar alguma coisa entre ele e aquele lunático. Mas Reese já estava em cima dele, enfiando a mão no espaço entre o vidro e a porta e pressionando os dedos de ferro no pescoço de Herb, que lutou sem sucesso com o braço de Reese e depois aquiesceu ao ver a pistola na outra mão. Ele destravou a porta.

Houve um som alto de estrondo do outro lado do prédio, seguido rapidamente dos tiros repetidos da AR-180 do Exterminador.

"Sarah!", gritou Reese ao jogar Herb no chão. Ela estava do outro lado do Bronco, já subindo, com o pavor distorcendo seu rosto. Reese girou a chave na ignição ao mesmo tempo que o Exterminador passou pela porta.

Herb só teve tempo de rolar para sair do caminho conforme o louco em seu carro acelerou o motor V-8, fazendo-o gemer, e soltou a embreagem. Ele ouviu o barulho do metal com um desprezo confuso, quando o Bronco bateu de frente com alguma coisa e a imprensou contra o prédio do motel.

Era um homem.

Horrorizado, Herb se encolheu quando seu Bronco fez os pneus gritarem e se lançou de ré para sair do estacionamento. O carro girou em círculo e roncou mecanicamente ao entrar em primeira marcha e sair noite afora. *Aquilo foi bem ruim*, pensou Herb, mas o que era pior se levantou ali perto.

O grandalhão achatado contra o prédio que deveria estar morto rapidamente pegou a arma caída, observou a direção em que o Bronco saiu, e depois se virou e fugiu pela porta dos fundos arruinada.

Um momento depois, Herb ouviu uma motocicleta explodir em rotações altas. Dois segundos depois, ele a viu passando pela calçada no fim do motel. Ela arrancou pela rua atrás do Bronco roubado. Quando Herb se levantou, com as pernas bambas, ele foi tomado por uma única conclusão sã em um turbilhão de pensamentos caóticos – ele não reaveria seu Bronco. E estava certo.

Eles quase haviam morrido.

Sarah se agarrava ao painel do Bronco, com o coração martelando, enquanto os pontos dos postes iluminados da rua passavam como um borrão, tendo um déjà vu de cortar a alma. Eles quase haviam morrido nus e abraçados. A máquina tentara aniquilá-los, cega e estupidamente, sem motivo algum, até onde ela sabia, a não ser pelas instruções de outra máquina. E agora Sarah podia vê-la indo atrás deles, um único farol cada vez mais próximo no retrovisor, quase como um tumor crescendo ali para explodir na cabine do Bronco. Ela o odiava.

Reese inspirava e expirava em ritmo regular, mecânico, para controlar seu corpo. Ele puxou o volante e Sarah se chocou contra a porta conforme o Bronco saiu da estrada e deu um salto violento para a rampa de acesso à rodovia. Em seguida, ela foi lançada para trás quando Reese pisou fundo no acelerador.

A perseguição foi muito diferente desta vez. Ela observava Reese agir agora com uma mistura de medo por ele e de orgulho. Ele manobrou o Bronco até a pista rápida em um instante.

O trânsito estava leve naquela hora, àquela distância do litoral. Uns poucos caminhões pesados e menos carros ainda, rumando para o sul até San Diego. Reese passou por eles habilidosamente, como se fossem objetos estacionários.

Mas seu perseguidor também o fez. Na verdade, o Exterminador continuou ganhando terreno, aproximando-se aos poucos. Sarah olhou para trás e se assustou. O Exterminador estava bem atrás deles, bem mais perto agora que não era distorcido artificialmente pelo espelho. A coisa estava abaixada por cima do guidão para reduzir a resistência do ar, com o acelerador à toda, e se preparava para apanhar o fuzil de assalto. Contra a rajada de vento, o ciborgue ergueu a arma com uma das mãos. O cano estava firmemente apontado na direção dela.

"Se abaixa, Sarah!", gritou Reese ao ver a arma levantada, mas ela já estava se abaixando. Um segundo depois, o vidro traseiro do Bronco se estilhaçou com o impacto das balas. Um tiro perdido ricocheteou pela cabine e se embutiu no painel acima de Sarah. Por pouco.

Reese desviou o Bronco, protegendo-se em volta de um reboque.

O Exterminador se inclinou bastante, bem atrás deles, inexoravelmente fechando o cerco, por milímetros quase batendo na traseira do caminhão.

Reese tirou os pneus da superfície da rodovia ao costurar feito um fantasma pelo trânsito lento.

As pessoas mal tinham tempo de registrar os objetos que zuniam ao redor. Era uma loucura total. E ficou pior.

Pneus cantaram quando a traseira de uma van em movimento se agigantou à frente deles. A carne sintética e os joelhos de metal se enterraram na estrada, mantendo o equilíbrio em uma inclinação de trinta graus.

Reese fintou para a direita, depois para a esquerda, derrapando na direção de um ônibus Greyhound travando as quatro rodas.

O Exterminador atirou com o fuzil de assalto novamente. Desta vez, as balas atingiram a mureta onde o Bronco estivera. Um erro claro!

O Bronco deslizou em volta de dois caminhões paralelos e acelerou pelo estreito espaço deixado por uma equipe noturna trabalhando na cerca divisória. O Exterminador viu que teria que desacelerar e mudar de faixa para acompanhar. Ele não queria reduzir – queria acelerar, então escolheu um caminho diferente.

Ele arrancou com a moto, passando um motor-home descendo uma rampa de saída, e, sem reduzir, atravessou um sinal vermelho no cruzamento e subiu novamente pela rampa de acesso. Houve alguns acidentes por onde o ciborgue passou, com os carros batendo uns nos outros para não atingirem o motoqueiro louco. Nada daquilo importava. Apenas o Exterminador e Sarah.

Reese viu o Exterminador subindo com tudo na rodovia, aquele clarão ciclópico e errante do farol da Kawasaki, em um caminho que levaria ao Bronco.

"Muda de lugar!", gritou Reese por cima do ronco dos pistões do v-8. Ela deslizou por baixo dele enquanto ele mantinha o pedal colado ao chão. Sarah pegou o volante e pôs o pé sobre o acelerador.

"Não diminui a velocidade!", disse Reese.

"Pode deixar", respondeu ela, e havia convicção em sua voz, um tom novo e de alguma forma bastante confortante. Por um instante, Reese e Sarah cruzaram olhares e o tempo parou.

Mas então o Bronco resvalou em um Datsun 240-z, arrancando seu retrovisor lateral, e o tempo explodiu em fragmentos gritantes. Sarah endureceu os braços e virou o volante da maneira que Ginger faria, pondo o Bronco de volta em seu percurso. Reese começou a vasculhar a bolsa de náilon para pegar as armas. Ele confiou a direção a ela. Suas vidas estavam nas mãos um do outro, literalmente.

O Exterminador disparou por um espaço aberto no tráfego e atirou uma rajada curta e disciplinada no Bronco. Balas se alojaram no painel traseiro. Uma arrancou um pedaço de borracha do pneu traseiro esquerdo, mas as tiras de aço seguraram. Viam-se faíscas intermitentes. O Exterminador acelerou a moto.

Reese pegou a primeira bomba caseira e segurou um isqueiro Bic sob o estopim.

Sarah guinou o utilitário para o acostamento central, a centímetros da cerca, fazendo uma careta conforme lutava para segurar o Bronco em um trajeto equilibrado, como Matt faria. Pela primeira vez em sua vida, ela estava controlando seu próprio destino – a 158 km/h.

Reese acendeu o estopim e saiu pela janela do passageiro. Ele observou o pavio crepitar e soltar fumaça no vento, queimando espasmodicamente até a tampa, e depois atirou a bomba na estrada.

Bem no caminho do Exterminador.

A estrada explodiu, jorrando fogo e fumaça abruptamente. Por um momento, nada aconteceu. Depois, quase simultaneamente, a concussão jogou para trás os cabelos de Reese e o Exterminador saiu rugindo da nuvem ascendente, intacto. Cedo demais.

Reese pegou outra bomba.

A AR-180 trepidou novamente, dilacerando o Bronco.

Sarah fintou para a esquerda, depois para a direita, e seu estômago protestava a cada movimento radical.

Reese saiu pela janela e esperou o estopim se queimar até um centímetro acima da tampa. Depois soltou.

A bomba caiu no asfalto e rolou como um pino de boliche, passando pelo ciborgue. Houve outra explosão, muito atrás do Exterminador, que só serviu para aterrorizar os motoristas no rastro do combate urbano improvisado. Um Corvette preto rodou, parando transversalmente em sua pista, apenas para explodir em fragmentos de fibra de vidro por causa de um caminhão derrapante.

Adiante, o trânsito estava se desbastando. Isso era ruim. Menos cobertura.

O Exterminador pendurou a AR-180, usando sua mão livre para pegar o último pente. Com um rápido movimento, ele enfiou o carregador no fuzil de assalto e preparou a arma novamente já na posição de tiro.

Enquanto isso, Reese pegou outra bomba.

O Bronco se apressou em torno de um caminhão-tanque e acelerou até um viaduto longo e ladrilhado. Ao entrarem no túnel de luzes fluorescentes, Reese arremessou outra bomba. Ela bateu no chão e voltou para o alto, perdendo velocidade rapidamente. A explosão trovejou naquele espaço fechado. Uma parede de fumaça se formou atrás deles. Eles ouviram o uivo, como se fosse um dinossauro assustado, da buzina a ar do reboque, um coral de pneus derrapando, e em seguida uma motocicleta fez um buraco na fumaça. O Exterminador atirou neles. O espelho lateral explodiu. Balas perfuraram o Bronco, choramingando ameaçadoramente. Duas delas encontraram Reese.

Ele urrou de dor, surpreso, conforme as duas dolorosas pancadas atingiram seu peito e o braço. O cano em sua mão caiu, com o estopim apagado, inutilizado. Ironicamente, ele acabou entrando na perna do Exterminador, arrancando um pedaço de sua panturrilha. Reese se atirou por cima da janela, com metade do corpo para fora da cabine.

"Kyle! Meu Deus, não..."

Sarah saltou para pegá-lo, puxando-o de volta para o banco, com isso batendo com o Bronco na parede do outro lado do túnel. Instintivamente, ela tirou o pé do acelerador e já ia pisar no freio, mas, em vez disso, lutou com o volante e arrastou o veículo pela parede por um momento, lixando a pintura até a lataria numa chuva de faíscas. Sarah, escutando uma nova voz nascida de sua união com Reese, pisou no acelerador novamente. O v-8 sugou combustível e Sarah foi jogada para trás quando o Bronco saiu agitado pela estrada, rapidamente alcançando 140 km/h. Mas aí já era tarde demais.

O Exterminador não havia reduzido a velocidade; ele estava a pouco mais de dez metros atrás deles. Ele apontou a AR-180 diretamente para a cabeça de Sarah e apertou o gatilho.

As balas só não arrancaram a cabeça de Sarah do pescoço porque o pente da AR-180 havia se esgotado.

Sem parar, o Exterminador largou o fuzil de assalto. Antes que ele batesse no chão, o Exterminador sacou o pequeno revólver .38 niquelado de sua jaqueta, apontou para a parte de trás da cabeça de Sarah e disparou.

Mas Sarah escolheu aquele momento para desviar à esquerda. A bala destroçou o espelho do lado dela, enchendo-a de estilhaços. Ao se sobressaltar, ela perdeu o controle. O Bronco ziguezagueou, começando a derrapar, mas Sarah conseguiu endireitá-lo em uma onda de pânico controlado. Só que agora o Exterminador estava se aproximando pelo lado, apontando a enorme pistola para ela, observando-a através daqueles óculos escuros, com o olho vermelho exposto, piscando sob a lente. Ele atirou outra vez. A bala tiniu pela cabine e passou perto de sua orelha, estraçalhando o para-brisa.

O Exterminador era seu inimigo. Ele havia atirado em seu amado. Ele queria sua morte. E o medo dentro de Sarah foi repentinamente despejado pela explosão de raiva que se irrompeu, correndo por seus braços. Uma expressão muito humana de fúria assassina desfigurou o rosto de Sarah quando ela tirou o pé do acelerador, pisou com tudo no freio e girou o volante.

Ela atirou a motocicleta contra a mureta, que caiu batendo no asfalto, capotando várias vezes e deslizando. Em algum momento ali o ciborgue se soltou.

O Bronco e a moto saíram como um raio do túnel a 130 km/h. Alguma coisa saiu mais lentamente, rolando fora de controle e depois abrindo os braços e as pernas para se estabilizar: o Exterminador. Sarah tentava ver onde ele estava quando derrapou até a divisória, travou o volante na direção errada e capotou o utilitário.

O mundo ficou de cabeça para baixo, dando cambalhotas em volta da cabine, enquanto Sarah e Reese estavam pressionados um contra o outro e contra o teto do carro. O medo de Sarah voltou, mas seu grito foi abafado pelo barulho do Bronco batendo no concreto e parando de ponta-cabeça.

O Exterminador bateu em um poste da mureta e caiu por cima da divisória central. Ele bateu do outro lado, rolando até parar à sombra de um viaduto. Sua jaqueta de couro estava fumegante, com pedaços de sua pele se descolando, revelando a carne viva, como se ele tivesse passado em um ralador de queijo. Mas a máquina se mexeu e em seguida se sentou.

O ciborgue se virou ao ouvir o rugido demoníaco de uma buzina a ar. Em seguida, foi atingido por um caminhão Kenworth, que colidiu com ele a 110 km/h como um enorme ferro de passar. O Exterminador desapareceu sob o veículo, mesmo quando os freios começaram a cantar. As rodas do caminhão travaram em meio a nuvens de fumaça conforme o ciborgue tombava, ricocheteando furiosamente entre a carroceria fora de foco acima e o chão embaixo dele.

O motorista não vira nada em sua pista. A sombra absoluta do viaduto havia escondido aquela massa em forma de homem até seus faróis estarem em cima dele, mas a essa altura já era tarde demais. Ele acionou os freios em um instante, cortando o motor e soltando o pedal aos poucos para que a jamanta não se dobrasse ao meio e sua carga de vinte e dois mil litros de gasolina premium não acabasse cobrindo meio hectare de rodovia. Seu parceiro foi atirado para a frente, acordando com um susto desagradável.

"Filho da puta!", eles gritaram, quase em uníssono.

O reboque de dois tanques girou e derrapou como um trem descarrilhando.

Merda, eu tô perdendo o controle, pensou o motorista.

O corpo se levantou por um instante chocante antes de cair novamente no asfalto. Eles podiam ouvi-lo batendo lá embaixo, chocando-se, e podiam *sentir* os baques do que eles pensavam serem ossos na carroceria. Ouviram e sentiram tudo isso por cima do grito agudo dos pneus travados no asfalto, por cima do estrondo do caminhão se arrastando até parar.

Os dois homens soltaram a respiração lentamente, ousando acreditar que de alguma maneira o motorista havia conseguido parar a máquina feroz. Eles se entreolharam, pálidos; vinte e dois mil litros de premium – caralho!

"Fica aqui", disse o motorista, e desceu pela porta. Seu parceiro apenas olhava para a frente, segurando o painel.

O motorista não quis olhar. *Mas nunca se sabe*, pensou ele. *Talvez o cara ainda esteja vivo.* Minha nossa, *isso sim* seria horrível: um caso perdido agonizante, pulverizado, que *ele* havia provocado. Ao chegar ao segundo tanque, ele reduziu o passo. Estava mais à frente na estrada. Uma mancha de sangue. E aquilo ali era um pedaço de roupa ou de corpo?

O ímpeto o levou a passar do final do segundo tanque e cair nas mãos do ciborgue.

Quando o Exterminador foi atingido pelo caminhão-tanque, seu corpo bateu sob a boleia e ele se segurou no cano de escapamento, sendo arrastado por um momento antes de se soltar. Posicionou-se estrategicamente e estimou corretamente o ângulo de salto. Ao ricochetear sob o caminhão, ele se agarrou à cobertura do eixo e, lentamente, o homem-máquina fez seu caminho de volta até o disco de conexão, atrás da cabine. Mas o caminhão freou repentinamente e o ímpeto acarretou um erro no cálculo do alcance seguinte. O Exterminador se soltou, batendo no fundo do primeiro tanque, e depois rolou até parar perto dos pneus traseiros do caminhão.

Ele imediatamente rastejou para sair e analisar o veículo. Considerando suas opções, decidiu confiscar o caminhão para continuar a perseguição. Quando começou a andar, sua tela interna exibiu os relatórios dos danos. Os backups começaram a entrar em ação no sistema hidráulico combalido, mas nada podia ser feito com relação à articulação do tornozelo esquerdo. Era uma avaria à estrutura principal que exigiria total atenção mais tarde, se necessário. Mas na verdade isso só fazia a máquina mancar. E ele não poderia mais correr até a velocidade de 35 km/h. Mas ainda podia andar. Ao dar a volta no último tanque, ele se chocou com o motorista e imediatamente o aniquilou. Os dedos poderosos do Exterminador arrancaram a garganta do homem e em seguida ele foi em direção à cabine, soltando o corpo sem vida no asfalto, que caiu como uma massa de gelatina e gravetos quebrados.

O parceiro estava sentado do lado do passageiro na boleia, tremendo de choque. O horror do que havia acontecido estava apenas começando a ser absorvido quando uma aparição terrível abriu a porta do outro lado e se sentou ao volante.

O parceiro se encolheu com o que viu: o rosto estraçalhado pela estrada, com a pele pendurada em um retalho em carne viva, a órbita ocular rasgada com alguma coisa brilhando diabolicamente lá dentro, como um olho alienígena, e um talho jorrando sangue ao longo do braço forte.

Ele olhou para os controles do painel e parecia estar pensando sobre eles. Em seguida, olhou nos olhos de Wayne e falou: "Saia".

Não precisou pedir duas vezes. Ele abriu a porta com tudo e pulou para o asfalto, rachando a canela, depois correu, mancando, o mais rápido que podia para se afastar daquela coisa que eles haviam acabado de matar e que o olhara bem no olho.

O Exterminador examinou a disposição dos controles da enorme cabine, cruzando os dados da memória com a marca do caminhão, o padrão das marchas, a configuração de transmissão e as especificações do motor. Quando seus dedos ensanguentados se fecharam sobre a alavanca de câmbio, ele sentiu a enorme máquina de transporte como se fosse uma extensão de si mesmo. Engatou a segunda reduzida e soltou a embreagem.

O Exterminador girou o volante e acelerou o motor a diesel. Lentamente, o caminhão-tanque moveu-se em um grande círculo. As máquinas estavam voltando atrás de Sarah.

Sarah acordou da semiconsciência claustrofóbica. Ela lutou para respirar e começou a ver as imagens. O mundo então voltou a ela em raios de luz e retalhos intermitentes de realidade. Eles estavam de cabeça para baixo no carro, deitados no teto, olhando para os pedais. Reese estava debaixo dela, desacordado e imóvel. Ela tentou se desvencilhar dele, mas suas pernas estavam entrelaçadas. Finalmente, ela se libertou e olhou para Reese. Havia sangue em seu peito e em seu braço. Seu rosto estava branco feito leite e havia olheiras profundas sob os olhos. Um leve tom de azul começou a colorir sua palidez e ela percebeu, chocada, que ele não devia estar respirando. Ela o pegou pela gola e o sacudiu.

"Reese!"

Um buraco negro se abriu diante dela, vendo-o ser lentamente arrancado de sua vida. Ela tentou trazê-lo de volta da beira do abismo, arrastar aquele ser inanimado de volta à existência. Ela beijou o rosto dele. Ela chorou, o acariciou e pediu docemente, e, finalmente, chegando a um comportamento pragmático por predefinição, soprou ar para dentro dos pulmões dele. Ela percebeu como uma espuma vermelha borbulhou através de um buraco em seu peito. Instintivamente, ela botou a palma da mão em cima do buraco e continuou. Ele tossiu e abriu os olhos. Erguendo a mão ensanguentada, Reese a empurrou sem força para trás, tentando se levantar. Tentando protegê-la. Continuar a missão. Ficaria tudo bem se apenas pudesse... apenas pudesse... E ele caiu para trás, arquejando.

Em seguida, Sarah olhou para cima e viu o Exterminador ser morto. Ela viu o caminhão derrapar até parar, a cerca de setenta e cinco metros dali, e semicerrou os olhos quando o motorista desceu e andou até a traseira do tanque. Ela se sobressaltou quando um vulto mancou sob a luz da rua e assassinou o motorista, e piscou sem compreender quando a coisa calmamente olhou para ela, depois para a cabine, entrou e começou a fazer o longo e lento arco da morte na direção de Sarah.

O caminhão se arrastou por três marchas, chegando a 76 km/h, depois virou para cima da cerca divisória, achatando-a, e atravessou para o lado da rodovia em que Sarah estava. O pesadelo não iria acabar. Pelo contrário, o pesadelo havia crescido até ficar do tamanho de um caminhão-tanque, com as luzes de seus faróis se estendendo, passando sobre o Bronco capotado, clareando o interior, ficando mais fortes a cada segundo, com o motor roncando pela noite.

Sarah se pôs a agir bruscamente, chutando até abrir a porta amassada e puxando o corpo de Reese, tentando fazer os dois saírem do carro antes que o caminhão o aplainasse.

Mas Reese estava se agarrando ao pouco de vida que lhe restava e precisava de cada gota de força para permanecer ali. Ele não podia ajudá-la nem um pouco.

Sarah resmungou, saiu de baixo do Bronco e passou os braços sob Reese a fim de erguê-lo e arrastá-lo. Ele era tão pesado!

Os faróis já a perfuravam e os motores gritavam mortalidade. Ela estava ofuscada e seus ouvidos zumbiam. Sarah não conseguia ver Reese. Ela não conseguia ouvir seu próprio grito. Ela só conseguia senti-lo em seus braços. Ela então o puxou.

A perna dele estava presa. Era esse o problema. Em algum lugar da cabine, a perna de Reese estava presa. Virou o corpo dele e a perna se desprendeu, mas agora o caminhão estava tão perto que ela podia sentir seu estrondo. Ela desviou o olhar, para que o único sinal que ele fizesse em sua cabeça fosse o dos dois sóis brilhando no asfalto atrás dela. Sarah estava sem fôlego e sem força. A gravidade fez o resto. Ela caiu para trás na rua e o caminhão atingiu o Bronco.

Metal se chocou contra metal e o aço rígido foi instantaneamente arrancado e esmagado, assumindo novos formatos. Não houve explosão, apenas sons – um estrondo e um guincho agudo quando o Bronco se dobrou na frente da grade do reboque, hesitou pelo tempo que as leis de conservação de energia permitiam e depois voou pelos ares ao mesmo tempo que Sarah caiu para trás – e as pernas de Reese se libertaram da cabine.

Um momento depois, o Exterminador travou os freios e o caminhão continuou adiante, com a carga completa de gasolina se comprimindo até a parte dianteira, pressionando o metal ali. O Bronco havia sido lançado em um arco alto e, quando voltou ao solo, capotou quatro vezes, balançando de lado, e parou. Em um instante, ele havia sido promovido – de veículo à escultura moderna.

Sarah olhou para trás quando o enorme caminhão se arrastou até parar e depois virou. Os faróis estavam rastejando pela estrada, fazendo a curva, procurando por ela.

Sarah pôs Reese de pé com um puxão desgastante. Ele estava murmurando alguma coisa no ouvido dela.

"Continue sem mim. Continue..."

Ela deu um tapa no rosto de Reese, com força. Foi um reflexo. Tudo que estava fazendo agora era reflexo, porque a maior parte dela havia sido colocada em espera. As Sarinhas não tinham nada a dizer; haviam sido arrancadas e jogadas fora. Ela bateu em Reese novamente. As pálpebras dele se abriram. A dor pungente cortou a dor maçante em seu peito e no braço. Parecia haver dois pesos de cinco toneladas em cima de seu corpo e ele mal podia se mexer, mas quando Sarah o esbofeteou Reese pôde colocar tudo aquilo em perspectiva, focar no rosto dela, ver os faróis refletidos ali simultaneamente com o medo, saber que ela morreria se ele não a acompanhasse. Já que não queria que ela morresse, Reese deu um passo. Foi um enorme triunfo. Mas estava fora de proporção com a jamanta vindo para cima deles. Um passo era uma gota no balde.

Eles precisavam correr.

Sarah jogou o braço dele em volta de seu ombro e eles começaram a se mexer.

O caminhão estava ganhando velocidade, roncando.

Reese estava procurando alguma reserva de força para fazer suas pernas se moverem. Ele pensou em Sarah morta, sangrando, e encontrou a força necessária.

E eles correram.

Fugiram a passos lentos, irregulares, mas era melhor do que andar e certamente melhor do que se arrastar. Mas o caminhão entrou na quarta marcha, com o motor acelerado, chegando a 77 km/h.

Dentro da cabine, o Exterminador estimou o ponto de contato em oito segundos.

Mas Sarah estava puxando Reese pela lateral da rodovia, na direção da cerca divisória. O Exterminador fez ajustes na estimativa de contato. Ele puxou o volante e chiou em outra curva, agora estabelecendo o ponto de contato em nove segundos.

Sarah viu a carreta se balançando na beira da estrada e descendo ruidosamente pela ladeira incrustada de hera na direção deles. Ela puxou Reese para passar por cima da cerca, quase atirando-o aos arbustos do outro lado. Os faróis iluminavam o caminho à frente, atormentando e zombando ao se aproximarem do casal. Mas Sarah agora estava pulando a cerca e puxando Reese para se levantar.

O Exterminador perdeu tração e o caminhão começou a escorregar na hera molhada. Ele bateu na cerca divisória a mais ou menos um metro de Sarah e Reese.

O caminhão atravessou a cerca de arame, atravessou arbustos e depois rolou até uma rua residencial. Quando o Exterminador conseguiu colocar a transmissão em primeira novamente para virar o caminhão, Sarah e Reese já estavam cinquenta metros à frente, correndo por um estacionamento.

O Exterminador e o caminhão ganharam velocidade, batendo de lado em uma fileira de carros estacionados.

Sarah e Reese cambalearam e correram rua abaixo em direção ao único abrigo por perto – um parque industrial. Enquanto corriam pela rampa de entrada dos carros, ouviram o ronco do motor do caminhão-tanque do Exterminador logo atrás.

Reese sabia que suas pernas estavam cedendo. Ele não conseguiria ir muito além. Seu corpo inteiro estava se fechando para o inverno, o longo e frio inverno, mas antes de isso acontecer...

"Vai embora!", ele gritou para Sarah. Ela balançou a cabeça violentamente, até que viu a bomba caseira na mão dele e Reese a empurrou brutalmente para a frente.

Ela compreendeu e agiu, continuando a correr, movendo-se mais lentamente para o meio da pista entre vários carros estacionados. O caminhão troou atrás dela. Sarah viu Reese se atirar para uma sombra intensa, engatinhar para a frente e enfiar a bomba no cano de descarga do caminhão que passou.

O Exterminador estava mudando de marcha e passando com tudo por um carro estacionado apenas quarenta metros atrás dela, rapidamente se aproximando. Sarah desviou de uma árvore e disparou, correndo com toda a força, a cabeça inclinada para trás, a fim de escapar das garras da morte, mas o caminhão estava descendo com tudo, estilhaçando a árvore, e os pistões estavam gritando o nome dela.

Ela correu mais rápido – trinta metros.

Ela correu mais rápido – vinte e cinco metros.

Suas pernas eram borrões. Seus pulmões estavam morrendo. Vinte... Luz e calor se acenderam atrás dela. Ela se atirou ao chão e rolou. Ao olhar para trás, viu a mais linda destruição que jamais poderia imaginar: uma bola de fogo cresceu do cano de descarga até a cabine, rolando em ondas amarelas e brilhantes de gasolina superoxigenada, com o líquido soltando furiosamente sua energia. Um oceano de chamas encobriu completamente o caminhão, que saltou para a frente, pelo ar, se autodestruindo raivosamente em alta velocidade. Sarah ficou deitada atrás da quina do prédio quando um choque concussivo a atingiu como um tapa, tirando o fôlego de seus pulmões. Ela ouviu o metal se rasgando conforme os fragmentos do caminhão caíam de volta no asfalto e rolavam até parar. Ela precisava ver aquela coisa fritando nos destroços, precisava *saber* que havia acabado de uma vez por todas. Ela se inclinou para fora, na quina do prédio.

Chamas engolfavam o caminhão, jorrando para cima como folhas bruxuleantes, apagando as estrelas com espessas nuvens de fumaça. Alguma coisa se mexeu na cabine retorcida: o Exterminador. Ele se jogou para fora dos escombros tortos, carbonizado, disforme, se atirando no chão. Caiu e rolou de costas, como uma tocha em movimento. Será que sentia dor? Sarah protegeu o rosto do calor, olhando através dos dedos. Mesmo daquela distância, era como olhar para dentro de uma fundição de aço. O asfalto estava derretendo e borbulhando em volta dos detritos flamejantes, também pegando fogo. O Exterminador continuou a rastejar, sem dor aparente. Ele estava emaranhado nos destroços retorcidos, já sem cabelos e roupas, e a carne remanescente chiando como bacon na chapa de seu próprio endosqueleto superaquecido.

Lenta e relutantemente, a coisa em chamas parou de se mover até apenas sua cabeça se virar, travando em tal posição que seus olhos estavam na direção dela. Mesmo morrendo, ele a observava. Sarah soube ali que sobreviveria pelo resto de seus dias. Ela havia sobrevivido. Mas aquele rosto enegrecido como uma caveira a assombraria todas as noites de sua vida. Ela o viu queimar por muito tempo até ele ficar obscurecido por destroços que caíram. Uma leve sensação de triunfo surgiu, mas foi rapidamente apagada quando se lembrou de Reese.

Ficando de pé, Sarah se esqueceu do Exterminador ardendo nos escombros. Ela cambaleou pelo ar escaldante, dando a volta no caminhão, tentando ver além das chamas para a caçamba do outro lado. Mas o fogo estava em seu caminho. E o calor era uma muralha física que ela não podia penetrar. Seu rosto estava se esticando, tenso, perdendo a umidade.

"Reese!"

Ela teve um vislumbre da caçamba através das chamas que diminuíam. A queima do gás havia formado um rastro de luz até ela, agora rodeada de fumaça. Será que Reese havia saído? Sarah precisava saber se ele estava vivo, mais do que queria viver. Ela começou a andar na direção das chamas quando Reese chamou seu nome.

Ele estava lá, aparecendo através de um bolsão momentâneo entre as labaredas, impedido, como ela também estava, de atravessar. Agora eles foram para os braços um do outro. Havia fumaça saindo das roupas de Reese. Sangue empapado em sua pele. Ele gemeu, fraco, quando ela o abraçou, mas Sarah não conseguiu ser delicada naquele momento. O corpo dela ainda estava reagindo, quase por vontade própria, apertando-o contra seu peito, beijando seu rosto, murmurando seu amor.

Eles caíram de joelhos no asfalto, presos em um abraço diante do incêndio furioso que consumia o caminhão e o ciborgue.

"Nós conseguimos", disse Sarah, embalando-o agora, fazendo o tempo ficar lento, afastando o calor com seu corpo, protegendo-o das chamas, de sua própria mortalidade, se possível, retribuindo o favor de seu amor e proteção. Os amantes estavam agarrados e não viram os destroços se mexerem, não perceberam o tinido do metal quando o aço retorcido foi empurrado do caminho. Não viram o Exterminador se levantar do fogo como uma fênix.

A máquina havia se desligado temporariamente para permitir o máximo isolamento de calor. Quando a pele se queimou e a superliga de seu esqueleto começou a brilhar, vermelha, ele ficou novamente on-line, com sua potência interna crescendo em parcelas cada vez maiores. Ele estava usando o fogo para fortalecer sua reserva de energia, esperando a cobertura de carne destruída ser expulsa para poder continuar a missão com mais liberdade de movimentos.

E agora ele se ergueu, fumegante, purificado de sua camada exterior, mais claramente revelando o que realmente era – um esqueleto cromado com músculos hidráulicos e tendões de cabos flexíveis.

Sarah agora viu o ciborgue por cima do ombro de Reese. Ela o levantou e o puxou em direção ao prédio. O Exterminador foi atrás, com a perna ruim. Se a articulação do tornozelo não houvesse sido danificada debaixo do caminhão-tanque, poderia facilmente alcançá-los.

Sarah chegou à porta. Trancada. Ela olhou para o chão, procurando alguma coisa, e encontrou um pedaço de metal quente. O Exterminador, aproximando-se implacavelmente, estava apenas vinte passos atrás. Ela bateu com o metal na porta e ficou surpresa quando ele bateu no vidro temperado sem quebrá-lo. Ela bateu novamente, colocando toda a força de seus 48 quilos, e o vidro enfim se rompeu.

Eles pisaram nos cacos e entraram em um corredor. O Exterminador estava chegando mais perto, aumentando o ritmo de seu manquitolar metálico.

Sarah bateu a porta do corredor atrás de si e conduziu Reese através de cubículos de divisória. O Exterminador bateu na porta com força, arrancando-a de suas dobradiças, e entrou, cambaleando, para avistá-los, enquanto Sarah arrastou Reese em volta de uma longa parede de vidro que separava os escritórios de um corredor de aparência mais industrial.

Havia uma grande porta de metal do outro lado do corredor. As outras salas eram abertas ou tinham portas baratas de madeira – barreiras inúteis contra seu perseguidor. Sarah foi em direção à porta de metal. O Exterminador retinia atrás, ganhando velocidade, uma máquina de destruição.

Sarah chegou à porta de incêndio e a empurrou. Reese já estava quase desabando nos braços dela quando ela o puxou.

Lutou com o peso da porta de incêndio, mas ela não se movia rápido o bastante. A máquina veio para cima deles. Reese caiu contra a porta e arquejou, batendo-a em seu batente. Ele bateu o ferrolho da porta, trancando-a um instante antes de o Exterminador a atingir do outro lado.

Sarah e Reese cambalearam para trás. Eles estavam em uma fábrica. Enormes formas sombreadas de robôs de linha de montagem, desativada durante a noite, estavam paradas. O local parecia quase totalmente automatizado. O Exterminador se chocou na porta atrás deles e ela se abalou. Reese cambaleou até um grande painel de disjuntores, abrindo-o.

"O que você tá fazendo?", gritou Sarah.

"Proteção", gritou Reese de volta, ligando todas as chaves. Então ela entendeu. Depois que o ciborgue atravessasse a porta, obviamente sua audição hipersensível poderia detectá-los no labirinto escuro.

Uma a uma, as máquinas adquiriram vida. A esteira começou a se mover com um gemido. Rolos guincharam, braços de robôs apertavam em vão o ar e pinças mecânicas giravam, conduzindo uma orquestra irracional controlada por computador, em uma cacofonia de barulhos e rangidos. "O Exterminador não pode nos rastrear!", gritou ela.

Ele assentiu, pegou a mão dela e se movimentaram pelo salão cavernoso. Desviando-se de um braço de aço giratório, correram por fileiras de mecanismos estranhamente animados.

Novamente, a porta atrás deles trovejou quando a coisa do outro lado usou o próprio corpo como aríete. Mais uma vez, e a porta estremeceu, com a placa de metal se estufando para dentro com aquela força tremenda.

Quando Reese tropeçou e caiu, Sarah se agachou ao lado dele.

"Levanta, Reese!"

O corpo dele não obedeceu. Sua mente gritava para ir com ela, mas seu corpo já havia ultrapassado o sofrimento em direção à dormência. Sua única chance seria prosseguir sozinha, deixando-o ali como uma medida protelatória.

O Exterminador abriu um buraco na porta com um rangido do metal torturado. A luz entrou na fábrica e caiu sobre a máquina acima de suas cabeças. Sarah olhou na direção da origem e viu o Exterminador enfiando a mão na fenda para abrir o trinco.

Ela tentou levantar Reese novamente, mas ele estava ficando lento e pesado com a proximidade da morte. O ciborgue estava arrancando o trinco e entrando. Sarah gritou bem perto do ouvido de Reese: "Levanta, soldado! Vai, anda! Vê se mexe esse rabo! Mexa-se, Reese!" E de alguma maneira ele respondeu, quase totalmente por reflexo, às palavras e tons de comando. Ele deixou de lado o peso e espantou o estupor do choque para pegar a mão estendida de Sarah. Eles se moveram em direção às máquinas.

O Exterminador atirou a porta de incêndio destruída para o lado e entrou no recinto, analisando. Seu sistema ótico não podia usar o infravermelho, que havia se sobrecarregado completamente no fogo, então ele usou uma varredura panorâmica lenta com nitidez aprimorada.

Havia movimento por toda parte, mas nenhum se adequava ao perfil do alvo. Ele andou pela linha de montagem, mesclando-se completamente aos sibilos e à textura reluzente da fábrica, aparentado aos mecanismos cegos à sua volta, mas alheio à ironia de que aqueles robôs idiotas foram seus antecedentes primitivos.

Ele fez a varredura metodicamente, paciente até a eternidade.

Sarah e Reese se moveram agachados ao longo de uma passarela levemente elevada, perdidos entre o emaranhado de tubos e painéis de controle. Reese pegou um pequeno pedaço de tubo grosso em uma mesa de trabalho. Momentos depois, enquanto Sarah subia por um duto de exaustão, seu joelho acidentalmente esbarrou em um botão vermelho em um pequeno painel preto ao lado. Com um ronco repentino, a chapa de estamparia de uma enorme prensa hidráulica desceu a dois centímetros de sua mão. Assustada, ela caiu na passarela.

Os sensores auditivos do Exterminador haviam filtrado todos os sons arrítmicos e identificado seus padrões como insetos e ratos, água pingando de encaixes ruins de tubulação e o alvo se mexendo no maquinário à frente. Ele girou sua cabeça sobre os rolamentos de precisão e foi em direção ao som.

Reese e Sarah correram até o fim da passarela e deram de cara com uma porta trancada. Praguejando, Reese deu meia-volta, com Sarah acompanhando rapidamente.

O Exterminador andou em volta de uma unidade de compressores, bloqueando-os, uma silhueta esquelética na escuridão profunda. Sarah cambaleou para trás. Reese ergueu o pedaço de cano, segurando-o com as duas mãos, como um taco de beisebol, embora seu braço esquerdo estivesse quase inutilizado.

"Corre, Sarah!", gritou para ela, afastando-a.

"Não!" A voz dela saiu como um grito, histérico, incapaz de aceitar o que estava prestes a acontecer.

O Exterminador avançou. O homem-humano só tinha um braço bom e um cano de quatro centímetros como defesa. O homem-máquina não teve pressa, desviando-se de um golpe e batendo no maxilar de Reese, quebrando-o. Reese voou para trás contra uma grade de proteção, mas rebateu e voltou balançando a barra. Acertou o Exterminador bem na têmpora cromada. A cabeça do ciborgue balançou para trás e depois se voltou para Reese, sem expressão. Os dentes de metal da caveira estavam reluzentes, no entanto, em um sorriso perpétuo de ódio.

Atacando com a velocidade de um raio, ele esmurrou o braço ruim de Reese. Aquilo acordou Reese para o estado de alerta mais lúcido que jamais havia sentido. Todo o resto de sua vida parecia um sonho comparado àquele sofrimento. Ele caiu para trás, urrando. O Exterminador deu um passo para a frente, a fim de acabar com ele e depois prosseguir para o alvo primário desprotegido, cujo vulto mantinha em seu campo de visão. Ela estava apoiada contra o trilho da passarela, a cerca de um metro do chão. Não havia para onde ir, a não ser para a próxima vida. Reese estava tremendo com a última e horrível explosão de energia interna que ele teria. Procurou em seu casaco a última bomba caseira, ocultando-a da vista do ciborgue. O isqueiro Bic estava escorregadio em sua mão destruída, mas se acendeu imediatamente quando ele girou a pedra. No momento seguinte, o estopim já estava queimando e Reese rolou e ficou de costas, usando toda a sua força quando o ciborgue se abaixou na direção dele.

"Sarah", gritou ele, "se abaixa!"

Ela viu a bomba acesa na mão dele e percebeu em um instante hiper-real que ele não tinha intenção de atirá-la. Gritando como um animal atormentado e cego, ela se virou e correu.

O Exterminador estava fechando o punho para enterrá-lo no crânio de Reese quando sentiu a bomba ser enfiada em sua caixa torácica. Ele tentou retirá-la, mas já era tarde. Sarah bateu nos trilhos, às pressas, e caiu por cima deles, despencando em direção ao concreto, quando o Exterminador explodiu.

Ela bateu no chão e rolou. Partes de matéria quente passaram voando. A concussão da explosão a atirou ao chão e ela apagou por um segundo interminável. Quando nadou desesperadamente de volta à superfície da consciência, viu que o Exterminador estava em pedaços à sua volta. Uma perna lá, um pistão hidráulico aqui e um pé acolá. Partículas fumegantes de cabos carbonizados e pedaços oleosos de liga salpicavam o chão. Sucata metálica.

Acabou, finalmente.

Ela se sentou e gritou. A dor atravessou sua perna e Sarah a tateou, às cegas. Estava torcida debaixo dela, com a panturrilha perfurada, jorrando um sangue grosso. Alguma coisa havia se enterrado em sua perna. Ela arrastou a perna mole e viu que foi um pedaço afiado do Exterminador que havia sido lançado diretamente no músculo de sua panturrilha, exatamente entre o tornozelo e o joelho. Mesmo morrendo, o ciborgue tentara matá-la. Ele estava dentro dela agora, invadindo sua carne, em uma espécie de violação fria. Sarah queria arrancá-lo de si e puxou o estilhaço. Aquilo doeu mais ainda, mas ela duplicou a pressão e, num estalo repentino, o pedaço de aço saiu. Ela o largou e ofegou. Quando a dor começou a passar um pouco, ela abriu os olhos e viu Reese.

Antes que tivesse a chance de registrar uma emoção, soube que ele estava morto. A explosão o atirara a uma parede e agora seu corpo estava caído no chão, com os olhos virados para ela, mas sem enxergá-la. Havia uma expressão estranha no rosto dele. Uma que jamais poderia ter enquanto estava vivo, pois nem dormindo ele parecia tão em paz. O soldado havia completado sua missão.

Sarah se arrastou pelo chão na direção dele. Passou por um pedaço grande de metal e só depois que ele estendeu a mão e pegou seu tornozelo é que ela percebeu se tratar do Exterminador. Ou o que restou dele.

Ele se ajeitou para ficar na posição vertical. Sarah olhou para trás e gritou. Cabos se arrastavam atrás dele pelo buraco aberto na parte inferior da coluna, onde as articulações dos quadris costumavam ficar. Mas ele tinha dois braços, um tronco e uma cabeça. Os olhos se fixaram no alvo e ele começou a rastejar na direção dela. Com sua perna livre e sem ferimentos, ela chutou a coisa, se contorceu e se libertou. Ele continuou atrás dela.

Sarah não podia mexer a perna quebrada, então se esgueirou pelo chão. Mas não conseguia fugir, porque agora eles eram iguais, mutuamente aleijados, se arrastando por destroços, o caçador e a caça, desempenhando seus papéis.

Ela rastejou até uma esteira rolante em movimento. A máquina foi atrás, rolando cerca de três metros atrás dela. Enquanto a esteira os carregava, os dois se mantiveram parados, se entreolhando, procurando ganhos estratégicos.

Em seguida, Sarah rolou para o chão e ele reagiu bem mais lentamente do que de costume, caindo atrás dela a cerca de quatro metros de distância. Ela estava com a vantagem agora e se arrastou na direção do *seu* alvo – um alvo adquirido recentemente.

O Exterminador calculou a trajetória dela e se inclinou para interceptá-la. Ele não sabia para onde ela estava indo e não se importava.

Sarah percebeu que ele chegaria às escadas da passarela mais ou menos ao mesmo tempo. Ela podia se virar e procurar outro caminho, talvez até mesmo engatinhar mais rápido que ele até a segurança lá fora. Talvez. Mas ela queria acabar com aquilo. *Ela*. Não outra pessoa ou outra coisa. Ela ouviu a raspagem rítmica e constante do aço sobre o metal enquanto o Exterminador a seguia. Ela desceu da passarela em uma selva escura de máquinas. Mal podia se mover ali, espremida entre dois grandes retângulos de metal. Sua pele, coberta de suor, a fazia escorregar várias vezes, perdendo terreno. O Exterminador entrou rastejando atrás dela.

Sarah viu o alvo adiante e se puxou para a frente. O barulho, a raspagem e o zumbido atrás aceleraram. Ela sentiu aqueles dedos de metal rasparem os pés dela e se encolheu, recuando para longe da coisa. Devia estar bem perto agora, mas Sarah não tinha mais tempo de olhar para trás, só para a frente.

Ela chegou até a ponta final do espaço para rastejar e se atirou para cima da passarela. Suas pernas acompanharam a parte superior de seu corpo mais lentamente, derretendo atrás dela em câmera lenta, enquanto um braço de metal tentava agarrá-la. Ela estendeu a mão para alcançar um portão deslizante de aço, quando o Exterminador rastejou até o fim e tentou pegá-la. O portão desceu e travou, fazendo um barulho. O ciborgue se debateu contra o portão de segurança, como um martelo reverberando um enorme sino.

Sarah caiu para trás, ofegante, olhando para o homem-máquina se pressionando contra a barreira. Ele estava enfiando o braço pelo estreito espaço entre as barras. O Exterminador fixou o olhar em Sarah, mirando seu pescoço pulsante, e acionou o conjunto hidráulico de seu bíceps. O aço gritou em protesto conforme o braço se estendeu para agarrar o pescoço dela, com os dedos esticados, flexionando-se, ávidos por contato. Sarah recuou o máximo que podia contra o maquinário da fábrica que a confinava. O ciborgue abalroou o portão com o ombro e seus dedos agarraram sua clavícula.

Ela estendeu a mão para o painel de controle que vira antes, esticando o braço ao máximo. Seus dedos oscilaram no ar a meio centímetro do botão.

O Exterminador se esforçou para a frente, apertando-a com mais força. Ela gritou de raiva, frustração e um terror devorador, depois deu um impulso para cima, batendo a mão em cima do botão. O botão vermelho.

O tempo parou.

No silêncio repentino, Sarah viu claramente o Exterminador olhando para ela e sentiu os dedos gelados se fechando em sua traqueia assim que a prensa hidráulica desceu com quarenta toneladas de pressão e esmagou o ciborgue entre as chapas de metal. Com grande satisfação, ela observou a prensa lentamente se fechando no espaço em que o Exterminador estava preso.

O ciborgue estendeu o braço, transferindo todo o poder disponível para aquela mão. Os olhos arderam na direção dela e os sensores de seu chassi registraram deformações repentinas em grande escala. Nem mesmo a hiperliga podia resistir ao peso total da prensa, que fazia barulho e soltava vapor, irracional e implacável, como um Exterminador.

O tronco estava lentamente desabando e seus circuitos altamente protegidos começaram a se esfarelar em uma poeira de silicone. A força foi interrompida em todas as partes e redirecionada para rotas alternativas que depois também foram despedaçadas. O microprocessador do cérebro se sobrecarregou, distorcendo a percepção do Exterminador. A última coisa que ele viu, assim que a prensa achatou um de seus sensores óticos e seus dedos se fecharam em volta do pescoço do alvo, foi a expressão de agonia e medo de Sarah dar lugar a um triunfo absoluto, selvagem – e muito humano.

Quando a prensa se arrastou até parar, um pouco antes de sua distância predefinida automaticamente, o olho remanescente do ciborgue piscou e depois se apagou para sempre.

"Você foi exterminado, filho da puta!", disse Sarah, sombriamente.

ANALYSIS:		MATCH:		133	680XE	AP	8A
				123	23JKY9	OP	7X
				103	92893	UO	F1
389	VEXI	55578		122	EF0890	JH	BU
690	SIZE	23903		902	829IUO	WE	9I
600	TSPD	38709		089	IKL189	LK	EO
287	XPWR	12098		022	012XIUU	WS	EE
105	CODE	78304		123			
798	RNGE	32143		2390			
				105			

DIA 3

■ LEUCADIA
7:45 A.M.

—

—

Sarah havia apagado àquela altura. Quando voltou a si, as máquinas da fábrica haviam sido desligadas, mas o barulho ainda persistia. Sirenes. Pneus cantando. Murmúrios animados. Ela estava sendo levada em uma maca e delicadamente amarrada. Sarah sentia dor, mas era de alguma maneira abafada e distante, desconectada. Rostos entravam e saíam de foco. Assistentes. Policiais. Curiosos. Ao colocarem-na na ambulância, ela viu uma van preta ao lado. A palavra LEGISTA estava impressa na lateral e um saco foi posto em seu interior, como se fosse um saco de farinha. Ela sabia que era Reese. Antes que tivesse tempo de se lamentar conscientemente, as portas da ambulância se fecharam e a mandaram de volta à escuridão abençoada.

Conforme a ambulância se afastava, Greg Simmons levantou a gola de seu terno casual e se virou para entrar em sua sala. Que jeito de começar o dia. Mas ele foi interrompido por seu assistente, Jack Kroll, um garoto baixinho e hiperativo com q.i. de gênio e a malandragem de um cocker spaniel.

"Olha isto aqui, Greg!", gritou ele, entusiasmado, e pressionou um pequeno chip eletrônico em sua mão, algo que Greg provavelmente nunca vira. Ele devia ter trinta e cinco milímetros de diâmetro e circuitos impressos que não faziam o menor sentido, embora parecessem conectados de maneira muito eficiente. Para qual finalidade?

"Onde você pegou isso?"

Jack apontou para a linha de montagem nos fundos do prédio. "Eu sei que não devia, mas atravessei a faixa da polícia, porque esse negócio tava..."

Greg apertou o braço em volta do ombro de Jack e beliscou o braço dele, com força. Jack gemeu e tentou se libertar até que Greg acenou na direção de um policial parado a uns dois metros de distância. Eles andaram pelo estacionamento, afastando-se do bando de colegas e oficiais.

Jack disse a Greg que havia encontrado o chip no chão, no meio de um monte de destroços estranhos. Greg girava o dispositivo repetidamente em suas mãos, confuso e cada vez mais animado. "O chefe viu isto?"

Jack, sempre leal, pareceu magoado. "Não, Greg. Eu trouxe diretamente pra você. Ninguém sabe que eu tô com isso."

Greg assentiu, feliz. "Vamos deixar assim."

"Hã? Você não quer levar para o P e D?", disse Jack, confuso.

"Pra quê? Pro velho Kleinhaus levar o crédito? Nós somos assalariados aqui, meu chapa. Tecnólogos contratados. Eles não ligam a mínima pra nós. Enriquecer essa gente pra quê?"

"O que vamos fazer?"

Greg olhou nos olhos de seu ingênuo amigo. Jack era seu tesouro, um artista ainda não descoberto da engenharia eletrônica. Todo o mundo via a embalagem. Greg via o conteúdo. Essa era a sua vantagem. Ele e Jack abririam seu próprio negócio. Um pequeno escritório com poucos móveis. Apenas uma fachada para o laboratório nos fundos. Ele hipotecaria sua casa, seu carro, sua mulher e seus filhos e colocaria todas as economias de Jack neste projeto. Quando eles entendessem exatamente como explorar aquilo que devia ser um novo tipo de circuito microprocessador, saberiam para que usá-lo.

Eles levaram mais tempo do que Greg havia originalmente calculado. Dezesseis meses e quatro dias, para ser exato. A aposta deles valeu a pena. Conseguiram um empréstimo, patentearam o circuito e esperaram ser processados. Não foram. *Ninguém* sabia que diabos era aquilo. Como se houvesse caído do céu, de outro planeta. Mas aquilo estava começando a torná-los mais ricos do que jamais imaginaram em suas fantasias mais loucas. Em mais dois anos, eles tinham sua própria empresa, maior do que a que deixaram após encontrarem o chip. Uma das tarefas mais difíceis que enfrentaram naqueles anos foi criar um nome para sua empresa incipiente. Todas as outras empresas de tecnologia já haviam usado as combinações possíveis das sílabas que soavam tecnológicas. Um dia, Jack entrou no escritório deles com um sorriso idiota no rosto e anunciou que havia encontrado o nome certo. Greg concordou e em poucos dias eles estavam sob o nome jurídico de Cyberdyne Systems.

Relembrando toda a série de acontecimentos acidentais e misteriosos que haviam levado à boa sorte deles, Greg teve de admitir que... era o destino.

ANALYSIS:	MATCH:
389 VEHI	55578
690 SIZE	23903
600 TSPD	38709
287 HPWR	12098
105 CODE	78304
798 RNGE	32143

133	680XE	RP	8R
123	23JKY9	OP	7X
103	92893	LO	F1
122	EF0890	JH	8U
902	829WO	WE	9I
089	IKLI89	LK	EO
022	012XIWJ	WS	EE
123			
2390			
105			

DIA 126

■ BUENAVENTURA, MÉXICO
7:46 A.M.

—

—

O cerrado plano já estava se aquecendo para cozinhar algumas cobras no meio do dia, com o sol aparecendo por trás do contorno irregular das montanhas ao longe. Ainda assim, o ar estava pesado com a umidade. Um clima confuso, como geralmente é no México. Sarah nem percebeu, dirigindo o jipe aberto pelo que se chamava de estrada, com o vento agitando seus cabelos como uma bandeira acastanhada e usando óculos escuros. Estava grávida. Embaixo da pequena e doce protuberância que um dia se tornaria John Connor, estava um revólver .357 Colt Python aninhado com segurança em seu colo. Estava carregado e ela aprendera a usá-lo. Muito bem.

Pugsly Júnior estava sentado ao lado dela, bocejando. Era um pastor alemão de 37 quilos, treinado para atacar e matar qualquer um remotamente diferente de Sarah, caso fizesse gestos ameaçadores. Podia ser um cão dócil, mas Sarah nunca realmente o considerou um animal de estimação. Ele era uma arma.

Ela havia dirigido a noite toda, locomovendo-se na relativa segurança da luz da lua, como sempre fazia então, embora soubesse que, caso outro Exterminador atravessasse o tempo – uma possibilidade que não devia descartar –, a noite não poderia protegê-la. *Ela* era sua melhor proteção.

Mas Sarah se mantinha discreta, mais por paranoia de que um acidente casual pudesse destruir tudo aquilo que ela e Reese haviam conquistado. Nenhum acidente estúpido de trânsito, nenhum desastre idiota de avião, nenhum ato de violência aleatório poderia lhe tirar a vida naquele momento. Era vital que ela sobrevivesse.

Ela havia mudado.

Não era só a gravidez, embora seu corpo houvesse mudado, com um peso desagradável nos quadris e seios. Ela sentia sua aparência melhor, de alguma maneira, por causa disso. A alteração maior era interna, por trás dos olhos. Conseguira medir a distância total do golfo entre o que um dia fora e o que se tornara, quando lhe contaram no hospital que sua mãe fora assassinada. Ela sentiu todo o enorme quebra-cabeça explosivo daqueles três dias se formando. Junto com isso veio a tristeza, alimentada por todas as outras tragédias que abalaram sua vida, mas ela a canalizou de maneira que não se afogasse naquilo. Depois pegou tudo, enfiou em uma caixa de metal e a fechou com solda.

Mais tarde, quando estivesse mais forte, ela a abriria de tempos em tempos e se permitiria absorver tudo. E então, ao assimilar aquilo, podia ficar de luto antecipado por um mundo que seria completamente perdido. Pegando aquela emoção, tão real e dolorosa, e elevando-a à enésima potência, podia ter um vislumbre do futuro, com sua perda tão extensa que desafiaria até as compreensões mais abstratas. E aquilo a tornava ainda mais forte. Porque o ódio também é uma emoção poderosa e muito mais eficaz.

E assim ela deu início ao Plano. Ao ser liberada do hospital, esvaziou sua parca conta bancária, recebeu o seguro de vida de sua mãe, comprou o cão de guarda, o .357 e o jipe, e saiu pela estrada. Para o sul. Até o fim da América do Sul, talvez. Para dar à luz, criar John Connor e prepará-lo para a guerra. Onde fosse seguro, longe dos ataques nucleares. Onde fosse tranquilo, lindo e ventasse, e...

A gasolina estava acabando. Era melhor encher o tanque antes de pegar a estrada para as montanhas. Parou no posto de gasolina decrépito em uma área empoeirada ao lado da estrada.

Desligou o gravador de fita no painel. Ela estava ditando a próxima seção do Livro, o guia de sobrevivência para seu filho. Tentava deixar tudo registrado, caso lhe acontecesse alguma coisa antes que John chegasse à maturidade, e concretizar as memórias em fita magnética antes que se esquecesse dos detalhes. Muita coisa do que havia acontecido já estava se apagando, recusando-se a ser trazida de volta, porque isso também traria de volta a antiga Sarah e não dava para trazer de volta os mortos. De certo modo, o Exterminador *realmente* a matara.

Logo antes de parar para reabastecer, ela estava dizendo: "Será que devo lhe contar sobre seu pai? Essa é difícil. Será que vai mudar sua decisão de enviá-lo aqui, pra sua morte? Mas, se não mandar Kyle, você nunca existirá".

De vez em quando, quando se deparava com esse tipo de paradoxo, ela ficava tonta e fraca com a vertigem temporal. Dava para enlouquecer pensando nisso.

Ela desligou o motor do jipe, deslizou a arma para baixo do banco e saiu do veículo para esticar as pernas. Estavam mais grossas agora, até mais bonitas, e a cicatriz quase curada. O pino estava lá, segurando o osso que o destroço do Exterminador havia estilhaçado, o mesmo pino que o Exterminador procurara em vão nas pernas das outras Sarahs Connor. Aquelas pobres mulheres. Às vezes, ela sentia uma culpa irracional, como se todos aqueles inocentes houvessem morrido por algo que ela mesma fizera pessoalmente. De certo modo, era verdade. Ela só não havia feito ainda.

Como é estranho, ela pensava frequentemente, fazer história sabendo dela o tempo todo e conhecendo seu impacto. Aquilo a fazia se sentir significante e insignificante ao mesmo tempo. Quase como se ela fosse uma engrenagem, um fantoche do destino, um mero elo da corrente causal.

Ela sabia que havia mais do que aquilo, claro. Sua gana de sobreviver, de se fazer sobreviver, havia determinado o resultado. O que fazia aquele aspecto de sua personalidade apenas outro elemento do Plano. A cobra come seu próprio rabo e para sempre o fará.

Pugsly rosnou baixinho e abaixou as orelhas conforme Sarah analisava o posto. Galinhas cacarejavam e se mexiam em volta dos grandes pneus do jipe, afobadas ocasionalmente pelo vento que soprava. O posto era um oásis de velharias no meio da área deserta, cerca de dois quilômetros afastado de uma cidade que era apenas um alargamento temporário na estrada.

Rodeado de árvores de josué e nada mais, estava um pequeno prédio no centro do que parecia um ferro-velho. Picapes enferrujadas jaziam sobre os blocos, sem rodas, sem vidros. Havia veículos manchados e amassados de todos os tipos, aparentemente aguardando que outros de sua espécie morressem para que as partes necessárias pudessem ser reaproveitadas em seus consertos. Algumas *piñatas* frágeis balançavam e se retorciam por conta das rajadas de vento, com suas cores vivas zombando da aparente falta de vida do lugar.

Finalmente, alguém apareceu à porta. Um homem velho, curvado e maltratado, saiu da sombra e foi em direção a ela. Devia ser um indígena yaqui e seus olhos estavam avermelhados de tanta mescalina barata da região. Sarah viu os olhos dele e sentiu um arrepio momentâneo. Por um instante, teve a sensação absurda de que ele podia ver o futuro. A sensação passou imediatamente, substituída por um pensamento mais estranho ainda. *Ela* era a vidente. Era ela que via além do horizonte, mas, assim como aqueles ao longo da história tocados por visões, ela desejava não ver.

O atendente acenou com educação. Sarah se esforçou com a pronúncia de *Llena el tanque*, mas o proprietário de pele curtida a interrompeu. Ele falava um pouco de inglês e tinha um imenso orgulho daquilo, tão longe assim da fronteira. Ele lhe garantiu que "completaria o tanque, *sí*".

Sarah entrou novamente no jipe, porque o vento estava ficando mais forte, jogando areia quente em seu rosto. Ela teve uma ideia e apertou o botão de gravar da máquina.

"Acho que vou lhe contar sobre seu pai, sim. Eu devo isso a ele. E talvez seja suficiente você saber que, nas poucas horas que tivemos juntos, nós nos amamos pra vida toda."

Ela se deu conta do quanto aquelas palavras eram inadequadas. Elas nunca poderiam transmitir a força de emoção ou a exatidão do que acontecera.

Um estalo seguido de um zumbido a assustou e Pugsly se esticou, alerta, mas era apenas um garotinho mexicano de seus quase 10 anos. Ele estava segurando uma câmera, uma Polaroid velha e amassada que devia ter "aliviado" de um turista de passagem. Uma foto saiu pela abertura inferior.

O menino falou rápido demais para que Sarah conseguisse entender. Quando o atendente apareceu, ela lhe pediu para traduzir.

"Ele diz que a senhora é muito bonita e que está com vergonha de lhe pedir cinco dólares americanos pela foto, mas que, se não o fizer, o pai dele vai lhe dar uma surra."

Sarah olhou para o garoto magricela e sorridente com sua camiseta furada e disse: "É um belo golpe, garoto. Dou quatro. Quatro".

O garoto entregou a foto, pegou o dinheiro da mão dela e saiu dançando, feliz por ter encontrado outro otário entre os raros turistas.

Sarah observou a imagem se formar com uma sensação de seu próprio futuro estar se formando. Os olhos que se materializaram naquele buraco branco da superfície da Polaroid eram os dela. Ela assistiu ao restante de seu rosto escurecer, uma lenta aparição da Sarah que existia agora. *Mais velha*, pensou ela. Mas não era uma mudança fisiológica, apenas uma nova configuração das antigas feições suaves. Havia um olhar distante e ela estava sorrindo apenas um pouquinho, mas de algum modo era um sorriso triste.

Sarah pôs a foto de lado, jogando-a casualmente no banco do carona entre as fitas de seu diário, com etiquetas escritas à mão. Ao pegar a chave da ignição, a foto já estava quase esquecida. Pugsly a cheirou uma vez, deixando a marca úmida do focinho, o primeiro de muitos abusos que envelheceriam aquele retângulo de plástico antes de repousar na palma da mão de um soldado que se agachava na escuridão trovejante do fogo infernal daquele Reich de máquinas enfurecidas acima. Sarah a daria a John e ele a daria a Reese. Era o início do círculo. Mas é claro que círculos não têm início ou fim.

Sarah pagou o atendente pela gasolina e deu a partida no jipe. O vento passou por ela e rolou as salsolas secas pela estrada. O menino estava tagarelando atrás deles e apontando para as montanhas.

"O que ele disse?", perguntou ela ao velho.

"Ele disse que há uma tempestade chegando."

Sarah olhou para o céu e para as nuvens que se formavam. Relâmpagos se acenderam atrás deles como enormes estrobos.

"Eu sei", disse ela baixinho, e pôs o jipe em primeira.

Na estrada, ela pensou em Reese. No tempo. Na história. E, acima de tudo, no destino.